Fledermäuse bleiben nicht zum Frühstück

Allyson Snow

© Copyright: 2019 - Allyson Snow
Herstellung und Verlag: BoD – Books on Demand, Norderstedt.
ISBN: 9783732288083

Cover created by © Buchcoverdesign.de / Chris Gilcher –
http://buchcoverdesign.de
Bildmaterial Cover:
Stenzel Washington - https://stock.adobe.com/de/16513307 - Frankfurt am Main
CaroDi - https://stock.adobe.com/de/29107184 - Love devil. Greeting card with beautiful girl. Vector
Freepik - Designed by Freepik.com
1. Lektorat, Korrektorat: Juno Dean
2. Lektorat, Korrektorat: Mathew Snow
3. Korrektorat: Dr. Andreas Fischer

Das Werk, einschließlich seiner Teile, ist urheberrechtlich geschützt. Jede Verwertung ist ohne Zustimmung des Verlages und des Autors unzulässig. Dies gilt insbesondere für die elektronische oder sonstige Vervielfältigung, Übersetzung, Verbreitung und öffentliche Zugänglichmachung.

Bibliografische Information der Deutschen Nationalbibliothek: Die Deutsche Nationalbibliothek verzeichnet diese Publikation in der Deutschen Nationalbibliografie; detaillierte bibliografische Daten sind im Internet über dnb.dnb.de abrufbar.

Kapitel 1

Auch Fledermäuse müssen zielen

Es gibt Millionen erste Sätze, tausende Möglichkeiten, ein Buch zu beginnen.

Der erste Satz muss fesseln. Er soll eine Offenbarung sein, ein Versprechen und das Argument, seine wertvolle Zeit mit diesem Bündel Papier zu verschwenden und nicht etwa mit einem *Asterix*-Comic. Aber seien wir ehrlich. Selbst die Prägung seines Toilettenpapiers besaß mehr Spannung als Docs erster Satz.

›Sie war schön und hatte ausgesprochen spitze Zähne.‹

Kein Wunder, dass Docs Finger bereits nach den ersten acht Worten ratlos über der Tastatur schwebten. Mit diesem Satz war schließlich schon alles gesagt.

Docs neuer Roman handelte von einer schönen Frau mit spitzen Zähnen. Einer Vampirin, um genau zu sein, und da lag das Problem: Vampire. Mal im Ernst – nicht nur, dass die Straßen mit blutleeren Leichen gepflastert oder zumindest sämtliche Blutbanken regelmäßig des Nachts leer geräumt sein müssten – wer glaubte schon an Kreaturen, die freiwillig im Sarg schliefen, wenn sie sich ein vernünftiges Bett leisten könnten? Und die, sobald sie an einem griechischen Restaurant vorbeigingen, betäubt vom Knoblauchgeruch zusammenbrachen? Warum war Doc noch nie vor besagten Lokalitäten über bewusstlose Passanten gestolpert? Oder waren die Menschen, die er für Obdachlose gehalten hatte, etwa betäubte Vampire? Als wäre das nicht absurd genug, tranken sie jede Menge Blut und mussten nie auf Toilette? Was geschah mit der Flüssigkeit, die spätestens nach dem ersten Liter fürchterlich auf die Blase drücken musste? Schwitzten die das aus? Ach, nein ... Wenn ein Vampir um sein Leben rannte oder sich durch ein Rudel Werwölfe prügelte, sah man nie auch nur *einen* Schweißtropfen auf der blassen Stirn. Docs Meinung nach war die Spezies der Vampire von vorn bis hinten unlogisch.

Aber Vampirromane verkauften sich wie geschnitten Brot. Der düstere Vampir und die holde Maid, die mit fünfundzwanzig Jahren noch entzückend wenig von den zwischenmenschlichen Paarungsbräuchen wusste und damit noch keine sonderlich hohen Erwartungen entwickelt hatte.

Und ... Halt! Sein erster Satz war nicht nur schlecht, er besaß auch noch einen erheblichen Fehler: Docs Vampir war eine Frau. Nein, nein, nein! Mist, verflixter. Warum hatte er nicht gleich daran gedacht? Das ging nicht! Eine Frau, stärker als der arme Tropf, mit dem sie am Ende der knapp vierhundert Seiten einen Gaul klaute und in den Sonnenuntergang ritt? Nein, der Vampir in seinem Buch musste ein Mann sein. Aber eine Frau als Vampir hatte auch was. Okay, dann war Docs holde Maid eben frisch gewandelt (Wie vermehrten sich Vampire noch mal?) und brauchte einen starken, außerordentlich männlichen Gefährten, der sie in ihr neues, dunkles Leben einwies und mit stolzgeschwellter Brust vor den nächtlichen Gefahren bewahrte. Aus der Abenddämmerung wurde ein Vollmond, schließlich litten Vampire bekanntlich unter einer Sonnenallergie. Ja, das war gut.

Hoffentlich sah das sein Herausgeber ähnlich. Ob Doc ihm von seiner Idee erzählen sollte?

Besser nicht.

Docs Verleger durfte das Werk erst in seiner fertigen Gesamtheit kennenlernen, und am Ende würden ihm Tränen in den Augen stehen. Zurzeit heulte er nur, wenn er Doc (erfolglos) bekniete, doch mal wieder einen Bestseller zu schreiben.

›Doc, du bist einundfünfzig Jahre alt‹, pflegte Karl zu sagen. ›Machen wir uns nichts vor. Bis du stirbst, sind die Forscher mit den austauschbaren Organen noch lange nicht so weit, um dich am Leben zu erhalten. Du hast also noch dreißig bis vierzig Jahre. Eher dreißig. Wenn überhaupt. Also nimm diese dämliche Pfeife aus dem Mund und fang an zu schreiben!‹

Wenn Karl besonders schlechte Laune hatte, entriss er Doc die Pfeife und sprang darauf herum. Meistens mit der Drohung, ihm den letzten Cent aus der Urne zu klagen, wenn Doc es wagen sollte, an Teerlunge draufzugehen. Zum Glück war Docs Pfeife aus einem Stück Echtholz geschnitzt.

Doc gab es nicht gern zu, aber die Hysterie seines Verlegers war verständlich. Docs letzter großer Wurf lag mittlerweile fünf Jahre zurück, und langsam krähte kein Hahn mehr danach. Es hatte Zeiten gegeben, da fanden historisch bewegende Liebesromane von mindestens achthundert Seiten reißenden Absatz. Jetzt waren es Vampirbücher. Schön! Dann wurde eben aus dem armen Soldaten des kaiserlichen Reiches, der sich in eine schöne Hofdame verliebte und nur Hoffnung auf Erfüllung seiner geheimen Liebe hatte, wenn er Kopf und Kragen für ein paar Blechmedaillen und das kaiserliche Lob riskierte, ein Vampir. Egal, wie unlogisch die Natur diese Vampirspezies eingerichtet hatte!

Doc grübelte immer noch über dem zweiten Satz seines Manuskriptes, als ihn ein dumpfes Klatschen zusammenfahren ließ. Himmel noch eins, wenn die Kinder von gegenüber wieder nasse Taschentücher auf seinen Balkon geworfen hatten, würde er sich nicht mehr nur aufs Brüllen beschränken!

Doc schwang auf seinem Drehstuhl herum und spähte über das Sofa hinweg zur Balkontür. Gerade rechtzeitig, um sehen zu können, wie ein dunkler Fleck an der Scheibe hinunterrutschte, sich mit einem letzten Quietschen löste und auf dem Boden landete. An der Glastür blieb lediglich ein handbreiter Fettfleck zurück.

Doc seufzte. Es waren nicht die frechen Bengel und ihre Wurfgeschosse. Nein, es war schon wieder einer dieser selbstmordgefährdeten Vögel. Wie viele Raubvogel-Silhouetten sollte er noch an die Scheiben kleben? Er konnte jetzt schon kaum durchsehen!

Docs Drehstuhl knackte leise, als er sich erhob und die Balkontür öffnete. Er rechnete fest mit dem Anblick einer bedüselten Taube oder eines hysterischen Spatzens. Aber es war eine Fledermaus, die den Eingang zu ihrem Domizil im Dachsparren um etwa zwei Meter verfehlt hatte.

»Was hast du gedacht, was das wird?«, fragte Doc, erhielt aber logischerweise keine Antwort. Vorsichtig hob er das Tier auf und trug es in die Küche. Die Fledermaus schlug mit dem rechten Flügel, doch der linke hing kraftlos herunter. Für Doc sah er gebrochen aus, aber was wusste er schon? Nur, dass Fledermäuse Tollwut übertragen konnten. Verflixt, er hätte sie lieber mit der Wurstzange aufheben sollen.

Er legte das Tierchen auf seinem Küchentisch ab und ja, es war albern, mit einer Fledermaus zu reden, aber Doc konnte sich einen Ratschlag nicht verkneifen: »Das nächste Mal solltest du besser zielen.«

Irrte er sich, oder warf ihm das Tier einen schiefen Blick zu?

Ha! Ihm kam eine grandiose Idee! Seine Vampirin würde, unbegabt wie sie war, regelmäßig gegen Scheiben donnern, sehr zum Ärgernis ihres Beschützers. Dieser wiederum war ein düsterer Vampir, ernst, verbittert, vom Leben (und dem Tod) enttäuscht. Einer, der keinerlei Sinn für Humor besaß, sonst würde dessen Part nur aus Gelächter bestehen. *Das* war genial, Docs Synapsen waren genial! Sie arbeiteten derart spektakulär, dass er fast den Arm hob, um sich selbst auf die Schulter zu klopfen.

»Du entschuldigst mich«, wandte sich Doc an die Fledermaus und wippte ungeduldig auf den Zehenspitzen. »Fühl dich wie zu Hause, ich muss jetzt an meinem Roman weiterschreiben!«

Er schwor bei allem, was ihm heilig war, jetzt klappte der Fledermaus glatt das Mäulchen auf. Gut, offenbar wurde er verrückt, aber *das* Berufsrisiko nahm er in Kauf. Wenn die Flut der Ideen nicht so plötzlich abriss, wie sie begonnen hatte, würde sich das Buch praktisch von allein schreiben. Er müsste sich keine Sorgen mehr um seine Miete machen, die kreischenden Teenager rannten bei Signierstunden seinen Stand ein, und er könnte mit deren Müttern flirten. Warum hatte er sich so lange gegen Vampirgeschichten gesträubt?

Doc sprintete aus der Küche und fiel beinahe in seinen Bildschirm, so abrupt stoppte er davor. Der Stuhl ächzte unter Docs schwungvollem Hinsetzen und kippte nach hinten. Doc klammerte sich an seinem Schreibtisch fest, schob sich in eine sichere Position und hämmerte auf die Tasten ein, bis die Tastatur über den Tisch hüpfte.

Gerade erreichte Doc die magische Zahl der ersten fünfhundert Worte und ließ seine arme Protagonistin im Sturzflug auf eine Schaufensterscheibe zubrettern, als er im Augenwinkel eine Bewegung wahrnahm. Die Fledermaus schlurfte um die Ecke, an seinem Fernsehschrank, den Tomatenpflanzen und dem Sofa vorbei, quer durch das Wohnzimmer. Der verletzte Flügel zog eine Staubfluse hinter sich her.

Was besaß Doc doch für schlechte Manieren! Fairerweise musste man sagen, dass die Menschen von gegenüber genauso schlecht waren.

Er sprang auf und ging der Fledermaus hinterher, denn diese peilte gerade mit erstaunlicher Präzision sein Schlafzimmer an. Woher wusste das Tier, dass es hinter der Stube lag? Und überhaupt! Es war unhöflich, gleich das Bett zu annektieren! Wie beruhigend, dass er nicht der Einzige mit schlechten Manieren war.

Doc holte die Fledermaus an der offenen Tür ein, hob sie vorsichtig hoch und ging mit ihr zurück in die Küche. Der Richtungswechsel schien dem kleinen Ding überhaupt nicht zu gefallen. Sehnsüchtig starrten die dunklen Knopfaugen an Doc vorbei, dorthin, wo dessen weiches Bett stand. Sehnsüchtig … Ja, klar, seine Fantasie machte schon wieder Überstunden.

Erneut legte er die Fledermaus auf dem Tisch ab, fand im Altpapierstapel einen Pappkarton, den er mit Zeitungspapier auslegte, und setzte das Tier hinein. Jetzt sah sie nicht mehr sehnsüchtig, sondern in höchstem Maße unzufrieden aus. Sie bleckte sogar die winzigen Zähne, und ihre Nase wurde noch runzliger. Na gut … Seufzend faltete ihr Doc aus dem Papier noch ein Kissen, und ein ausgeleiertes Unterhemd, das er aus dem Sack für den Kleidercontainer wühlte, sollte die Decke darstellen. Sicher, das war keine Luxusbehausung, aber er wohnte ja auch nicht gerade im Hilton! Da konnte sie ihn noch so missmutig anstarren. Wenn sie einen Whirlpool und ein Kingsize-Bett wollte, hätte sie gegen eine andere Scheibe fliegen müssen. Die Fledermäuse von heute waren für seinen Geschmack ganz schön undankbar! Aber er wollte nicht so sein, das Tier hatte mit Sicherheit Schmerzen.

»Was fressen Fledermäuse gern?«, fragte er. »Mehlwürmer?«

Konnten Fledermäuse eigentlich angewidert aussehen? Doc schüttelte den Kopf über sich selbst. Natürlich konnten sie das nicht. Das wäre ja noch schöner. Er deckte die Fledermaus vorsichtig zu und achtete darauf, ihren Flügel nicht zu berühren.

Morgen würde er eine Aufzuchtstation anrufen. Heute, zum Sonntag, war um diese Zeit niemand mehr zu erreichen. Fledermäuse hatten gefälligst nur werktags, von neun bis achtzehn Uhr, gegen Scheiben zu knallen.

Doc öffnete die Tür seines vergilbten Kühlschrankes und kramte nach einer Packung Milch, die kaum eine Woche über dem Verfallsdatum lag. Die Fledermaus hatte Glück. Er hatte gestern eine neue gekauft, auch wenn er sie im ersten Moment unter den Wurstpackungen übersah. Wurst. Hervorragendes Stichwort! Liebevoll drapierte Doc auf dem Rand der Milchschüssel ein paar Salamischeiben. Wenn dem Tierchen diese ausgezeichnete Räucherware nicht zusagte, konnte er sie ja immer noch selbst essen.

Er schob der Fledermaus die Schüssel vor die eingedrückte Nase, die unter seinem Unterhemd hervorragte.

Dankbarkeit sah anders aus, aber vielleicht war diesen Geschöpfen der skeptische Ausdruck schon von Natur aus gegeben. Oder er war an eine notorisch kritische Fledermaus geraten. Genau genommen könnte er schwören, dass ihr Blick begehrlich wurde, wenn sie *ihn* musterte. Aber sich anknabbern zu lassen … Nein, so weit reichte seine Gastfreundschaft nicht!

Sein eigener Magen übertönte ja schon jeden Schreibanfall, in froher Aussicht auf das wöchentliche Festmahl. Denn Doc erwartete etwas sehr viel Besseres als Milch und Salami. Seine heißgeliebte Roulade! Wegen der Fledermaus war er auch noch spät dran, genau genommen sollte er schon seit zehn Minuten im ›Ochsen‹ sein. Also in der Kneipe ›Zum Ochsen‹, nicht, dass hier merkwürdige Gerüchte aufkamen.

»Mach nichts kaputt, und wenn das Telefon klingelt, geh ruhig ran«, instruierte Doc die Fledermaus. Er eilte in den Flur, um seine lilafarbenen Hauspuschen (ein Geschenk, leider) gegen gesellschaftlich anerkannteres Schuhwerk zu tauschen. Tabak, Streichhölzer und seine Pfeife wanderten gemeinsam mit dem Hausschlüssel in die Tasche seines Mantels, und er hielt noch einmal inne, um auf Geräusche aus der Küche zu lauschen. Doch mehr als ein Rascheln war nicht zu vernehmen. Nun, bei einer verletzten Fledermaus konnte man hoffentlich sicher sein, dass sie einem nicht die Hauspuschen zerkaute. Obwohl das bei den Dingern ein Segen wäre.

Doc warf die Tür hinter sich zu, und der leicht modrige Geruch des alten Treppenhauses umfing ihn. Das Gebäude, in dem er wohnte, war ein altes Fachwerkhaus und vor mehr als dreihundert Jahren erbaut worden. Er wohnte im obersten Stock, und das Haus besaß natürlich keinen

Fahrstuhl, sodass Doc nicht in Versuchung geriet, seine tägliche Fitnesseinheit durch Treppensteigen zu schwänzen. Außerdem mochte er den stickigen Duft. Holz, Vergangenheit, Geschichte. Aber jetzt hatte er keine Zeit, das zauberhafte Flair zu genießen. Die Stufen knarzten, als er sie eilig hinunterpolterte. Er stieß die Tür auf, und kalte Luft umfing ihn, geschwängert von den Vorboten des ersten Frostes. Doc fror und zog seinen Mantel enger.

Es war erst kurz nach sechs, doch schon jetzt waren die Bordsteine in Jondershausen im wahrsten Sinne des Wortes hochgeklappt.

Auf der gegenüberliegenden Straßenseite rollte Frau Rottenmecker ihren quietschenden Hackenporsche hinter sich her. Doc nickte ihr höflich zu und schlug den Weg zum ›Ochsen‹ ein.

Jeden Sonntagabend traf er sich mit Spooks in dem Gasthaus, um Schach zu spielen. Es war eine lieb gewonnene Gewohnheit, beide genossen die Stunden fernab der Trostlosigkeit des Kaffs und der Langweiligkeit seiner Bewohner. Als Doc aus London ins Rhein-Main-Gebiet umgesiedelt war, die Heimat seiner Großeltern, hatte er Ruhe gesucht, aber kein Mensch rechnete mit *so* viel Ruhe. Er hätte seinen Wohnsitz liebend gern wieder in eine Großstadt verlegt, aber wer zum Henker sollte diese horrenden Mieten bezahlen? Da verrottete er lieber in der Einöde und flüchtete sich in Kreativität. Trotzdem war er froh gewesen, als sein alter Studienkollege verkündete, ebenso nach Jondershausen zu ziehen, weil Spooks' Frau Nancy unbedingt vor dem Brexit in das ›vernünftige Europa‹ auswandern wollte und hier die Häuserpreise noch erschwinglich waren.

Doc stieß die schwere Holztür des ›Ochsen‹ auf und genoss einmal mehr das gediegene Ambiente. Die Wände waren mit alten Holzbrettern vertäfelt und führten hinauf zu den nackten Holzbalken, die das Dach stützten. An Nägeln hingen Pflanztöpfe mit künstlichen Blumen, Kuhglocken und Bleistiftzeichnungen von Kühen, Feldarbeitern und Pferden, die Pflüge durch die Erde zogen.

An einem der windschiefen Tische, das Schachbrett spielbereit aufgebaut, saß Spooks. Eigentlich hieß er Edgar Desmond Marley Spooks. Spooks' Mutter fand den Namen stattlich, Spooks hingegen weniger. Er weigerte sich, auf Edgar oder Desmond oder gar Marley zu hören, und wollte seit dem achten Lebensjahr nur noch mit dem Nachnamen angesprochen werden. Wenn man ihn Edgar nannte, wurde er rot wie eine überreife Tomate, die kurz vorm Platzen stand.

»Du bist zu spät, mein Freund«, tadelte ihn Spooks.

Schwerfällig ließ sich Doc auf den Stuhl gegenüber plumpsen. »Die Buchstaben haben sich gewehrt. Vampirgeschichten sind doch nicht so einfach, wie ich erwartet habe. Dabei können Vampire kaum anders sein als Menschen, oder?«

»Du glaubst doch nicht an Vampire, Doc?«, fragte Spooks perplex. »Das ist blanker Unsinn.«

Doc nahm seine Pfeife aus der Tasche, stopfte den Tabak hinein und zündete sie an. »Meine Güte, warum echauffierst du dich so? Jedes Volk braucht einen Aberglauben, es liegt in der Natur des Menschen.«

Doc zog genüsslich an seiner Pfeife und blies den Rauch über den Tisch. Eine Wolke nach Honig und Rum duftenden Tabakrauchs waberte durch den Raum. In einem

Kaff wie Jondershausen interessierte sich niemand für Nichtraucherschutz.

Der Geruch lockte Paula an, die Kellnerin. Ihre Arme waren vom Tragen der schweren Teller und Gläser gestählt, ein dünner Schweißfilm glänzte auf ihrem Gesicht und betonte ihre rosigen Wangen. Ursprünglich war sie eine waschechte Blondine. Aber ihre Haarfarbe wechselte je nach Jahreszeit von Honiggelb über Braun bis Rot. Zurzeit trug sie ein solch unnatürliches Rot, dass man befürchten musste, jemand könnte sie mit einem Feuerlöscher verwechseln.

Paula beugte sich über den Tisch, um nach Spooks' leerem Glas zu angeln, und bot ihm einen ausgezeichneten Einblick in ihr Dekolleté. Fast verpasste Doc, was sie von sich gab.

»Vampirgeschichten sind cool. 'n Bier, Doc?«

Er räusperte sich und starrte den schwarzen König an. »Danke, ja. Und eine Roulade!«

»Gern.« Paula lächelte und strich im Vorbeigehen über Docs Schulter.

Als sie den Tresen erreichte, beugte sich Spooks nach vorn und flüsterte: »Du solltest ihr den Gefallen tun und sie nach Hause begleiten, dann gibt sie vielleicht Ruhe.«

»Ich bin nicht bescheuert«, raunte Doc und setzte seinen linken, mittleren Bauern nach vorn. »Du weißt genau, wie so was in einem Kaff wie Jondershausen endet. Wenn sie der Hafer sticht, holt sie ihre Brüder, und die überzeugen mich dann mit Hieben davon, dass es besser ist, die entweihte Jungfrau zu heiraten.«

»Zum Heiraten ist sie zu jung für dich«, erwiderte Spooks und schob sein Pferd in Docs Richtung. »Du willst doch bestimmt nicht immer für ihren Vater gehalten werden.«

»Danke«, knurrte Doc.

»Ihr seid fast zwanzig Jahre auseinander.«

»Wie ich schon sagte – danke!«

»Ach Doc.« Spooks lachte. »Man muss sein Alter akzeptieren. Andere haben in deinem Lebensabschnitt schon Enkelkinder.«

Ein wahnsinnig unauffälliger Themenwechsel. Dazu sollte man wissen, dass Spooks seit zwei Wochen stolzer Großvater eines Mädchens war. Doc konnte sich nicht einmal vorstellen, Vater zu sein, geschweige denn Großvater. Ihm hatte schon die Sippschaft seines Bruders in London gereicht. Wann immer die eigene Brut keine Lust auf ihren Nachwuchs hatte, bekam man diesen aufs Auge gedrückt. Da starb er lieber einsam, am besten sofort. Denn Spooks kramte sein Smartphone hervor, hielt es Doc unter die Nase und zeigte ihm Bilder eines Babys. Das sollte ein Mädchen sein? Sie sah aus wie ein alter Mann! Sabbernd, kahlköpfig und mürrisch. Mal zeigten die Bilder sie von oben, dann von der Seite, an der großen, festen, weißen Brust ihrer Mutter, und schließlich wie sie die Muttermilch auskotzte. Kurzum: Spooks' Enkelin sah auf jedem Foto gleich aus. Die Bilderflut stockte nur dann, wenn Spooks eilig eine Figur über das Schachbrett schob. Als Paula die Roulade vor Doc abstellte, hatte Spooks immer noch nicht gemerkt, dass er sich seit fünf Zügen im Schach befand.

»Schachmatt«, sagte Doc schließlich und bereitete dem Elend ein Ende, indem er seinen Turm so rückte, dass Spooks' König schon ein Ninja sein müsste, um aus dieser Falle herauszukommen.

Aber Spooks hatte überhaupt nicht zugehört! Er rückte seinen König mit einem abwesenden Lächeln einfach auf das benachbarte Feld und schnippte im nächsten

Augenblick mit dem Daumen über das Handydisplay, um Doc ein weiteres Babyfoto zu präsentieren.

Doc fing Paulas mitleidigen Blick auf und das Lächeln, bei dem sich auf ihren Wangen kleine Grübchen bildeten. Als er ihr weiter in die Augen sah, trat sie neben seinen Stuhl und beugte sich über seine Schulter. Spooks grinste begeistert. Noch eine Zuschauerin, die sein perfektes Enkelchen bewunderte. Aber Doc könnte schwören, dass Paula sich ebenso wie er keinen Moment für ein fremdes Kind interessierte. Die losen Strähnen ihres Haars kitzelten ihn am Hals, und er roch die Süße ihres Parfüms. Eine Mischung aus Blumen und Honig.

»Sehr hübsch«, sagte sie laut. Sie drehte den Kopf, bis ihre Lippen Docs Ohr berührten, und hauchte: »Du könntest es gerade sehr viel schöner haben. Weißt du, was ich an dir am liebsten mag?«

Nein, er sollte nicht fragen. Das wäre ein Fehler. Ach, verflucht. »Was denn?«

»Das hier«, raunte Paula leise. Während Doc mühsam auf das Bild des Babys starrte, strichen Paulas Finger durch seinen Bart, seine Wange entlang, hinauf bis zu seiner Stirn. »Und das hier.«

Donnerwetter. Sie fuhr in seine Haare und ein wohliger Schauer breitete sich in seinem Körper aus.

»Du stehst also auf graue Haare«, murmelte Doc.

»Ich stehe auf dich, Doc Murphy«, schnurrte sie. »Wofür steht ›Doc‹ überhaupt?«

»Für gar nichts. Es ist die Kurzform von Madoc.«

»Und ich dachte schon, du magst Doktorspielchen.« Paula biss neckisch in sein Ohrläppchen.

Er sog scharf die Luft ein. »Deine Mutter würde bei so einer blöden Idee die Hände über dem Kopf zusammenschlagen.« Hoffte er zumindest.

»Warum sollte sie? Du bist doch ein anständiger Kerl.«

Toll. Es gab kaum eine größere Beleidigung für einen Mann. »Ich bin nicht anständig«, widersprach er, und das war, leider Gottes, die größte Lüge aller Zeiten.

»Bist du ein Bösewicht, ja?« Paula lachte, und ihr Atem streichelte seinen Hals. »Solche Männer liebe ich. Befiehl mir, und ich werde mich mit Hingabe vor dir räkeln. Nackt oder in schwarzen Seidendessous. Was magst du lieber, Doc Murphy? Möchtest du selbst auspacken oder gleich alles sehen können?«

Was sollte man dazu noch sagen? Er starrte so angestrengt auf dieses vermaledeite Display, dass es vor seinen Augen verschwamm. Warum half ihm Spooks nicht? Der bekam es überhaupt nicht mit! Er faselte gerade darüber, dass seine Familie Weihnachten bei ihnen feiern würde. Ob Doc nicht auch kommen wolle?

»Du könntest Weihnachten auch bei mir kommen«, flüsterte Paula an seinem Ohr. »Die Glocken bringen wir ohne Weihnachtslieder zum Klingen.«

Es wäre so einfach. Er könnte mit Paula mitgehen und Spooks sitzen lassen. Aber dann bekäme er Paula zeit seines Lebens nicht wieder los. Genau deswegen hatte er bis heute jeden ihrer Annäherungsversuche ignoriert. Kein noch so tiefes Dekolleté oder knapper Rock hatte es geschafft, seine Aufmerksamkeit zu erregen. Scheinbar.

Die Wahrheit war, dass Paula nicht nur verflucht heiß war, sondern ihre Frechheiten genau sein Typ. Allerdings hatte er zu viel Respekt vor der Überzeugungskraft ihrer Brüder. Einer davon war Pfarrer! Doc würde sich schneller vor dem Altar wiederfinden, als er seinen Tod vortäuschen könnte. Und Schriftsteller, die nicht alles haben konnten, schrieben sowieso besser. Allerdings ... So inbrünstig (und stinkend langweilig), wie sich Spooks gerade über die Frucht der Frucht seiner Lenden ausließ, erwachte in Doc der lang ignorierte Drang, sich doch mal wieder mit dem Vorgang der Zeugung zu beschäftigen. Vielleicht war es Zeit für eine kleine Dummheit. Umziehen konnte er immer noch.

Kapitel 2

Wer hat in meiner Wäsche gewühlt?

Doc tat es dann doch nicht, also die Dummheit. Inkonsequenz war schon seit jeher sein größter Fehler gewesen.

Der Drang, Spooks das Telefon aus der Hand zu schlagen und ihm ins Gesicht zu brüllen, dass das Kind auch auf dem fünfzigsten Foto wie ein deformierter Gnom aussah, war verdammt groß. Genauso wie der, Paulas Hand zu ergreifen und mit ihr einen Spaziergang in der frostigen Oktobernacht zu unternehmen. Aber Doc blieb brav, verbot sich jegliches Sehnen nach weiteren Berührungen von Paula, verabschiedete sich freundlich von allen und warf beim Hinausgehen nicht einmal die Tür zu. Ein Musterbeispiel eines gutmütigen, wohlerzogenen Mitglieds einer ignoranten Gesellschaft.

Pah, gutmütig und wohlerzogen. Zum Gähnen langweilig traf es eher. Kein Wunder, dass ihm kaum etwas Spannendes einfiel. Wie sollte Doc die aufregenden Abenteuer zweier Vampire beschreiben, wenn er nicht an Vampire glaubte und die einzige Spannung in seinem Leben darin bestand, nicht zum Brandstifter zu mutieren und dieses öde Kaff samt seinen Bewohnern einfach anzuzünden?

Wenigstens begleitete der fast volle Mond seinen Weg. Zwar gab es hier Straßenlaternen, doch da sich kein anständiger Dorfbürger um diese Zeit noch auf den Straßen herumzutreiben hatte, blieben diese aus Spargründen zwischen Mitternacht und drei Uhr ausgeschaltet. Doc war es recht. Kriminelle schliefen hier ohnehin vor Langeweile ein, und er kannte den Weg inzwischen auswendig, schließlich war er ihn oft genug kichernd entlanggetaumelt. An der Straßenlaterne legte er meistens einen Zwischenstopp ein und beteuerte ihr, wie hübsch sie aussehe. Ein guter Schwips in Ehren. Aber nur an Feiertagen! Sonst galt man in diesem Kaff als Säufer. Grundgütiger, er fand sich ja selbst schon zum Gähnen. Hatte Gott den Menschen dafür erschaffen? Für ein bürgerliches, todlangweiliges Leben und ab und zu einen kleinen Schwips? Wenn es hier schon so öde war, wie war es dann erst im Himmel? Vielleicht sollte er vor seinem Ableben in etwa dreißig Jahren noch ein paar Todsünden begehen.

Docs Schritte stockten auch nicht, als sich eine Wolke vor den Mond schob und ihn in tiefere Dunkelheit hüllte. Sein Blick schweifte zu seinem Wohnhaus und auch zum Fenster seiner Küche. Nanu? Warum brannte bei ihm Licht? Es wies ihm den Weg wie ein Leuchtturm.

Er kratzte sich den Kopf. Ganz kurz meinte Doc, einen Schatten hinter dem hell erleuchteten Fenster wahrzunehmen. Die Silhouette einer Frau? War Paula bei ihm eingebrochen, um ihren Ambitionen Nachdruck zu verleihen?

Doc blieb stehen und starrte auf sein Fenster, doch der Schatten zeigte sich nicht noch einmal. Schwachsinn. Er hatte nur schief geschaut. Oder seine Fantasie ging mit ihm durch. Er sollte endlich seinen Roman weiterschreiben, bevor ihm dieser noch den letzten Funken Verstand in seinem Kopf auffraß.

Doc beschleunigte seinen Schritt, schloss die Haustür auf und stieg die Treppen nach oben. Er drehte den Schlüssel im Schloss seiner Wohnungstür und was zum Henker …? Nicht nur in seiner Küche, auch im Flur brannte Licht! Wer hatte seine Schuhe umgeräumt? Die drei Paare standen nach Farbe sortiert auf der Ablage neben der Tür. Die lilafarbenen Hauspuschen ganz links, daneben die braunen Halbschuhe, gefolgt von den schwarzen. Aber das war noch nicht alles. Die Strickjacken, die er immer an die Garderobe hängte, anstatt sie in den Wäschekorb zu werfen, waren fort. Gestohlen? Aber welcher Einbrecher sortierte Schuhe und klaute getragene Kleidung?

Schritt für Schritt wagte sich Doc in die Wohnung hinein. Seine Küche glänzte unnatürlich sauber. Kein Krümel lag auf dem dunklen Holz, der Edelstahl der Spüle strahlte, und die Staubschicht auf den Gewürzdosen war verschwunden. Er folgte einem rüttelnden Geräusch bis ins Bad und fand seine Waschmaschine bei der Arbeit vor. Doc kratzte sich ratlos am Kopf. War er nach seinem Schreibfieber in einen Wahn der Hausarbeit verfallen und konnte sich nicht mehr erinnern?

Doc wanderte zurück in die Küche und warf einen Blick in die Behausung seiner neuen Mitbewohnerin. Das provisorische Bett war zerknittert und leer. Doc spähte in sein Wohnzimmer, direkt auf die dürren Tomatenstängel. Doch diese wanden sich nicht mehr am CD-Regal nach oben, sondern hingen nun von Fäden gehalten an einem Holzstab. So sahen sie endlich mal aus, als könnte aus ihnen noch etwas werden, trotz der unpassenden Jahreszeit. Die Erde war dunkel und feucht. Sie blieb an Docs Finger kleben, als er ihn in die Erde steckte. Jemand hatte die Pflanzen gegossen. Schnell hastete Doc in sein Schlafzimmer, den einzigen Raum, den er noch nicht inspiziert hatte. Die Laken waren glattgezogen, die Decken akkurat gefaltet und die Kissen hochkant drapiert. Verflixt und zugenäht, wer war hier gewesen? Doc setzte seine Kissen niemals so ordentlich auf das Bett. Wenn sie nachts auf den Boden fielen, hob er sie manchmal erst am nächsten Abend wieder auf!

Ein Einbrecher war es mit Sicherheit nicht gewesen. Auf den ersten Blick fehlte nichts, weder Docs Computer noch der Fernseher. Geld versteckte er nur in seiner Geldbörse, und die war mit ihm im ›Ochsen‹ gewesen. Was blieb noch? Paula? Die hätte er dann sicher in seinem Bett gefunden. Die Fledermaus? Erledigte die aus Dankbarkeit für halbherzige Krankenpflege die Hausarbeit?

Allerdings fand er hier keine Spur von dem Tier. Genauso wenig im Bad, im Wohnzimmer, in der Küche oder in der Tomatenstaude. Die Fledermaus konnte sich doch nicht in Luft aufgelöst haben!

Doc kniete sich vor die Waschmaschine. In der Trommel rotierte weiße Wäsche. Wann hatte er seine schmutzigen Klamotten sortiert? Das gab es doch nicht! In dem hellen Schaum konnte er kein Kleidungsstück erkennen, das farblich nicht hineinpasste. Das war bei ihm nie der Fall. Irgendwas rutschte immer in die falsche Ladung. Im Übrigen sah er auch keine schwarze Fledermaus, die in dem Wust Weißwäsche, Wasser und Schaum herumgeschleudert wurde.

Verflixt noch eins, er war der einzige Mann, der es schaffte, in seiner Junggesellenbude eine Fledermaus zu verlegen. Ächzend brachte er sich wieder auf die Beine und beäugte die Waschmaschine misstrauisch. Stoisch ratterte sie weiter. Wenn sie eine Halluzination war, dann eine sehr laute.

Ihm war von den vielen Umdrehungen der Waschmaschine schwindlig, als Doc ratlos zurück ins Wohnzimmer wanderte. Sein Blick fiel auf den Computer.

Die Betriebslampe der Maus leuchtete rot, der PC war also noch an.

Hm ... Vorsichtig stupste Doc die Maus an. Der Bildschirm wurde hell, sein Manuskript war immer noch offen. Nun gut, wenn er schon mal hier war, konnte er auch ein paar Sätze schreiben. Die Fledermaus fand er ja doch nicht. Wusste der Geier, wo sich das verflixte Tier verkrochen hatte. Vielleicht hatte sie ja wirklich ein Einbrecher geklaut.

Doc dehnte seine Finger und setzte sich auf den Stuhl. Er beugte sich gerade über die Tastatur, da blieb sein Blick an den letzten Worten des Absatzes hängen.

»... und die schöne Vampirin Ramina war außerordentlich fasziniert von diesem unordentlichen Kerl. Welche Geheimnisse dieser wohl unter seinem Berg schmutziger Socken verbarg? Andere bewahrten ihre Leichen im Keller auf, dieser Mann warf einfach einen Haufen getragener Unterhosen darüber.«

Panisches Kribbeln setzte hinter Docs Stirn ein. Das hatte er nicht geschrieben. Seine Protagonistin hieß nicht Ramina. Der Mann, in den sie sich verlieben sollte, war auch kein unordentlicher Vampir. Der entsorgte seine Leichen in den Abwasserkanälen der Stadt oder hob ihnen fein säuberlich ein Grab aus!

Docs Herz hämmerte in seiner Brust, und seine Hände zitterten. Ein kalter Schauer zog über seinen Rücken. Er hatte nicht die Hausarbeit gemacht und es wieder vergessen. Genauso wenig wie er das Licht angelassen hatte. Jemand hatte in der Wohnung sein Unwesen getrieben. Diese Worte ... Das war er keinesfalls gewesen. Bevor er in den ›Ochsen‹ gegangen war, hatte das Manuskript aus knapp fünfhundert Worten bestanden. Jetzt waren es dreimal so viele! Zur Hölle! Man konnte ihm den Fernseher klauen, die Wohnung durchwühlen, äh, aufräumen, aber niemand hatte sich an seinem Buch zu vergreifen!

Die Rollen des Stuhls quietschten, als Doc ihn zurückschob. Er hetzte zum Lichtschalter und drehte das Deckenlicht auf die höchste Stufe. Die LED-Lampen tauchten das Wohnzimmer in kaltes, bläuliches Licht, und die Helligkeit ließ ihn die Augen zusammenkneifen. Wenn dieser Mistkerl noch hier war, würde er ihn finden! Doc sah unter das Sofa, hinter seinen Fernseher, in die Schränke, selbst auf den Balkon. So durchsuchte er jeden Raum seiner Wohnung, bewaffnet mit einer Flasche Bourbon, die ihm beim Überprüfen der Bar in die Hände gefallen war. In jedem Raum trank er sich einen Schluck Mut an. Alkohol erhöhte bekanntlich die Fähigkeit, hart zuzuschlagen.

Doch er fand nichts. Er war allein in der aufgeräumten Wohnung. Doc drehte den Schlüssel zweimal im Schloss der Eingangstür, und zur Sicherheit verriegelte er auch noch sein Schlafzimmer. Er kontrollierte dreimal, ob Tür und Fenster wirklich geschlossen waren, setzte sich atemlos auf das Bett und streifte die Schuhe ab. Leider mit seinen Socken, aber dafür zog er die Decke umso fester um sich. Er schwitzte und fror gleichzeitig. Nur der Bourbon schaffte es langsam, Schluck für Schluck, ihm ein warmes Gefühl in der Magengrube zu bescheren. Je mehr er trank, umso mehr sank er in sich zusammen. Die Welt begann sich leicht zu drehen, und Doc zuckte fürchterlich zusammen, als die Waschmaschine den Schleudergang startete und durch die Wohnung zu tanzen schien. Doch irgendwann rückte auch dieses Geräusch in den Hintergrund. Mit jedem Schluck schwand Docs Paranoia und wich seliger Teilnahmslosigkeit. Docs Lider wurden schwer, die Flasche glitt ihm aus der Hand, und sein letzter Gedanke galt dem

Glück, dass diese nun leer war. Sonst würde morgen seine Bettwäsche wie eine Schnapsbrennerei stinken.

Kapitel 3

Hilfe, meine innere Stimme ist eine Fledermaus!

Es waren wirre Träume, die ihn verfolgten. Wie sonst war es zu erklären, dass ihn ein Sonnenstrahl weckte und er schlaftrunken aufschreckte, um dann festzustellen, dass auf seiner Decke die vermisste Fledermaus saß?

»Ich weiß nicht, wie du dieses Chaos hier gemacht hast, in *la dernière nuit*[2]!«

Doc starrte die Fledermaus an, die tadelnd mit dem gesunden Flügel raschelte. Er könnte schwören, die Fledermaus redete mit französischem Akzent.

»Was ist, *petit*[3]? Bist du nicht nur *bleu*[4], sondern auch taub?«

Diese Fledermaus gäbe eine sehr überzeugende Ehefrau ab. Nur war er gar nicht verheiratet. Oder hatte er etwas verpasst? War er Paulas geistlichem Bruder in die Hände gefallen?

»*Mon dieu*, mach den Mund zu. Dein Atem ist fürchterlich.«

»Fledermäuse können nicht sprechen und schon gar nicht Französisch«, krächzte Doc. Jawohl! Wo kämen sie hin, wenn Tiere die menschliche Sprache könnten? Gut, man könnte einen Hirsch nach dem Weg fragen, wenn man

---

2 In letzter Nacht
3 Kleiner
4 blau

sich verirrte, aber was, wenn ihn seine geliebte Roulade vor dem Essen noch des Mordes bezichtigte?

Die Fledermaus schlug mit dem gesunden Flügel, aber wenigstens sagte sie nichts mehr. Gott sei Dank. Er war noch zu jung für Wahnvorstellungen. Es gab nichts Schlimmeres, als ein Buch zu schreiben und dabei den Bezug zur Realität zu verlieren. Bisher hatte er so etwas für ein Ammenmärchen gehalten, und doch bekam er gerade das Gefühl, dass etwas dran sein könnte. Zum Teufel, als hätte er nicht schon genug Probleme. Er brauchte schleunigst eine gute Geschichte und dann die Einnahmen aus den Tantiemen, sonst würde er mit der Fledermaus unter der Brücke landen. So wie sie ihn ansah, würde sie bestimmt nicht die kleine Kiste mit ihm teilen.

Polternd fiel die Flasche zu Boden, genauso wie Docs Blick. Herr im Himmel, seine Welt schwankte wie ein betrunkener Seemann. Stöhnend legte er die Hand auf die Augen. Er schob ein Bein aus dem Bett, ganz vorsichtig, und tastete. Pure Erleichterung durchströmte ihn, als seine Sohle auf den kühlen Boden traf und er sich sofort ein wenig sicherer fühlte. Also setzte er das zweite Bein nach und griff nach seiner Wandlampe, um sich nach oben zu ziehen. Die Schrauben ächzten, aber sie hielten. Deutsche Wertarbeit eben. Und jetzt?

Kaffee. Er brauchte unbedingt Kaffee. Zitternd hangelte sich Doc an seiner Schlafzimmerwand entlang, die Tür bot einen ausgezeichneten letzten Halt, bevor er auf sich allein gestellt war. Er war froh, dass er es durch das Wohnzimmer schaffte, ohne über das Sofa zu fallen, und den Eingang zur Küche beim ersten Mal traf.

Abrupt blieb er stehen. Mitten auf seinem Küchentisch standen eine Thermoskanne und daneben eine saubere

Tasse. Was für sich genommen bereits erstaunlich war, denn er hatte gestern früh keine einzige mehr gefunden und seither selbstverständlich auch kein Geschirr gewaschen. Das hieß ja ... Jemand war heute früh noch einmal in seine Küche eingebrochen und hatte Kaffee gekocht!

Doc drückte die Hand gegen seine schmerzende Stirn. Wer kam dafür infrage? Paula? Es konnte nur Paula sein.

»Verfluchtes Weib«, knurrte er. Wenn er sie erwischte, würde er ... Ja, was? Paula schien alles zu gefallen, was er tat. Egal, wie spröde er sich gab. Ach, zum Teufel mit den Frauen.

Das Rascheln hinter seinem Rücken ließ ihn zusammenfahren. In einer schnurgeraden Linie schoss eine Kugel an ihm vorbei und landete polternd in der Kaffeetasse. Schwarze Schwingen lugten daraus hervor, ebenso wie zwei dunkle Knopfaugen. Die Fledermaus schüttelte missbilligend den Kopf.

»*Merde*[5]! Ich bin auch schon mal besser geflogen, dein Duft ist nicht gut für mein Radar.«

Diese warme, weibliche Stimme ließ Doc ein weiteres Mal zusammenfahren. Er drehte sich um seine eigene Achse, sah in den Spalt zwischen seiner Küchenzeile und der Wand. Irgendwo hier musste sich der Witzbold doch verstecken! Ein Witzbold mit einer schönen, melodischen Stimme.

»*Hé*[6]? Ich bin hier!«

Doc fuhr herum, aber sein Blick fiel nur wieder auf den Küchentisch und die Fledermaus. Er starrte sie an. Sie

---

5 Mist!
6 Hey!

stierte zurück. Ihre winzigen Krallen verhakten sich am Rand der Tasse, und das Porzellan klirrte, als das Tier mit der Nase voran aus dem Gefäß purzelte. Sie spannte den verletzten Flügel, und Doc hörte ein Stöhnen. Nein, kein Ächzen aus seiner eigenen Kehle, es sei denn, er schaffte neuerdings auch hohe Töne.

Ganz langsam ging Doc rückwärts und prallte prompt gegen den Türrahmen. Schnell schob er sich um das Hindernis herum und wankte ins Bad. Er brauchte unbedingt einen klaren Kopf.

»Ah, du willst ins Bad? Duschen ist gut, macht sexy!«, rief ihm die Stimme hinterher.

Am Waschbecken warf er sich Wasser ins Gesicht, aber es half nichts. Der Tonfall dieser Stimme ließ sich nicht aus seinem Kopf waschen. Auch der Versuch, sich in der Dusche mit eisigem Wasser zu Tode zu kühlen, half nicht. Der Anblick seines eigenen Spiegelbildes, wie er so aus der Kabine taumelte, war auch nicht dazu gemacht, sich besser zu fühlen. Seine von anderen stets bewunderten Locken klebten feucht am Kopf fest. Dicke Tränensäcke lagen unter Docs Augen, lenkten aber nicht sonderlich effizient von den dunklen Schatten ab. Genauso wenig polsterten sie die Falten auf, die neben seinen Augen verliefen.

»Oh, *cherie*, wirklich sexy«, flötete es hinter ihm. Mit hängendem Flügel hockte die Fledermaus neben der Waschmaschine. Sie starrte ihn nicht misstrauisch oder halbwegs intelligent an, wie es Tieren zu eigen war. Nein, sie maß wirklich jeden Zentimeter seines tropfenden Körpers.

»*Séduisante*[7].«

---

7   Attraktiv

Attraktiv? Doc wagte noch mal einen Blick in den Spiegel. Der Anblick hatte sich nicht zu seinen Gunsten verändert. Er sah abgespannt aus. Ja, er war gestresst, eindeutig. Deswegen drehte er gerade durch. Anders konnte es nicht sein.

»Verschwinde. Gaff anderen Leuten ihre Körperteile weg«, murrte er und griff nach einem Handtuch. Er hatte sich selten so unwohl gefühlt, nackt vor jemandem zu stehen. Aber Herrgott, es war nur eine verdammte Fledermaus! Die Kiefer aufeinandergepresst begann Doc sich abzutrocknen und versuchte wahrlich, das permanente Glotzen des Tieres auszublenden. Vergeblich.

»Jetzt verschwinde endlich«, donnerte Doc.

»Oh, ist es der fette Kater, der dich übellaunig macht?«, fragte die Fledermaus schnippisch.

»Nein, es ist kein Kater«, blaffte Doc. »Aber ich werde mir heute einen besorgen, dann kann er dich fressen!«

Doc stapfte auf die Fledermaus zu und endlich, das freche Ding zuckte zum ersten Mal erschrocken zusammen. Er wollte der Fledermaus einen saftigen Tritt verpassen. Einen, der ihr endlich Respekt einflößte. Doc hatte den Fuß bereits angehoben, aber er konnte es nicht. Er misshandelte keine Tiere, niemals. Die Fledermaus konnte nichts dafür, dass er sich einbildete, sie würde mit ihm reden.

Doc seufzte, stupste die Fledermaus vorsichtig mit dem großen Zeh an und schob sie über die Schwelle in den Flur. Dann verließ ihn allerdings jegliche Hemmung. Er knallte die Tür in den Rahmen, sodass sie bebte, und schloss ab.

Hervorragend. Er hatte der Fledermaus die Tür vor der platten Nase zugeschlagen und sich im Badezimmer eingesperrt. Er konnte stolz auf sich sein. Vor allem, weil er hier keine frische Kleidung hatte. Nur die von gestern

Abend. Mist, elender. Jetzt hatte er die Wahl. Entweder, er tanzte ein weiteres Mal nackt vor der Fledermaus herum, oder er zog die Klamotten an, die nach Kneipe und Essen stanken. Was sollte es? Alles war besser, als schon wieder von den Blicken dieses frechen Tieres sexuell belästigt zu werden. Also schlüpfte er in dasselbe Hemd, dieselben Shorts und dieselbe Hose.

»*Cherie*, bist du böse auf mich?«, drang die Stimme der Fledermaus gedämpft durch die Tür.

Sie fragte, ob er sauer auf sie war! Das konnte sich doch kein normaler Mensch vorstellen. Er begann wohl langsam, den Preis für eine überbordende Fantasie zu zahlen – er wurde wahnsinnig. Seine Antwort bestand in einem Rumsen, mit dem er seine Stirn gegen die gefliese Wand krachen ließ. Au, verdammt!

Erneut erklang die warme Stimme, die nicht im Geringsten zu einer Fledermaus passen wollte. »Das ist also der Dank, dass ich deinen Saustall aufgeräumt habe?«

»Es hat dich niemand darum gebeten«, murrte Doc.

»Du bist undankbar!«

Nein! Er war nur verrückt. Das war etwas völlig anderes. Wie sollte er für etwas dankbar sein, das überhaupt nicht real war? Seine Wohnung war nicht aufgeräumt, seine Schuhe nicht sortiert, seine Tomaten nicht gegossen – das bildete er sich nur ein. Genauso wie alles andere. Die Fledermaus war sicherlich erst der Anfang. Später würden ihm die weißen Mäuse kichernd den Käse aus seinem Kühlschrank klauen und sich mit ihm über die Politik der EU unterhalten, während ihm die Goldfische Vorschläge zu seinen Romanen lieferten und für Trump Wahlkampf machten. Damit könnte er noch leben, aber damit, dass man ihm den Käse stahl, nicht ganz so gut. Er mochte Käse, und Teilen war noch nie eine seiner Stärken gewesen. Himmel, er brauchte Hilfe. Nicht, um seinen Käse zu retten, sondern sich selbst. Gott bewahre ihn davor, irgendwann in einem Sanatorium zu landen. Die würden jede seiner Buchideen lediglich für einen guten Grund halten, ihn nicht wieder rauszulassen.

Kurzentschlossen zog Doc den Reißverschluss seiner Hose hoch, öffnete die Tür und bückte sich nach der Fledermaus. Sie schlug mit den Flügeln, bevor sie sich vertrauensvoll gegen seinen Daumen schmiegte. Nun, wenn er einen Knall hatte, dann auf jeden Fall einen liebenswerten.

Doc setzte seine kleine Mitbewohnerin in ihre Kiste und suchte den Schlüssel, bevor er den Karton mit nach draußen nahm. Hoffentlich begegnete er nicht Frau Rottenmecker. Das fehlte ihm noch. Sie stellte immer detaillierte Fragen zu seinem Einkauf, wenn er ihr mit einer Tüte über den Weg lief. Welches Kreuzverhör würde sie erst starten, wenn sie ihn mit einer Fledermaus erwischte?

Doc marschierte in der mittäglichen Sonne zum einzigen Ärztehaus im Ort. Dieser Begriff war die blanke Übertreibung. Das flache Gebäude mit der orangefarbenen Fassade bot lediglich Platz für einen Hausarzt und einen Psychologen. Der Urologe war letztes Jahr in Rente gegangen, und der Psychologe betreute nur noch halbtags. Da sich kaum jemand seinen Ruf ruinieren wollte, indem er sich dem tratschsüchtigen Seelenklempner anvertraute, war es verständlich, dass sich seine Empfangsdame die Zeit damit vertrieb, mit spitzen Fingern einen Pickel neben ihrer Nase auszudrücken.

»Entschuldigung«, räusperte sich Doc und versuchte krampfhaft, nicht auf die gerötete Stelle in ihrem Gesicht zu starren. »Ich hätte ein dringendes Anliegen.«

»Die Toiletten sind da links.«

Verdutzt folgte Docs Blick dem ausgestreckten Zeigefinger. »Äh, nein, ich meine, ich habe ein dringendes, psychologisches Anliegen.«

»LUTZ!«, brüllte die Empfangsdame. Erschrocken zuckte Doc zusammen. So heftig, dass er für einen Moment fürchtete, er hätte die Fledermaus aus der Kiste katapultiert. Aber das Tier krallte sich rechtzeitig in sein Hemd. Aus der Tür hinter der Rezeptionistin schob sich Lutz Bergmann, seines Zeichens Psychologe und ausgezeichneter Bridgespieler.

»Ah, Doc Murphy, willkommen. Ich warte seit Jahren auf dich. Autoren sagt man schließlich immer ein paar Problemchen nach.« Der Psychologe stieß mit dem Zeigefinger gegen seine Stirn, bevor er mit der anderen Hand in Richtung seiner Tür wedelte. »Komm nur rein. Die Erstbeschau gebe ich dir gratis.«

Doc folgte dieser Geste. Das Behandlungszimmer war nicht sonderlich beeindruckend. Das helle Gelb der Wände erinnerte ihn einerseits an einen Kreißsaal, andererseits auch an das Innere einer Gallenblase. Die Couch hatte schon bessere Tage gesehen, das Leder war brüchig und abgewetzt.

Vorsichtig ließ sich Doc darauf nieder und deutete auf sein Hemd. »Mit dieser Fledermaus stimmt etwas nicht.«

»Ich bin kein Tierarzt, aber ich würde sagen, so wie ihr Flügel herunterhängt, ist er gebrochen«, erwiderte Lutz und streckte die Hand aus, um die Fledermaus näher zu inspizieren. Diese zischte bösartig und sprang auf Docs

Knie. Dort rammte sie ihre Krallen nachdrücklich durch den Hosenstoff in seinen Oberschenkel.

»Geht es dir nicht gut?«, fragte der Psychologe.

»Doch, doch, es geht gleich.« Doc keuchte. Das Schönste am Schmerz war ohnehin, wenn er nachließ. Er wimmerte auch nur ganz wenig, als die Fledermaus nach oben robbte und sich schließlich wieder an sein Hemd hängte.

»Aber es ist ein sehr hübsches Tier«, lobte Lutz. »Ich hoffe, sie ist frei von Krankheiten.«

»Oh, um Krankheiten ihrerseits mache ich mir keine Sorgen«, erwiderte Doc. »Mir bereitet eher ihre Fähigkeit, zu sprechen, Kopfschmerzen.«

Der Psychologe kratzte sein linkes Ohr. »Sie kann sprechen?« Lutz beugte sich ein wenig näher zu der Fledermaus, was diese mit einem erneuten Zischen beantwortete. »Also ich kann nichts hören.«

Seufzend wuchtete Docs schwerhöriger Arzt seinen Körper nach oben und trat an den Schreibtisch, um sich aus der Thermoskanne eine Tasse Kaffee einzugießen.

»So eine fette Tranfünzel.«

Nein, das war nicht etwa Lutz, der plötzlich Selbsterkenntnis an den Tag legte. Das war auch nicht Doc, der das sagte. Diese gemeinen Worte kamen von der Fledermaus.

Doc sah nach unten und blickte in die unschuldigen dunklen Augen des Tieres. »Es heißt Tranfunzel, nicht Tranfünzel.«

Lutz wirbelte herum. »Mit wem sprichst du?«

»Hast du das gehört?«, stotterte Doc.

»Was denn?«

»Sie hat dich eine ›fette Tranfunzel‹ genannt!«

Lutz schürzte die Lippen. »Dann ist sie schlecht erzogen. Das ist alles brauchbares Fettgewebe. Kann ja nicht jeder von uns auf Insektendiät sein.«

Erneut wandte er sich dem Schreibtisch zu, diesmal, um Milch in seinen Kaffee zu geben.

»*Pouah*[8]*,* er muffelt schlecht aus dem Mund«, erklang erneut die warme Stimme, die Doc bereits in seiner Wohnung einen Schauer nach dem anderen über den Rücken gejagt hatte.

»Sie sagt, du riechst schlecht aus dem Mund«, gab Doc perplex wieder.

Lutz brummte missmutig. »Doc, ich mag dich. Aber wenn du noch mal so etwas sagst, muss ich dir aus medizinischen Gründen eine Ohrfeige geben. Das hilft immer bei Hysterie.«

»Seine Hose könnte auch eine Wasche vertragen, *horrible*[9]«, murmelte die Fledermaus. Himmel, dieses Tier hatte einen Waschfimmel, warum regte es sich permanent über schmutzige Wäsche auf?

»Wäsche, nicht Wasche!«, stöhnte Doc.

»Wie bitte?«, fragte Lutz pikiert.

»Ähm ... nichts«, stammelte Doc.

»Von wegen nichts. Seine Füße stinken wie fauler Camembert, bis hierher«, maulte es in der Höhe seiner Brust. Doc presste die Lippen aufeinander und senkte unter Lutz' fragendem Blick den Kopf. Er sollte weder lachen noch etwas wiederholen. Am Ende rief Lutz die freundlichen Herrschaften, die ihn mit Drogen

---

8 Igitt
9 schrecklich

vollpumpten und wegtrugen. Er hatte ein Buch zu beenden, eine wochenlange klinische Behandlung konnte er sich nicht leisten. Er hatte gehofft, Lutz würde ihm einfach Pillen verschreiben. Wieso konnte der Psychologe dieses hämische kleine Ding nicht hören?

»Redet sie wieder?«, fragte Lutz besorgt, und Doc nickte.
»Was sagt sie denn?«
»Sie sagt, du siehst aus wie Sau«, erwiderte Doc zaghaft. »Deine Füße stinken wie fauler Camembert, und deine Hose könnte eine Wäsche vertragen.«

Doc hätte es verstanden, wenn Lutz ausgerastet wäre. Aber sein Psychologe blieb ruhig. Für Docs Geschmack viel zu ruhig. Ehrlich gesagt, machte ihm Lutz' nachdenklicher Blick Angst. Mit der Kaffeetasse setzte sich der Psychologe in den Sessel, gleich neben der Couch. Die Tasse hielt er an die Lippen, doch er trank nicht, sondern starrte Doc über den Porzellanrand hinweg an. Außer einem »Hm« ließ Docs Arzt eine Weile nichts von sich hören. Ganz im Gegenteil zu der Fledermaus, die leise zu singen begonnen hatte.

»Oh! Wie schön ist *l'amour*, Ronaldo. Du schwör mir Treu, Ronaldo, bis *fini la vie*[10].«

Zur Hölle, das Tier brachte ihn noch in Teufels Küche.
»Sei still«, zischte Doc.
»Was ist jetzt schon wieder?«, fragte Lutz.

Doc scheiterte an einem unbeteiligten Gesichtsausdruck. Seine Stirn runzelte sich wie von selbst, und beim dritten Ronaldo verdrehte er die Augen. »Sie singt«, presste Doc hervor.

---

10   Lebensende

»Ich gehe kurz telefonieren, Doc. Leg dich ruhig hin«, sagte Lutz und erhob sich aus seinem Sessel. Er schob sich zur Tür hinaus, die er fest hinter sich schloss. Das gefiel Doc nicht im Geringsten. Einen Irren ließ man nicht einfach so sitzen, es sei denn, man wurde nicht allein mit ihm fertig. Doc sprang auf und drückte sein Ohr gegen das Holz. Gedämpft vernahm er die Stimme des Psychologen. »Ja? Können Sie mal vorbeikommen, ich habe hier einen Patienten, der unbedingt in stationäre Behandlung muss. ... Ja, ich glaube, er tut sich sonst etwas an.«

Doc hatte es gewusst!

»Spring aus dem Fenster, *vite*[11], *vite*«, raunte ihm die Stimme der Fledermaus zu. Wie konnte sie dabei klingen, als hätte sie Spaß an der Sache? Doc könnte schwören, dass sie sich gerade ins bekrallte Fäustchen lachte. Aber nützliche Ratschläge gab sie, das musste er zugeben. Lutz' stampfende Schritte näherten sich der Tür. Eilig warf sich Doc herum und durchquerte den Raum. Seine Knie bebten, als er das Fenster aufriss und sich aufs Fensterbrett schwang.

»Doc, nicht doch! Tu dir das nicht an. Du hast doch noch dein ganzes Leben vor dir!«, brüllte Lutz hinter ihm, doch Doc zögerte nicht. Er sprang.

Der freie Fall dauerte, wenn überhaupt, eine Sekunde. Kein Mensch konnte sich mit einem Sprung aus dem Erdgeschoss umbringen. So schnell ihn die wackligen Beine trugen, wetzte Doc über die Wiese. Die Fledermaus schlug bei jedem Schritt gegen seine Brust, bis er ihre Krallen in seiner Haut spürte. Erst kurz vor der einzigen Tankstelle im

---

11 schnell

Ort stoppte er. Sein Herz hämmerte, ihm war trotz der Kälte brütend heiß, und sein Kopf schwirrte.

»*Bien joué*[12]!«, lobte die Fledermaus. Doc stöhnte inbrünstig und stützte die Hände auf seine Knie. Der schnelle Lauf hatte also nichts geändert. Sie redete immer noch. Er war nicht zur Vernunft gekommen, die lose Synapse in seinem Gehirn nicht wieder eingerastet.

Doc rang um Luft, aber nicht, um eine Antwort zu geben, sondern um seinen Weg fortsetzen zu können. Er fühlte sich hundeelend. Die Fledermaus summte an Docs Brust ihr Lied, der eisige Wind kühlte seinen erhitzten Körper, und als er seine Wohnung erreichte, klapperte er mit den Zähnen. Seine verfrorenen Finger schmerzten, die Haut war ausgekühlt, aber in seinem Innersten fühlte sich Doc einfach nur taub. Irgendwann hörte die Fledermaus auf zu singen. Doch als er die Treppen zu seiner Wohnung hinaufstieg, schallte das Lied immer noch in seinem Kopf.

›Wie schön ist *l'amour*, Ronaldo. Du schwör mir Treu, Ronaldo.‹

Oh Himmel, konnte bitte jemand eine Kugel in seinen Kopf jagen? Hauptsache, diese dämliche Melodie verschwand. Die Worte drehten sich im Kreis, in einer endlosen Schleife, mit der Stimme einer sinnlichen Frau, warm, dunkel und rau. Vielleicht hätte er bei Lutz bleiben sollen. Ein Gedanke, dem er nur einen winzigen Moment nachgab, bevor er den Kopf schüttelte. Er wurde verrückt, aber noch nicht verrückt genug, um sich einweisen zu lassen. Es war ja nicht so, als hätte er plötzlich das unstillbare Verlangen, junge Mädchen zu massakrieren.

---

12 Gut gemacht!

Nein, er hörte Fledermäuse reden. Sicher, es war nervtötend, aber Fledermäuse waren possierliche Tierchen. Es gab schließlich Schlimmeres, oder?

Seine Hände zitterten, als er den Schlüssel ins Schloss steckte. Er brauchte dringend etwas zu trinken, tröstende Gesellschaft und Abstand von dem personifizierten Wahnsinn an seinem Hemd. Doc setzte die Fledermaus auf dem Küchentisch ab und ging schnurstracks wieder zur Wohnungstür.

»*Hé!* Wo gehst du hin? Lässt du mich allein? Ich kann mitkommen! Ich passe auf dich auf!« Der Protest seiner Mitbewohnerin verfolgte ihn, bis die Tür hinter ihm zufiel. Sie wäre tatsächlich eine Vorzeige-Ehefrau. Jedenfalls was die Keiferei betraf. Kein Wunder, dass er nur noch wegwollte, und kein Wunder, dass es ihn ausgerechnet in den ›Ochsen‹ zog. Der vertraute Geruch von Essen, Holz und Gewürzen streichelte seine Seele. Hier war er Mensch, hier durfte er so verrückt sein, wie er wollte. Solange er kein Glas zerbrach.

Am Tresen stand Paula, die wunderbare rothaarige Paula. Sie trug wieder einmal einen Minirock und biss sich auf die Lippe, während sie einen Bierhumpen polierte. Eine Haarsträhne mogelte sich in die Mulde zwischen ihren Brüsten. Himmel, er sollte nicht so hinstarren. Trotzdem begriff er erst, dass Paula auf ihn zukam, als ihre Brüste größer wurden.

»Hey Doc«, hauchte sie. »Ein Pils?«

Er zuckte zusammen. Hatte sie sein Gaffen mitbekommen? Sie trat nah an ihn heran, und ihre Hand strich erst über sein Hemd, den Hals hinauf, bis zu seiner Wange. Ihre Berührung fühlte sich tröstlich an. Von einer Frau berührt zu werden war jedes Mal beruhigend. Solange sie nur darauf scharf waren, bei ihm zu landen, waren sie auch herrlich unkompliziert.

Paula ergriff seine Hand und führte ihn zu seinem Stammplatz. Doc ließ sich nieder, stützte den Kopf in beide Hände und sah zu, wie Paula zurück zum Tresen schritt.

Wiegte sie eigentlich immer so die Hüften, wenn sie ging? Ihre Absätze klackerten über den Boden, und die Bewegungen verursachten ein faszinierendes Muskelspiel in ihren trainierten Beinen. Doc riss seinen Blick los und sah zu den anderen Tischen. Bis auf Paula und ihn war das Lokal leer. Er war doch ein Dummkopf. Der Ochse öffnete erst in zwei Stunden, aber die Zapfanlage funktionierte bereits. Paula kehrte mit einem Pils in der Hand zurück und stellte es vor ihm ab. Damit hatte er etwas anderes, an dem er seinen Blick festtackern konnte – das Bier. Es roch verführerisch herb, aber er wagte keinen Schluck. Seine Hände zitterten bestimmt noch, er würde es nur verschütten.

Erst als ihm jemand durch die Haare fuhr, sah er auf und lächelte entrückt. Nur ein paar Zentimeter vor seiner Nase schwebten Paulas Brüste, aber dann bewegten sie sich zur Seite, bis sie aus seinem Blickfeld verschwanden. Schade eigentlich, doch er blieb nicht lange enttäuscht. Paulas Hände fuhren Docs Hals entlang bis zu seinen Schultern, und er stöhnte, als sie begann, seine verspannten Muskeln zu kneten.

»Willst du einen Schnaps?«, fragte Paula ungewohnt sanft. Doc nickte, und ehe er sich versah, hatte er bereits ein Glas und eine Flasche vor sich stehen. Verflucht, ging das schnell. Aber würde er sich beschweren? Nie im Leben. Paula, der Schnaps und der leere Ochse waren tausendmal besser als eine Fledermaus in seiner Wohnung. Er sollte schreiben, er sollte Geld verdienen, aber sein Geist war ohnehin zu überreizt. Er würde nur Unfug tippen. Also gab er sich selbst einen Tag frei.

»Was bedrückt dich, mein lieber Doc?«, hauchte Paula. Ihre Lippen berührten sein Ohr und kitzelten ihn, bis er dümmlich grinste.

»Eine Fledermaus«, seufzte Doc.

»Eine Fledermaus?«

»Ja, eine Fledermaus.«

»Ich kenne einen guten Kammerjäger«, sagte Paula. Ihre Stimme klang nicht mehr verführerisch, vielmehr geschäftig. »Ich kann dir die Nummer aufschreiben.«

»Brauch ich nicht«, sagte Doc viel zu schnell und griff nach ihrer Hand. Er wollte nicht, dass sie ihn mit seinen Gedanken hier sitzen ließ, sei es auch nur für ein paar Minuten.

»Okay«, sagte Paula, diesmal wieder sanfter, weniger hektisch. »Wenn sie dich zu sehr stört, weißt du ja, wo du mich findest. Hat sie sich in deiner Wohnung eingenistet?«

Das konnte man so sagen, und er Trottel hatte sie auch noch selbst in die Küche getragen.

›Wie schön ist *l'amour*, Ronaldo.‹ Verflucht noch eins! Warum bekam er dieses verflixte Lied nicht mehr aus dem Kopf? Oder weniger das Lied als die zugehörige Stimme? Er liebte Frauen mit dunklen Stimmen, aber zum Henker, es war nur eine blöde Fledermaus. Noch nicht mal das, es war nur eine Stimme in seinem Kopf.

Doc seufzte und schenkte sich einen Schnaps ein. »Kann ich einfach nur hierbleiben und nicht darüber reden?«, bat er.

»Das mit der Fledermaus würde mich interessieren.«

Doc legte den Kopf in den Nacken und stöhnte. »Wenn alles gutgeht, kannst du in meinem neuen Buch darüber lesen.«

»Ah, *so* eine Fledermaus.« Paula lächelte. Sie glaubte, dass die Fledermaus nur in Docs neuem Buch existierte. Wenn es denn die Wahrheit wäre. »Solange es keine Frau ist, die dich in den Wahnsinn treibt.«

»Das ist doch *dein* Job«, murmelte Doc.

»Mein Lieblingsjob«, schnurrte Paula. »Für dich tue ich alles.« Wieder legte sie ihre Hände in seinen Nacken, packte kräftig, aber nicht schmerzhaft zu. Er stürzte den Alkohol runter und genoss den scharfen, fast beißenden Geschmack. Er rüttelte seine Nerven auf und betäubte sie gleichzeitig. Nach dem dritten Schnaps kam ihm das Erlebnis mit der Fledermaus schon fast lächerlich vor. Nach dem fünften war die Melodie beinahe aus seinem Kopf verschwunden.

Er seufzte zufrieden. »Du bist himmlisch, Paula.« Er stopfte sich die Pfeife, und als wäre Paula nicht bereits Engel genug, holte sie Luft und nahm hörbar genüsslich den Rauch auf, den Doc ausstieß. Als er ein weiteres Mal zog, beugte sie sich über ihn und küsste ihn. Sog ihm den Rauch aus dem Mund und stieß ihn selbst aus. Irgendwo, ganz weit hinten in seinem benebelten Gehirn erwachte gerade die Erkenntnis, dass er einen Fehler beging. Aber da hielt ihm Paula das nächste volle Schnapsglas hin.

Mit jedem Schluck und mit jedem Muskel, den Paula lockerte, schmolz er mehr in ihren Händen. Sollte sie doch mit ihm machen, was sie wollte. Heute war er fertig mit der Welt, und solange sie ihn nicht alleinließ, war er auch ihr williges Spielzeug.

Der Alkohol hüllte seine Sinne zunehmend in luftige Watte, und nur am Rande nahm er wahr, wie Paula etwas nuschelte, das sich anhörte, als würde sie heute krankmachen wollen. Oh, sie war krank? Und er behelligte sie und ließ sich auch noch massieren? Sein Kiefer fühlte sich unendlich schwer an, als er erfolglos versuchte, eine Entschuldigung zu formulieren. Aber er gab dem Zug ihrer Hände nach.

Paula wohnte nur eine Etage über dem ›Ochsen‹, doch Doc kam die Treppe endlos vor. Kein Wunder, dass er erleichtert war, als er auf einer bequemen Matratze landete. Plötzlich spürte er Paulas Hände auf seiner nackten Brust. War er etwa ohne Hemd aus dem Haus gegangen? Kein Wunder, dass Lutz ihn einweisen wollte! Aber er vergaß schnell wieder, darüber nachzudenken. Paulas Küsse lenkten ihn ab. Vor allem, weil er alle Mühe hatte, ein Rülpsen zu unterdrücken. Verfluchtes Bier, ein herber Kontrast zu der Süße ihrer Küsse. Sie schmeckten nach Kirschmarmelade und vor allem nach Lust, Leidenschaft, nach wundervollen Stunden mit einer schönen Frau. Aber im Nebel des Alkohols erschien bei diesem Stichwort nicht etwa Paula vor Docs innerem Auge, sondern eine Fledermaus, die ihn missbilligend anstarrte.

»Ach, sei ruhig«, murmelte Doc und schlang seine Arme um Paula. Sie quietschte, als er sich mit ihr herumrollte. Doc vergrub seine Nase in ihrer Halsbeuge, und bevor der Anflug von Übelkeit stärker werden konnte, drehte sich die Welt noch einmal und kippte in undurchdringliche Schwärze.

›Oh! Wie schön ist *l'amour*, Doc Murphy. Du schwör mir Treu, Doc, bis *fini la vie*.‹

Kapitel 4

Der Wüstling und die Einbrecherin

Doc erwachte von dem Sonnenstrahl, der sich unerbittlich durch das Lid seines linken Auges bohrte und den Schmerz in seinem Kopf verstärkte. Seine Zunge fühlte sich rau an und klebte am Gaumen. Selbst die Backenzähne schmerzten. Ein dumpfer Druck, der erst nachließ, als Doc die Kiefer auseinanderzog. Er spürte das Zittern in der Hand, als er sie hob, um die steife Kinnlade zu massieren. Alkohol mochte wundersames Vergessen schenken, aber bei Gott, langsam wurde er zu alt für postalkoholische Verspannungen.

Dabei hatte sich Paula solche Mühe gegeben. Sie hatte ihm den Nacken massiert. Ein himmlisches Gefühl. Er musste ihr unbedingt dafür danken.

Apropos Paula. Ihre Hände! Ihre Hände an seinem Nacken, an seiner Brust und ihre herrlichen vollen Lippen, die ihn küssten, und ein liebevoller Blick aus den Knopfaugen einer Fledermaus. Das ergab doch keinen Sinn!

Trug er seine Hose noch? Er tastete danach, aber seine Finger trafen nur auf seine eigene nackte Haut. Sogar seine Unterhose war weg! Doc schreckte hoch und bereute es sofort. Übelkeit stieg in ihm auf, und die Welt drehte sich wie ein Karussell, das Überstunden machen musste. Ein Schrank mit verschwommenen Konturen ging praktisch nahtlos in eine türkis getünchte Wand über, die sich fürchterlich mit dem pinken, flauschigen Ungetüm auf dem Boden biss. Das war doch kein pink gefärbtes Bärenfell als Bettvorleger, oder?

Die Bettwäsche war erfreulich farblos, nämlich weiß. Sie brachte das Flimmern vor seinen Augen noch besser zur Geltung. Und mitten in dem verschwommenen, konfusen Chaos sah Doc zwischen den Schatten ein schlankes Frauenbein, das quer über seinem Oberschenkel lag. Oh, Herr im Himmel, lass es nicht zu Paula gehören!

Doc ließ sich zurücksinken. Der Druck auf seinen Magen verringerte sich, und seine Sicht wurde klarer. Vorsichtig drehte er den Kopf. Das feuerrote Haar, die Reste roten Lippenstifts auf trockenen Lippen. Es bestand kein Zweifel – das war Paula, und er war in ihrer Wohnung.

Schlimmer noch, er war ihr Gefangener. Obwohl sie schlief, legte sie den Arm über Docs Brust, und ihr Bein ruhte schwer auf seinem. Ihr Atem kitzelte ihn unangenehm an der Wange, und der leicht abgestandene Geruch ließ seinen Magen empört rülpsen. Was hatte er nur getan? Er war die Geisel einer Frau, die dringend Zähne putzen musste. Er hasste schlechten Atem am Morgen, und erst recht mochte er Einschränkungen seiner Freiheit nicht.

Doc begann, sich behutsam aus Paulas schläfrigem Klammergriff zu lösen. Sie brummte verschlafen, drehte sich auf die andere Seite und drückte das Gesicht ins Kissen. Zentimeter für Zentimeter schob sich Doc aus dem Bett. Wenn Paula aufwachte, war er geliefert. Er hatte keine Ahnung, was in der letzten Nacht genau vorgefallen war. Aber was immer es auch war, Paula würde es nur als Ermutigung auffassen. Und Doc hatte zu starke Kopfschmerzen, um ihr jetzt zu erklären, dass er für eine junge, verführerische Frau der Falsche war. Genau genommen war er für jede Frau, gleichgültig welchen Alters und wie hässlich sie war, nicht der Richtige. Er würde eines Tages alt und einsam über einem seiner Bücher hockend sterben. Und er würde als Geist zurückkehren, um es zu Ende zu schreiben. Im besten Falle würde ihm bei diesem deprimierenden Abgang eine kleine, freche Fledermaus Gesellschaft leisten.

Zu seiner Erleichterung begann Paula, leise zu schnarchen. Obwohl, es war kein richtiges Schnarchen. Es klang eher nach der Nasennebenhöhlenentzündung eines Waschbären. Was auch immer da in Paulas Nase vor sich ging, sie sollte seiner Meinung nach dringend einen Arzt aufsuchen.

Allerdings war Doc nicht so dumm, Paula zu wecken, um es ihr unter die unüberhörbar defekte Nase zu reiben. Nein, nein. In ein, zwei, sieben, acht Tagen … Wochen … Jahren war dafür noch genügend Zeit. Denn so lange musste er ihr wohl aus dem Weg gehen. Was war er doch für ein Narr. Ausgerechnet Paulas Annäherungsversuchen gab er nach. Warum war er für den hormonellen Stressabbau nicht in die Stadt gefahren?

Doc sammelte leise seine Kleidung ein. Wieso baumelten seine Socken an der Deckenlampe? Er ließ sie nur ungern zurück, aber im Krieg und bei One-Night-Stands gab es bekanntermaßen Verluste.

Doc riskierte nichts. Er raffte seine Sachen, huschte in den Flur und schloss Paulas Wohnungstür hinter sich. Erst dann zog er sich an.

»Doc«, tönte eine männliche Stimme hinter ihm.

Doc verfehlte sein Hosenbein und kippte zur Seite. Er schrammte an der Wand entlang und landete auf dem Boden.

»Um Himmels willen!«

»Pssst«, zischte er. »Paula darf nicht aufwachen.«

Doc betrachtete das Hosenbein, das er da in der Hand hielt. Was wollte er noch mal damit? Und wer stand eigentlich neben ihm? Es fiel Doc verflucht schwer, *beide* Augen auf die Stiefel zu richten, in die eine derbe Lederhose gestopft war. Darüber wölbte sich ein stattlicher Bauch, und mit zusammengekniffenen Augen starrte Doc den Ochsenwirt an. Oh, verflucht.

»Was machst du denn hier? Es ist acht Uhr morgens. Das ist selbst für dich früh. Wir machen erst in neun Stunden auf!«, dröhnte die Stimme Horsts über den Flur. Verfluchte Hölle, das war viel zu laut. Nicht nur für Docs schmerzenden Kopf.

»Pssst«, zischte Doc ein weiteres Mal. »Sei still. Wenn sie aufwacht, bin ich geliefert. Ach, ich bin sowieso erledigt. Verfluchter Alkohol.« Doc hangelte sich, so gut es im Sitzen ging, in seine Hose, fühlte sich plötzlich an den Armen gepackt und hochgezogen.

»Vielen Dank«, sagte Doc artig. Um allein aufzustehen, hätte er Stunden gebraucht. Er tastete nach dem Bund seiner Hose und zog sie endgültig hoch.

»Du warst bei Paula?«, flüsterte Horst und deutete auf deren Wohnungstür.

Doc nickte. Eine wahnsinnig schlechte Idee, sein Gehirn schlug gegen die vordere Schädelwand.

»Na, solche Krankheiten sind mir die liebsten. Für den Tag bekommt sie keinen Lohn.«

»Ich kann doch den Tag erstatten«, nuschelte Doc.

»Du willst sie für Sex bezahlen?«, fragte der Wirt pikiert.

»Sicher.«

»Wie eine Nutte?«

Hm … Wo lag das Problem? Doch das Gesicht des ›Ochsen‹, äh, seines Wirtes lief feuerrot an. »Okay, vergiss es«, nuschelte Doc. »Verpfeif mich nicht, und ich komm zweimal die Woche zum Rouladenessen vorbei.«

Was der Wirt von diesem Bestechungsversuch hielt, bekam Doc nicht mehr mit. Stolz, überhaupt halbwegs stehen und gehen zu können, wankte er den Flur entlang und die Treppe nach unten. Die Sonne sprengte ihm zwar schier den Schädel, als er auf die Straße trat, doch erreichte er unbehelligt seine Wohnung.

Erleichterung und Enttäuschung mischten sich in seinem Bauch zu einem eigenartigen Gefühl, als er beim Öffnen seiner Wohnungstür nicht vorwurfsvoll von einer Fledermaus angestarrt wurde.

Ob es dem Tierchen gutging? Doc fand das kleine Bett in der Küche verwaist vor, dafür stand die Balkontür offen. Oh Mann, hatte er etwa im gestrigen Wahn vergessen, die Tür zu schließen?

Doc durchsuchte seine Wohnung, doch nirgends konnte er die Fledermaus finden. Dieses undankbare Mistvieh hatte ihn verlassen! Aber was regte er sich überhaupt auf? Er sollte sich freuen. Er besaß keinerlei Verantwortung diesem seltsamen Tier gegenüber. Endlich würde es keine weiche Frauenstimme mehr geben, die ihn an seinem Verstand zweifeln ließ und ihn beinahe in die Nervenheilanstalt brachte. Es war gut, dass sie weg war. Jetzt konnte er sich wieder um seinen Roman kümmern.

Doch die Aussicht, nun stumpfsinnig auf den flirrenden Bildschirm zu starren, bescherte ihm nur den nächsten Schwindelanfall. Verflucht, er war wirklich zu alt für durchzechte Nächte. Er würde mindestens drei Tage und noch viel mehr Kaffeekannen brauchen, um den Kater loszuwerden.

Er schloss die Balkontür, doch nicht, ohne sich noch einmal umzusehen. Aber die Fledermaus war nirgends zu finden. Doc konnte nicht anders. Er vermisste sie, und das bewies nur, dass er wirklich durchdrehte. Ein wenig Schlaf bog seine Gehirnzellen sicher wieder gerade.

Er wankte in sein Schlafzimmer und legte sich mit dem Gesicht voran auf das Bett. Herrlich. Das war viel besser als die harte Matratze bei Paula. Hoffentlich rührten seine Rückenschmerzen nur daher und nicht davon, dass er mit Paula irgendwelche verrückten Stellungen des Kamasutras ausprobiert hatte.

Dumpfe Geräusche holten Doc aus Morpheus' Armen, und er hob blinzelnd den Kopf. Die Sonne war bereits untergegangen, nur das Licht der Straßenlaterne schien durch das Fenster. Er hatte den gesamten Tag verschlafen. In seinem Bauch kämpfte der knurrende Hunger mit der Übelkeit des Restalkohols. Erneut polterte es. Die Geräusche kamen nicht aus seiner Wohnung, sondern von oben. Vom Dachboden? Etwas scharrte, und dann folgten weitere dumpfe Geräusche. Schritte. War das die Fledermaus? Tollte sie auf dem Dachboden herum und schleifte ihren verletzten Flügel hinter sich her?

Doc rieb sich über das Gesicht. Mit einem Mal knallte es so laut, dass er hochschreckte. Er rollte sich zur Seite, krachte zu Boden und hievte sich, an den Bettpfosten geklammert, wieder auf die Füße.

Der Himmel stehe diesem penetranten Plagegeist bei, wenn die Fledermaus gerade die Einrichtung da oben zerlegte! Überhaupt, wie konnte man mit einem Wäscheständer und ein paar Kartons mit Fotos und Erinnerungen solchen Krach veranstalten?

Doc hechtete in den Flur und zur Dachluke, zog die Falltür auf und rechtzeitig den Kopf ein, bevor die Treppe ihm die nächste Migräne bescherte. Sie schlug auf dem Boden auf, und Doc krallte sich in die Stufen, um sich vorsichtig nach oben zu hangeln.

Nüchtern war der Aufstieg schon kein Vergnügen, aber jetzt flirrten dunkle Punkte vor seinen Augen. Vielleicht sein Gehirn, das sich langsam auflöste? Er hielt alles für möglich. Verrückter konnte er nach den letzten Tagen kaum werden. Schnaufend wuchtete er sich über den Rand, auf die Dielen und spähte in das Dunkel.

Summen erklang hinter ihm. Doc fuhr herum und wollte gerade sagen: »Na du kleines Miststück? Was machst du hier auf dem Dachboden?« Doch ihm blieb die Luft weg.

An die Dachschräge gelehnt saß eine Frau. Schwarze Korkenzieherlocken umrahmten ihr Gesicht und reichten bis auf ihre Schultern. Ihre Haut war so hell, sie schien im Dunkeln zu leuchten. Seine Halluzination war eindeutig dem Märchen Schneewittchen entsprungen, aber diese Prinzessin hier hatte sich Kopfhörer aufgesetzt, wiegte mit geschlossenen Augen den Kopf und summte leise. Neben ihr lag ein MP3-Player. Den linken Arm hielt sie seltsam steif, aber das vergaß er, als er merkte, dass sie völlig abwesend auf ein Fotoalbum in ihrem Schoß sah. *Sein* Fotoalbum!

Doc schob sich endgültig die Treppe hinauf und trat gebückt näher. Seine Haare streiften das Holz der Dachschrägen, und ein stechender Schmerz durchfuhr seinen Kopf. Mist, er hatte sich an einem herausstehenden Nagel Haare ausgerissen. Jetzt klemmten sie zwischen Holz und Metall und schienen ihn praktisch zu verhöhnen. Doc drückte die Hand gegen die geschundene Stelle und konzentrierte sich wieder auf die fremde Frau. Er räusperte sich. Vergeblich, sie kräuselte lediglich kurz die Nase, zuckte gedankenverloren mit den Schultern und begann mit dem Kopf zu zucken, während aus ihren Kopfhörern harte Laute dröhnten.

Sie hörte Heavy Metal? Doc beugte sich zu der Fremden und berührte ihre Schulter. Sie riss die Augen auf, starrte ihn an, und bevor er ausweichen konnte, versetzte sie ihm eine schallende Ohrfeige.

Grundgütiger. Doc taumelte zurück. Der Druck hinter seiner Stirn wurde stärker, und seine Wange brannte. Aber dieser Ausbruch brachialer Gewalt ließ seine Halluzination nicht verschwinden. Es hockte immer noch eine fremde Frau auf seinem Dachboden!

»*Mon Dieu*[13], haben Sie mich erschreckt. Können Sie nicht anklopfen?«

»Anklopfen?«, wiederholte Doc stumpfsinnig.

»*Oui*, anklopfen!«

Er wich zurück, als sie sich aufrappelte und das Album zu Boden fiel. »Haben Sie bei mir angeklopft, bevor Sie auf meinen Dachboden geklettert sind?«

»Hätte keinen Sinn gemacht«, schnaubte die Unbekannte und schürzte missbilligend die Lippen. »Sie haben geschlafen und gestunken. Nach Alkohol und Tabak.«

Bitte was? Diese Frau war in seinem Schlafzimmer gewesen? Ernsthaft? Doch sein Gehirn war scheinbar völlig durcheinander. Statt sich darüber aufzuregen, fragte er etwas völlig anderes. »Haben Sie eine Fledermaus gesehen?«

»Eine was?«

---

13 Mein Gott

»Eine Fledermaus ...«, sagte Doc noch einmal. Wusste der Teufel, warum er von der verflixten Fledermaus faselte. Er sollte die Unbekannte anbrüllen, verjagen, aber er konnte einfach nicht den Blick von ihr abwenden. Schönheit tat einem sowieso schon überstrapazierten Männergehirn nicht gut. Er hatte sie noch nie in diesem Dorf gesehen, und trotzdem kam sie ihm bekannt vor. »Wie sind Sie hier reingekommen?«

»Dumme Frage, wie soll ich hier reinkommen, über die Treppe natürlich«, sagte sie schnippisch, »Und wer sind Sie? Wollen Sie nicht vorstellen? *Monsieur*!«

Die Stimme kannte er doch! Weich, sanft, dunkel und rau. So sprach auch seine Fledermaus. Er hatte eben noch geglaubt, sein Leben könnte nicht verrückter werden. Wahrscheinlich war Docs Blick genauso zurückgeblieben, wie er sich fühlte. Er starrte sie einfach nur an. Auf ihren blassen Wangen bildete sich ein rötlicher Schimmer. Verlegenheit oder Wut? Okay, ihrer Schlagkraft nach zu urteilen, war es wohl eher Empörung, aber zum Henker, es war immer noch *sein* Dachboden!

»Vielleicht stellen Sie sich erst einmal *mir* vor!«, blaffte Doc. »Das ist das Mindeste an Höflichkeit, das man von einer Einbrecherin erwarten kann.«

»Einbrecherin? Ich? Was erlauben Sie sich?«

»Ich erlaube mir zu fragen, was Sie auf *meinem* Dachboden verloren haben!«

Sie legte den Kopf schief, und das listige Funkeln in ihren dunklen Augen ließ ihn bereits jetzt Böses ahnen. »Vielleicht bin ich die Fledermaus?«

Toll, noch eine, die einen genauso großen Knall hatte wie er. Als ob er mit seiner eigenen Meise nicht ausgelastet genug war.

»*Madame*«, presste Doc mühsam beherrscht heraus. »Verlassen Sie bitte meinen Dachboden.«

Der schwere Stoff des Kleides raschelte, als sie sich bewegte. In dem spärlichen Mondlicht, das durch die Dachfenster fiel, konnte er die Umrisse ihrer Bekleidung erkennen. Es war opulent geschnitten, mit einem weiten, bauschenden Rock, einer Korsage, kurzum, das Weib hatte sich hier zum Kostümball umgezogen!

»Wie heißt Ihre Fledermaus?« Ihre Stimme war unerwartet nah, und unwillkürlich zuckte er zurück. Seinen Bedarf an anhänglichen Damen hatte er heute mit Paula gedeckt, und doch konnte er sich nicht helfen, ihre Stimme bescherte ihm ein Déjà-vu nach dem anderen.

»Keine Ahnung«, knurrte Doc.

»Wie? Sie haben eine Fledermaus ohne Namen?« Sie drehte sich weg, der Rock ihres Kleides schleifte über den Boden, als sie ›putt putt putt‹ rufend in sämtliche Ecken spähte.

Doc fuhr sich durch die Haare und rieb sich das Gesicht. Sein Kater war eindeutig noch nicht willig, ihn zu verlassen, aber was nützte es? Bevor er weiterschlafen konnte, musste er diese Frau loswerden. »Meinetwegen, machen Sie sich über mich lustig. Darf ich Sie bitten, mir zu folgen?« Und ja, er gab sich keinerlei Mühe, den gereizten Tonfall zu unterdrücken.

Sie hielt inne und maß ihn misstrauisch. »Wohin soll ich Ihnen folgen?«

»In meine Wohnung!« Und dann gefälligst auf die Straße.

»Oh *non, non, non*. Ich kenne Ihre Absichten nicht. Vielleicht Sie sind ein Wüstling?«

Doc kniff die Augen zusammen. »Sehe ich so aus?«

»Sie haben einen Bart wie ein Räuber. Wie sagt man? Hosenplötz.«

»Hotzenplotz!«

»Habe ich doch gesagt. Hosenplötz.«

Diese Frau war die schlimmste Sprachschülerin aller Zeiten. Ein Wunder, dass sie überhaupt so manierlich Deutsch sprach. Doc atmete ein, wieder aus und wieder ein.

»Sind Sie krank, *Monsieur*?«, fragte dieses unsägliche Frauenzimmer unschuldig. »Sie klingen wie eine asthmatische Mücke.«

Doc presste fest die Luft aus seiner Lunge. »Wir gehen jetzt in meine Wohnung. Und entweder Sie kommen freiwillig mit oder ich muss nachhelfen.«

»Ah, Sie sind doch ein Wüstling!«

Ja, und was für einer. Von einem Kater gepeinigt, durfte man auch mal auf die gute Erziehung verzichten. Doc sprang auf sie zu, und ehe sie sich versah, legte er den Arm um die Taille der Fremden. Er schob sie zur Treppe, aber hey, er war so nett, sie haltgebend am Arm zu packen, als sie strauchelte.

Dafür knallte er selbst beinahe die wenigen Meter nach unten, als er ihr folgte.

»*Bon*, vielleicht sitzt Ihre Fledermaus auf dem Sofa«, verkündete dieses unsägliche Frauenzimmer, als hätte er sie nicht gerade von seinem Dachboden gezerrt, und marschierte in Docs Wohnzimmer. Verdutzt starrte Doc auf die leere Stelle, an der sie doch eben noch gestanden hatte. Aber da waren nur noch seine sortierten Schuhe und die Holzleiter.

Er presste die Finger gegen seine Schläfen. Dahinter pochte es wie in einem frisch eröffneten Steinbruch. Paulas Massage war völlig für die Katz gewesen. Es zog schmerzhaft von seinem Nacken in den Kopf, und er wusste nicht, was er sich wünschen sollte. Dass diese Frau nur eine schmerzbedingte Einbildung war oder nicht.

Halt an den Wänden und Schränken suchend taumelte Doc ebenfalls ins Wohnzimmer. Die Fremde saß kerzengerade auf dem Sofa, presste die Hand gegen ihren linken Arm und sah sich um. Jetzt, im hellen Licht, erkannte er mehr von diesem Satansbraten. Sie war vielleicht zwanzig Jahre alt, höchstens fünfundzwanzig, und sehr schlank. Lange Wimpern rahmten die haselnussbraunen Augen ein, und wann immer sie die Lider senkte, wiesen sie direkt auf ihre Stupsnase. Diese Frau war keine aufreizende Schönheit, aber sie gefiel ihm außerordentlich gut.

Zum Teufel, wie kam er auf solches Zeug? Je eher er sie wieder loswurde, umso besser. Er war doch keine Pension. Erst die Fledermaus, jetzt sie.

»Zu welcher Party wollen Sie?«, fragte Doc. Mit einem verwunderten Gesichtsausdruck folgte sie seinem Fingerzeig und betrachtete ihr Kleid.

»*Non*, keine Party.«

»Sind Sie eine von diesen Gothics?«

Jetzt starrte sie ihn verständnislos an. Himmel noch eins, wenn sie mit diesem berüschten Ding auf keine Party ging und nicht der Szene angehörte, die solche Kleidung aus Spaß trug, dann war die verbleibende Erklärung, dass sie aus der gleichen Nervenheilanstalt getürmt war, in die man ihn hatte stecken wollen.

Doc verschränkte die Hände hinter dem Rücken und beugte sich nach vorn. »Jetzt noch einmal ganz langsam: Wer sind Sie?«

»Ich bin die Enkelin von Madame Souciére.«

Nur der Teufel wusste, wer Madame Souciére war. Den Namen dachte sie sich doch aus!

»Und was tun Sie auf dem Dachboden?«, presste Doc heraus.

Sie verzog versonnen die Lippen zu einem hinreißenden Lächeln. »Ich habe mir Ihre Bilder angeschaut. Sie waren ein *charmant petit bébé*[14].«

»Wie zum Teufel kommen Sie dazu, meine Fotos anzusehen?«, brüllte Doc.

Das Lächeln auf ihrem Gesicht erstarb, und sie warf ihm einen zornigen Blick zu. »Sie, *Monsieur*, haben keine Manieren!«

»Die Polizei wird noch unhöflicher zu Ihnen sein!«

Sie schürzte die Lippen und starrte ihn trotzig an. »Meine Großmutter wohnt in der unteren Etage ...«

»Da wohnt nur Frau Rottenmecker.«

Sein ungebetener Gast schlug die Lider nieder. »Ich weiß. Das habe ich schon gesehen. Aber früher lebte meine Großmutter hier!«

»Hat sie was verbrochen, dass sie ohne Nachsendeauftrag verschwinden musste?«, spottete Doc.

»Sie glauben mir nicht!«, rief sie aus.

»Sie wissen nicht, wo Ihre angebliche Großmutter wohnt. Sie sitzen in diesem Kleid auf meinem Dachboden ...!«

»Gefällt es Ihnen nicht?«, fragte sie entsetzt. »Ich musste das erste anziehen, das ich finden konnte. Es ist ein wenig zerknittert ...«

---

14   Süßes kleines Baby

Der Himmel steh ihm bei. Doc atmete tief durch und ignorierte ihre Frage. »Warum waren Sie auf meinem Dachboden?«

»Ich hatte gehofft, ich könnte auf meine Großmutter warten.«

Ihre dunklen Augen starrten flehend zu ihm herauf. Sie log. Er wusste es, sie wusste es. Es war aber auch eine miserable Ausrede.

»Sie wollen es mir also nicht sagen«, stellte Doc fest.

Sie senkte erneut den Kopf, verkrampfte die schlanken Finger um den Stoff des Rockes, und ihre Worte waren so leise, dass er sie im ersten Moment beinahe überhört hätte. »Wollen Sie mich werfen? Hinaus?«

Er wollte nichts lieber als das!

»Oh, Sie wollen, dass ich geh«, rief sie plötzlich aus, rutschte vom Sofa und fiel vor ihm auf die Knie. Sie packte seinen Gürtel und war viel zu nah an gewissen Stellen, deren Begehren er sonst geflissentlich ignorierte, wenn er nicht gerade Paula besoffen hinterherwankte. Doc wich zurück, aber sie folgte ihm auf den Knien und kam mit ihrem Gesicht Docs Schritt noch näher.

»Stehen Sie auf, um Gottes willen«, murrte Doc und versuchte, ihre Finger von seinem Gürtel zu lösen. Ohne Erfolg im Übrigen. Sie krallte sich so fest, dass sie ihm fast die Hose von den Hüften riss.

»Bitte schicken Sie mich nicht weg, *mon sauveur*[15]. Sie sind ein aufrechter Mann.«

»Vorhin war ich noch ein Wüstling.«

»Ein aufrechter Wüstling.«

---

15 Mein Retter

Wenn sie ihr Gesicht weiter so nah an seinen Schritt hielt, dann würde sein *Wüstling* wirklich gleich aufrecht sein. Doc riss sich mit einem Ruck los, stolperte zurück und stieß dabei den Beistelltisch um.

»Bitte lassen Sie mich nicht im Stich«, flehte sie ein weiteres Mal. Aber verflixt, er war ja schon froh, dass sie ihm nicht hinterherkroch. Obwohl, dann könnte er sie aus der Wohnungstür kriechen lassen, über sie hinwegsteigen und den Eingang verriegeln. Aber irgendetwas hielt ihn zurück, und sie war nicht dumm. Sie spürte seine Unentschlossenheit. Sie hob den Blick, biss sich mit Sicherheit aus purer Berechnung auf die volle, leicht geschwungene Unterlippe. Sie stand auf, berührte ihn am Arm, zog sanft an seinem Hemd, und obwohl es eine verdammt dumme Idee war, setzte er sich neben sie.

»*Je suis désolé*[16]. Ich bringe Ihnen so viel Ungemach.«

»Was ist mit Ihrem Arm?«, fragte Doc.

Sie winkte ab. »Nichts, nur ein wenig geprellt. Er spielt keine Rolle. Aber wenn Sie wollen, werde ich es Ihnen erklären. Wie alles andere.«

»Das wäre ausgesprochen hilfreich«, brummte Doc und versuchte standhaft, ihr Streicheln an seinem Arm zu ignorieren. Heiliges Kanonenrohr. Eine Einbrecherin sollte nicht mit der kleinsten Berührung einen solchen Schauer durch seine Nervenbahnen schicken. Aber sie sah nicht aus, als würde sie hauptberuflich Schlösser knacken. Sie sah wie jemand aus, der Stadtführungen in mittelalterlichen Kostümen übernahm und törichten Touristen erfundene Geschichten erzählte. Genau genommen war sie die beste

---

16   Es tut mir leid

Hauptdarstellerin für die süße, ungeschickte, aber durchaus berechnende Vampirin seines Buches. Genau so hatte er sich die Figur seines Buches vorgestellt. Schickte ihm das Schicksal Inspiration? Er war sich noch nicht darüber im Klaren, als erneut ihre warme Stimme erklang. So einlullend und sanft.

»Haben Sie ein wenig zu essen? Ich habe Hunger.«

Pah, einlullend, ja. Damit sie sich jetzt auch noch bei ihm durchschnorren konnte. Es wäre wirklich besser, wenn er sie sofort hinauswarf und am besten gleich noch sein Türschloss ersetzte. Und doch ... Sie war interessant, sie war dreist, und sie war hübsch. Kurzum, sie war wirklich die perfekte Muse, und er hatte fürchterliche Kopfschmerzen. Außerdem knurrte ihn sein Magen an wie ein räudiger Hund kurz vor dem Hungertod. Doc käme heute Abend sowieso nicht zum Schreiben. Also warum die nicht genutzte Zeit nicht in sie und ihre, nein, *seine* Story investieren. Vielleicht war ihre Geschichte halbwegs spannend, dann könnte er sie für das Buch verwenden. Nach dem Essen konnte er sie immer noch auf die Straße setzen und sich morgen seinem Roman widmen. Was verlor er also schon, wenn er ihr den kleinen Finger reichte? Ein paar Stunden mit dieser Frau, in denen er sie genau studierte, und er würde die nächsten Kapitel im Handumdrehen schreiben.

»Wir könnten essen gehen«, schlug er vor.

»Essen? In ein Restaurant?«

»Wenn Sie wollen ...«, sagte Doc und reichte ihr seine Hand. Sie ließ sich nach oben ziehen, ihr Kleid raschelte leise. Sie würde in dieser Aufmachung definitiv auffallen, aber er wusste, wie ungesund es für einen Mann ausgehen konnte, die Kleidung einer Frau zu kritisieren. Zumal sie ihn so hinreißend anlächelte. Und was sollte er zu ihr sagen?

Dass sie das Gewand bitte ausziehen sollte, weil sie so schön war? Das konnte er nach dem Essen immer noch versuchen, bevor er sie auf die Straße setzte.

Seine Besucherin lehnte ihren Kopf an seine Schulter, und die rehbraunen Augen funkelten. »Ich habe gehört, in diesem Ort gibt es den Pub ›Ochsen‹. Es soll *tres bon* [17] sein. Ich möchte dahin.«

Oh, verflucht.

---

17   Sehr gut

Kapitel 5

Roulade ohne Arsen, bitte!

Doc versuchte wahrlich sein Bestes, sie von dieser beschissenen Idee abzubringen. Er schlug vor, mit dem Auto nach Frankfurt zu fahren und dort in ein Edellokal zu gehen. Er erwog sogar ein Kerzenscheindinner in einem Sushi-Restaurant. Nur Gott allein wusste, wie sehr er rohen Fisch und Algen verabscheute. Aber ihre Augen funkelten nur bei jedem Vorschlag vergnügter, und sie schüttelte immer wieder den Kopf. »*Non, non*, warum machen wir so viele Umstände? *Le* ›Ochsen‹, *tres bon*.«

Mist, verfluchter! Merkte sie nicht, dass er nicht in den ›Ochsen‹ wollte? Pah, so wie sie lächelte, wusste sie es durchaus. Wie konnte eine Frau so sadistisch sein? Und wieso ließ er sich wie ein Vollpfosten auch noch hereinlegen? Die Antwort war recht einfach: Er war ein Idiot, und sie war hübsch. Das allein würde ihn noch nicht davon überzeugen, in den ›Ochsen‹ zu gehen. Nein, das Schlimmste war, dass sie, je länger er sie betrachtete, zur idealen Hauptfigur seines Buches wurde. Ihre Augen, kräftige Augenbrauen und ausgeprägte Wangenknochen, bildeten faszinierende Gesichtszüge, in die sich ihre vollen Lippen wie ein perfekt passendes Puzzlestück einfügten. Die Art, wie sie die Hände hob, um ihre Worte zu unterstreichen, oder wie sie die Lippen schürzte, wenn ihr ein Begriff nicht einfiel. Außerdem war er neugierig auf ihre Geschichte. Neugier war schon immer jedes Autoren Tod gewesen.

Als sie seine Hand ergriff und ihn in den Flur zog, gab sich Doc geschlagen. Brach Paulas Donnerwetter eben heute schon über ihn herein. Er war ein Mann, er würde es überstehen, selbst wenn sie ihm die geliebte Roulade ohne Teller auf dem Schoß kredenzte.

Vielleicht war die Anwesenheit seiner Einbrecherin dabei ein Vorteil. Sie war attraktiv, sie hatte Witz, und sie hielt ihn an der Hand. Dieser Anblick sollte Paulas Hoffnungen endgültig zerschlagen, und die Anwesenheit von Zeugen, pardon, anderen Gästen hielt Paula bestimmt von einem Mord ab. Aber warum fühlte er sich dabei unendlich schäbig? Es war für sie beide besser, wenn sich Paula nach einem Mann umsah, der ihre Gefühle erwiderte und ihre kurzen Röcke zu würdigen wusste.

Unten auf der Straße hakte sich seine Begleiterin bei ihm ein, und wenn seine Schritte zu langsam wurden, zog sie ihn unbeirrt weiter.

Verstohlen betrachtete er sie von der Seite. Ein Lächeln umspielte ihre vollen Lippen, und wann immer ein Lichtschein aus den Fenstern der Häuser den Gehsteig erhellte, kniff sie kaum merklich die Augen zusammen.

Als sie den ›Ochsen‹ erblickte, begann sie zu strahlen und klammerte sich ein wenig fester an seinen Arm. »*Oui*, wunderbar. Wie in meinem Traum.«

In ihrem Traum? Sie träumte vom ›Ochsen‹? Mit ihrem Unterbewusstsein stimmte doch etwas nicht. Aber er hielt ihr die Tür auf. Mit einem erstaunlichen Selbstbewusstsein schleifte sie den Rock ihres schweren Kleides über die Schwelle, blieb stehen und ließ den Blick über die Anwesenden schweifen. Die Unterhaltungen verstummten, und als Doc neben sie trat, merkte er auch, warum. Es waren zehn Gäste anwesend, und diese starrten ausnahmslos seine Begleiterin an.

»*Bon*, wunderschön«, jubelte jene und schlängelte sich zwischen den Tischen hindurch.

»Wollen wir da rüber gehen?«, schlug Doc vor und deutete auf eine Sitzecke, abseits von den anderen.

Sie schüttelte so energisch den Kopf, dass die Locken flogen. »Bin ich Ihnen nicht hübsch genug? Wollen Sie mich verstecken?«

Wie kam sie denn auf solchen Unsinn? »Nein«, protestierte Doc, und sie nickte zufrieden.

»*Oui*, ich will alles sehen. Die Menschen, die Tische.«

Wie schön für sie, aber er nicht! Trotzdem gab er sich geschlagen. Sie suchte sich einen Tisch, der zwar an der Wand stand, aber von dem sie den gesamten Raum im Blick hatte und dieser wiederum sie.

Die Stille war erdrückend und völlig untypisch für dieses Lokal. Er brauchte nicht hinzusehen, um zu wissen, dass sie Docs Begleitung immer noch anstarrten. Die vermeintliche Einbrecherin war erstens im Ort völlig unbekannt, und zweitens sah sie aus wie eine aus der Oper getürmte Julia-Sängerin. Erst als sich Doc mit ihr setzte, begannen sie zu tuscheln.

»Ich weiß nicht einmal Ihren Namen«, gestand Doc.

Sie öffnete gerade den Mund, da rauschte Paula heran. Deren Wangen leuchteten rot wie ihr Haar. Sie knallte ihre hohen Absätze so hart auf den Boden, dass das feste Fleisch an ihren nackten Oberschenkeln wackelte und der Minirock noch ein wenig höher rutschte. Eilig wandte Doc den Blick ab und betete zum Höchsten, er möge ihn unsichtbar machen. Der ließ ihn aber gnadenlos im Stich. Weder starb Doc unvermittelt, noch versank er samt seinem Stuhl im Boden, geschweige denn, dass Paula ihn übersah.

Diese pfefferte die Speisekarten auf den Tisch und fixierte Doc. Sie zog die Augenbrauen so fest zusammen, dass die Furche zwischen diesen genauso tief war wie die zwischen ihren Brüsten. Docs Begleiterin griff nach einer der Karten, während sich Paula über den Tisch zu Doc lehnte.

»Wer ist sie?«, zischte Paula.

»Ähm, meine Cousine?«

Seine Begleiterin senkte die Speisekarte. »*Non, non*, ich bin nicht verwandt mit einem solchen Wüstling!«

»Ich bin kein Wüstling«, protestierte er.

Die schwarzen Locken tanzten erneut, als sie den Kopf schüttelte. »Doch. Sie sind ein Wüstling! Sie haben mich in Ihre Wohnung gezerrt!«

Paula schnappte nach Luft. »Du hast sie in deine Wohnung geschleift?«

»Sie war auf meinem Dachboden! Außerdem wollte *sie* doch unbedingt bleiben.«

»Natürlich«, blaffte Paula. »Auf meinem Dachboden kreuzen auch immer irgendwelche Kerle auf.«

»Das erklärt natürlich, warum du mich besoffen abgeschleppt hast.« Okay, das klang jetzt kindischer, als es geplant war. Aber letztendlich war es doch so! Wäre er nüchtern gewesen, wäre er niemals mitgegangen.

»Ich habe dich nicht zum Trinken genötigt«, fauchte Paula. »Und wer hat unter der Nackenmassage gestöhnt, als würde ihm eine Nutte einen blasen?«

Die Gespräche der anderen waren schon wieder verstummt. Doch diesmal starrten sie nicht Docs Begleiterin an, sondern ihn selbst und Paula.

Docs Gast, von der er immer noch nicht ihren verfluchten Namen kannte, neigte den Kopf. »Ich sagte doch: Wüstling.«

»Ich bin kein Wüstling! Wer hat hier wen auf Knien angefleht?«

Paula schnaubte so heftig, dass sie im nächsten Moment niesen musste. Himmel, ja, er hatte es verdient. Ein einziges Mal nicht aufgepasst. Einmal mit einer Frau mitgegangen, ohne die feste Absicht, sie zu heiraten. In diesem Dorf herrschte noch das tiefste Mittelalter, aber er wohnte ja freiwillig hier. Also musste er die Hexenjagd wohl über sich ergehen lassen, aber der Teufel steh ihm bei, er musste das nicht nüchtern tun.

»Bring eine Flasche Rotwein«, knurrte Doc, und Paula kniff die Augen zusammen.

»Du schuldest uns noch fünfunddreißig Euro für den Schnaps von gestern Abend.«

Dieses Miststück. Aber Doc zog sein Portemonnaie heraus und reichte Paula einen Fünfziger.

Die Kellnerin schnappte den Schein. »Ziemlich wenig Trinkgeld. Aber du bist ja in allen Bereichen spärlich bestückt.«

»So schlecht kann es nicht gewesen sein. Im Gegensatz zu mir kannst du dich offenbar erinnern«, murrte Doc.

»Ich wünschte, wir könnten tauschen.«

Ein amüsiertes Prusten auf dem Stuhl gegenüber ersparte Doc die Antwort auf Paulas Worte. Diese wandte sich ab und stolzierte davon.

Docs Begleiterin blätterte in der Karte und lugte über den Rand. »Sie ist sehr hübsch.«

Er knurrte unwillig. Hübsch oder nicht, Paula war ein Satansbraten und er ein Idiot. Bei einer solchen Konstellation konnte er nur verlieren.

»Und sehr temperamentvoll. Viel heftige *l'amour*, krachende Betten und hübsche Kinder«, sinnierte sie.

»Wenn Sie nicht sofort jeden Kommentar für sich behalten, gehen wir wieder«, drohte Doc.

Sie schürzte beleidigt die Lippen, aber sie hielt, dem Himmel sei Dank, endlich den Mund.

Paula kehrte zurück und knallte die Flasche Wein auf den Tisch. Doc zog gerade rechtzeitig seine Hand zurück, bevor sie ihm die Flasche auf die Finger schlug.

»Da fehlen noch zwei Gläser.«

Paula starrte ihn eisig an. »Von Gläsern hast du nichts gesagt.«

»Ist das nicht selbstverständlich?«

»Du solltest dir schon einig sein, was du bestellen willst«, blaffte Paula. »Also, was wollt ihr?«

»Zwei Gläser für den Wein und eine Roulade. Auf einem Teller.« Hatte er was vergessen? »Ohne Gift«, fügte er hinzu.

»Roulade ist aus«, flötete Paula und zog betont mitleidig die Mundwinkel nach unten. »Tut mir leid.«

Ja, ja, von wegen. Doc spähte an ihr vorbei. »Aber Herr Schmidt hat eine.«

»Das war die letzte.«

Warum zum Teufel war er noch mal hergekommen? Ach ja, er hatte auf dem Dachboden sein Gehirn vergessen und sich wie der letzte Trottel überreden lassen herzukommen.

Die Schuldige an diesem Desaster musterte Paula mit großen Augen durchdringend, bis die Kellnerin nicht anders konnte, als sie nach ihrem Wunsch zu fragen.

»Sagen Sie, haben Sie Quiche Lorraine? Ich rieche so gern den Duft von Quiche Lorraine.«

Paula starrte Docs Begleitung verständnislos an, und Doc konnte es ihr kaum verübeln. Sie roch so gern den Duft?

»So. Etwas. Haben. Wir. Nicht«, sagte Paula so langsam, als hätte sie es mit einer völlig Verblödeten zu tun. »Wir haben Sauerbraten, Roulade ...«

»Bah«, machte Docs Begleitung.

»Du sagtest doch, die Roulade wäre aus«, blaffte Doc.

Paula warf ihm einen garstigen Blick zu. »Für dich wird es hier nie wieder welche geben.«

Oh, wie gern würde er ihr den verwöhnten Hals umdrehen, aber Mord war in der Öffentlichkeit ja leider verpönt. Er ballte die Fäuste, und zu seiner Überraschung langte seine namenlose Gefährtin über den Tisch und legte sanft die Hand auf seinen Arm.

»*Oui*, ich nehme die Roulade.«

»Dann nehme ich den Sauerbraten«, seufzte Doc. »Auf einem Teller, ohne Gift. Mit Messer und Gabel.«

Paula warf ihm einen bösartigen Blick zu, der ihm, zugegeben, schon ein wenig Angst machte. Vielleicht sollte er Paula vorkosten lassen.

Doc entkorkte den Wein, und als der Wirt im Vorbeigehen zwei Gläser auf ihren Tisch schob, füllte er jene mit der rubinfarbenen Flüssigkeit. »Ich weiß immer noch nicht Ihren Namen.«

»Ramina.«

Ein seltsamer Name, dennoch kam er ihm vertraut vor. Hatte er ihn schon mal gehört? Mist, verflixter, die letzten Tage erschienen ihm wie ein vorbeirauschender Traum, voll undurchdringlichem Chaos. Aber der Blick aus diesen dunklen, sanften Augen ließ ihn die Unannehmlichkeit des

Abends vergessen. Er wurde tatsächlich alt. Aber auch ein alter Mann durfte sich für einen Abend ein wenig verlieben.

Doc hob sein Glas. »Auf Sie, Ramina.«

Sie tat es ihm gleich, und das Klingen beim Zusammenstoßen ihrer Gläser war ebenso sanft wie ihr Lächeln.

Sie nahm einen Schluck und verzog das Gesicht. »Pfui, *horrible vin*[18].«

»Wir können froh sein, dass es kein Essig ist.« Er kramte seine Pfeife hervor, stopfte den Tabak hinein und zündete sie an. Der Rauch beruhigte ein wenig seine aufgebrachten Nerven, auch wenn Ramina die Nase rümpfte. Hey, sie hatte mit ihm ausgehen wollen, also sollte sie sich an den Pfeifengestank gewöhnen.

Ramina schnalzte mit der Zunge. »*Oui, l'amour* ist sehr heftig hier. Sie hat das Temperament einer Französin.«

»Sie hat etwas falsch verstanden«, wehrte Doc ab. Der Himmel bewahre ihn vor Paulas *l'amour*.

»Weil Sie sie nicht in Ihre Wohnung gezerrt haben?«

»Eher, weil ich mich in ihre zerren ließ!«

Ramina legte den Kopf schief. »Warum?«

»Ich hatte einen schlechten Tag.«

»Weil Sie Ihre Fledermaus gesucht haben?«

Mist. Das Tier hatte er völlig vergessen. Ob es ihr gutging? Hatte sie es zurück zu ihrem Nest geschafft, oder war sie gegen eine andere Fensterscheibe gedonnert?

»Es war einer der Gründe.« Er konnte ihr ja schlecht sagen, dass die Fledermaus sprechen konnte und er wegen ihr beinahe in einer Psychiatrie gelandet war.

---

18 Schrecklicher Wein

Ramina strich über seinen Arm. »Sie vermissen Ihre Fledermaus?«

Gerade setzte Doc das Glas an, um erneut einen Schluck von dem sauren Wein zu nehmen, als ihn ihre Frage innehalten ließ. Äh, was? Vermisste er die Fledermaus? Natürlich nicht. Wer vermisste schon Stimmen in seinem Kopf? Aber bevor er antworten konnte, tätschelte Ramina seinen Arm. »Sie kommt sicher zu Ihnen zurück.«

Das war auch seine Befürchtung. Jedoch … Er brachte es nicht übers Herz, ihr das zu sagen. Ihr warmer Blick berührte etwas in ihm, das er sonst immer nur seinen Protagonisten mit kurzen, berührenden Worten aufdrückte: Sie sorgte dafür, dass er die Welt um sich herum vergaß. Der ›Ochsen‹, Paula, dieser Essig, der sich Wein schimpfte, all das hatte keine Bedeutung, wenn er ihr in die Augen sah.

Jedenfalls bis Paula beide zusammenzucken ließ, indem sie die Teller auf den Tisch knallte. Die Roulade schlitterte über das Porzellan und hing gefährlich schwankend über den Rand. Soße tropfte auf den Tisch, und dazu gesellte sich noch die Hälfte des Sauerbratens, dem die Achterbahnfahrt schlecht bekam und der vom Teller rutschte.

»Lasst es euch schmecken«, ätzte sie und klang dabei eher so, als sollten sie daran ersticken. Gut möglich, dass sie es auch so sagte und sein Gehirn lediglich die höflichere Variante zu ihm durchdringen ließ.

Ramina beugte sich nach vorn und schnüffelte an der Roulade. Dann schob sie den Teller in seine Richtung. »*Oui*, Sie wollten doch die Roulade, oder? Nun, hier ist sie.«

»Aber *Sie* wollten doch die Roulade«, wandte Doc ein.

Ramina winkte ab. »Aber doch nur, weil ich wusste, dass *ich* sie bekomme. Die Kellnerin hat heißes Temperament, aber sie ist nicht sehr klug.«

Sie zog den halbleeren Teller mit Sauerbraten zu sich heran. »*Vite, vite.* Essen Sie schnell, bevor die heiße Kellnerin es wieder wegnimmt.«

Ließ er sich das zweimal sagen? Gewiss nicht. Doc war schon immer der Meinung gewesen, man sollte Gelegenheiten beim Schopfe packen, wenn sie sich ergaben.

Ramina sog ab und an ein wenig Luft ein, aber sie rührte den Sauerbraten nicht an. Sie stocherte nur mit der Gabel am Fleisch und im Kraut herum.

»Schmeckt es nicht?«, fragte Doc besorgt.

»*Non. Non.* Ich habe keinen Hunger.«

Warum zum Teufel waren sie dann hierhergekommen? Flehte ihn erst an, um ihn dann zum Gespött des Dorfes zu machen? »Aber Sie sagten doch, Sie hätten Hunger.«

»Nicht auf Lebensmittel.« Ramina beugte sich nach vorn, legte ihre Hand auf seinen Arm, und ihr Blick zog ihm nicht nur die Schuhe aus, er konnte froh sein, dass ihm das Funkeln in ihren Augen nicht gleich das Hemd vom Leib riss. Wann war er sich das letzte Mal dermaßen dumm vorgekommen? Nahm sie ihn auf den Arm oder meinte sie das ernst?

Sie grinste verschmitzt und strich ihm über die Wange, bis hinunter zu seinen Lippen. Erst das Krachen von splitterndem Glas riss ihn wieder in die Realität. Die Scherben zweier Bierhumpen lagen auf dem Boden, und eine Lache Bier verbreitete einen deftigen Gestank.

Ramina rümpfte erneut die Nase. »*L'amour* macht ungeschickt.«

Täuschte er sich oder klang sie schadenfroh? Paula lief feuerrot an und bemühte sich, die Bescherung so schnell wie möglich aufzuwischen.

Doc hingegen schlang die Roulade hinunter, denn was einmal in seinem Magen war, konnte man ihm nicht mehr wegnehmen oder gar ins Gesicht werfen.

Ramina sah ihm amüsiert zu und trank den Wein, ohne eine Miene zu verziehen. Dafür lächelte sie und winkte Paula zu, wann immer diese mordlüsterne Blicke in ihre Richtung abfeuerte.

»Sie wollten mir Ihre Geschichte erzählen«, erinnerte sie Doc.

Sie seufzte und fuhr mit den Fingern durch die Locken. »Es ist eine kurze Geschichte, aber nicht sehr schön. Ich lebe in den *l'Alsace*[19], in einem kleinen Dorf. *Mon pere*, mein Vater, hat ein altes Herrenhaus und braucht Geld, viel Geld, für Reparaturen. Er will, dass ich Etienne heirate. Etienne ist sehr reich, aber fett und dumm. Ich bin geflohen. Ich wollte zu meiner Großmutter, aber wie Sie schon sagten, sie wohnt nicht mehr dort. Nun weiß ich nicht, wohin ich gehen soll. *Cést tout*, das ist alles.«

»Kann Ihr Vater keinen Kredit aufnehmen?«, fragte Doc verdutzt. In welchem Jahrhundert lebten sie schließlich? Die eigene Tochter zu verschachern, damit sie einen reichen Schnösel heiratete. Pah, was war das für ein Vater?

»Einen Kredit?«, wiederholte Ramina zweifelnd.

»Ja, einen Kredit. Er kann sein Haus reparieren und bezahlt dann die monatlichen Raten. Da muss er seine Tochter nicht verkaufen.«

Zugegeben, die Geschichte ärgerte ihn. Der Gedanke, dass dieses wundervolle Wesen, das für ihn Roulade bestellte, einen dummen Goldesel heiratete, nur damit der

---

19 Elsass

werte Herr Vater seinen zugigen Kasten renovieren konnte – der ging ihm gehörig gegen den Strich. Die Frauen emanzipierten sich zunehmend, und dann bekam er solche Geschichten zu hören.

»Sie würden mich also nicht zu Etienne zurückschicken?« Der Augenaufschlag hatte sich gewaschen, und ihm wurde warm ums Herz.

»Niemals.«

»Ich bleibe gern bei Ihnen«, flötete sie.

Okay ... »Sie meinen, bis wir Ihre Großmutter gefunden haben.«

Ramina lächelte. »*Naturellement*[20]. Nur bis wir sie gefunden haben.«

Verdammt, dann konnte er sie heute Abend nicht einfach vor die Tür setzen, und wenn er ehrlich war, mittlerweile wollte er es auch nicht mehr. Nicht die Neugier war des Autors Tod, sondern eine schöne Frau. Warum konnte er sich nicht einfach einen Sportwagen zulegen, wie jeder normale Mann in der Midlife-Crisis?

---

20 Natürlich

Kapitel 6

L'amour muss auf dem Sofa schlafen

Paula ging dazu über, Doc zu ignorieren. Sehr gut! Ihm konnte es nur recht sein. Es erstaunte ihn ohnehin, dass er die Roulade gegessen hatte und immer noch lebte. Er wand sich nicht unter Schmerzen und Stöhnen auf dem Boden und hauchte auch nicht unter dem Einfluss von Arsen seinen letzten Funken Leben aus.

Aber die Roulade war auch für Ramina bestimmt gewesen. Rührte seine reizende Begleiterin den Sauerbraten deswegen nicht an? Verstand sie sich besser auf die Tücken einer eifersüchtigen Frau als er? Dann durfte sie ihn nie wieder aus den Augen lassen, oder er sollte sich schleunigst eine neue Wohnung weit, weit weg von Paula und diesem Dorf suchen.

Als Ramina das Gähnen dezent hinter ihrer Hand verbarg, zog Doc mehrere Geldscheine aus seiner Geldbörse und legte sie auf den Tisch. Paulas Blicken nach zu urteilen war die Frage nach der Rechnung der blanke Selbstmord. Am Ende stopfte ihm Paula diese sonstwohin. Wenn er Glück hatte, dann nur in den Rachen.

Jeder, wirklich jeder starrte Ramina an, als sie aufstanden und Doc ihr seinen Arm reichte. Paulas mordlüsterner Blick bohrte sich in seinen Rücken, während sie nach draußen gingen, und pure Erleichterung machte sich in ihm breit, als die Tür hinter ihnen zufiel. Jetzt konnte Paulas Blick nur noch Löcher in das Holz brennen.

Ramina lehnte den Kopf gegen seine Schulter und seufzte. »*Oui*, wunderschön.«

Doc folgte ihrem ausgestreckten Finger, der geradewegs in den Himmel zeigte. Der Mond stand als helle, runde Scheibe am Firmament, und immer deutlicher traten auch die Sterne hervor. Es gab nur ein Sternbild, das Doc auf Anhieb erkannte, und das war Orion. Für den Rest fehlte ihm schlichtweg die Vorstellungskraft. Wie sollten drei wirr angeordnete Sterne ausgerechnet einen Gürtel darstellen? Wer hatte das festgelegt? Ein bekiffter Philosoph?

Glücklicherweise kam Leben in Ramina, bevor Doc seine halbgaren Gedanken aussprach.

Sie zog an seinem Arm und deutete die Straße hinunter. »Ich kenne einen wunderschönen Platz für *l'amour*.«

Ähm, sie wollte doch jetzt nicht mit ihm auf ein Feld und dort *l'amour* machen, oder? Sex im Freien war unangenehmer, als man es gelangweilten Pärchen verkaufte. Kein Wunder, dass die meisten Ehetherapien völlige Zeit- und Geldverschwendung waren. Legte man sich auf den Boden, dann krochen Ameisen an Stellen herum, an denen sie nichts verloren hatten. Im Stehen klagten Frauen dann über aufgerissene Hände, weil sie sich an die Baumstämme klammerten, damit man nicht umfiel.

Es gab im Freien keine ideale Position. Es sei denn, man schob das Bett nach draußen, und selbst dann gab es genügend Mücken, die einen für diese Dummheit feierten und das Buffet für eröffnet erklärten. Außerdem war es kalt!

Trotzdem folgte er ihr. Raminas Finger lagen fest um seine Hand. Sie summte leise, und bei jedem Schritt hüpfte sie vergnügt ein wenig. Nur, wenn sie ihren verletzten Arm zu ungestüm bewegte, zischte sie kaum hörbar vor Schmerz. Im Licht des Mondes konnte er das Lächeln auf ihren Lippen erkennen. Ihre gute Laune war ansteckend. Wann hatte er das letzte Mal einen Spaziergang im Dunkeln so genossen?

Je weiter sie sich von den Häusern am Rande des Dorfes entfernten, umso heller wurden die Sterne. Kein künstliches Licht verschmutzte den klaren Himmel, und als ihn Ramina unvermittelt ins Gebüsch zog, versuchte er, die Arme um sie zu legen. Doch sie war flink. Sie kicherte, wich aus, und er knallte mit dem Knie gegen die Lehne einer Holzbank.

»Warum so eilig? Sie wollen mich zerren? Vielleicht in Ihr Bett? Wie unartig.« Sie kam wieder näher, griff nach seinen Händen und legte sie sich auf die Taille. Er spürte die harten, aber biegsamen Streben ihres Korsetts unter den Fingern. Ihre Lippen legten sich zart und seidenweich auf seine. Ein sanfter Druck, der ihn auf die siebte Wolke hob und die Fledermäuse, ähm, Schmetterlinge in seinem Bauch zum Tanzen brachte. Er zog sie fester an sich, schmeckte begierig ihre Lippen, ihre unschuldige Süße. Alles andere als fromm verführte sie ihn zu einem wilden Zungenspiel. Küsse und Berührungen, die seine Nerven sensibilisierten und wahre Schauer durch seinen Körper jagten.

Sie strich über sein Hemd, spielte an den Knöpfen, bis sie aus den Löchern rutschten, und schob ihm den Stoff von den Schultern. Der Wind bewegte die Härchen seiner Brust. Raminas Zunge fuhr über seinen Hals, und ein Stöhnen drang aus seiner Kehle. Vielleicht war Sex im Freien doch nicht so verkehrt. Auf der Bank hier ...

Er wollte mehr von ihr spüren, aber er scheiterte an dieser verfluchten Kleidung. Ihm gelang es gerade mal, den Knoten der Verschnürung zu lösen, da legte sie die Hand auf seinen Schritt.

Halleluja.

Ihre Hände liebkosten ihn und brachten ihn schier um den Verstand. Sie küsste seinen Hals, ihre Lippen strichen über seine Haut, und ein kurzes Piksen ließ ihn zurückzucken. Ein kleiner Moment der Irritation, der jedoch schwand, als sich ihre Hand in seine Hose verirrte …

»Guten Abend.«

Fuck. Ramina zog ihre Hand aus Docs Hose und wich zurück. Aus dem Gebüsch trat ein hochgewachsener Mann mit einem Zylinder auf dem Kopf. Sein weißes Hemd schimmerte im Mondlicht, genauso wie der Knauf seines Gehstockes, den er zum Gruß an den Zylinder hielt.

»Guten Abend«, erwiderte Doc mühsam und tastete unauffällig nach seinem Gürtel. Der offen stand. Oh Himmel, wenigstens war sein Hosenstall geschlossen.

»Ich hoffe, ich störe nicht beim nächtlichen Tête-à-Tête.«

»Nein, absolut nicht«, behauptete Doc und stemmte die Hände so in die Hüften, dass er mit einer Hand seinen rutschenden Gürtel festhalten konnte. »Und was machen Sie hier?«

Doc sah zu Ramina, doch diese starrte den Mann nur an.

Der ungebetene Besuch lächelte und stützte sich auf seinem Stock ab. »Oh, ich erwarte meine Verlobte.«

Ramina schnaubte neben ihm so heftig, dass der Luftzug Docs Wange streifte. »Weiß Ihre Verlobte bereits, dass sie verlobt ist?«

Hä, wie kam sie denn darauf? Im Gegensatz zu Doc schien der Fremde von dieser Frage überhaupt nicht irritiert. Im Gegenteil. Sein Lächeln verrutschte im fahlen Mondschein nicht um einen einzigen Millimeter. Er neigte lediglich den Kopf. »Nach meinem letzten Kenntnisstand schon. Sie könnte es aber auch vorgezogen haben, wie ein

Kindskopf davonzulaufen und ihrem Vater graue Haare zu bescheren.«

Hey! War das etwa *dieser* Verlobte? Raminas Zwangsehemann? Aber nein, der war doch angeblich dick und dumm, und dieser Mann hier war zumindest schlank. Was zwar keinen Aufschluss über seinen Intelligenzgrad zuließ, aber seine eleganten Bewegungen suggerierten zumindest einen gewissen Bildungsstand. Wie hieß dieser verflixte Verlobte? Edgar? Daniel? Ronaldo? Verflucht. Er hatte es vergessen. Zum ersten Mal verstand Doc, warum er laut seinen Ex-Freundinnen ein schlechter Zuhörer war.

»Wie heißen Sie noch gleich?«, wagte Doc zu fragen.

Der Fremde öffnete gerade den Mund, als Ramina dazwischenschrillte. »Es spielt keine Rolle, wie er heißt. Er wartet auf seine Verlobte. Nun, sie wird sicher nicht mit Fremden sprechen wollen, wenn sie doch eine Verabredung mit *ihm* hat.«

»Ich bin sicher, sie wäre von meiner neuen Bekanntschaft entzückt.« Wieso klang der Kerl eigentlich so stichelnd?

»Nun dann, *Monsieur*. Guten Abend.« Ramina packte Doc an der Hand und zog ihn mit sich. Doc warf einen Blick zurück und sah noch, wie der Kerl seinen Hut lüftete, bevor die Äste zur Seite schwangen und seine Sicht verdeckten.

An Raminas Hand stolperte er wieder auf die Straße. »Wer war das?«

»Nur ein Bekannter. Nicht wichtig.«

Ah ja. Dafür, dass der Kerl nicht wichtig war, hatte sie es aber plötzlich ziemlich eilig. Sein Hemd wehte im Wind, und sie ließ ihm keine Gelegenheit, es zuzuknöpfen oder gar seinen Gürtel zu schließen. Sie zerrte ihn so rasch über die Straße, dass er stolperte. Gute Güte, war sie schnell zu Fuß.

Gerade rechtzeitig zog er den Schlüssel für die Haustür hervor, sonst hätte sie ihn vermutlich einfach gegen das Holz krachen lassen. Kaum klickte der Schlüssel im Schloss, schubste sie ihn hinein und verführte ihn mit einem gierigen Kuss, während sie die Treppenstufen nach oben stolperten. Er hatte keine Ahnung, wie sie in seine Wohnung kamen. Hatte er aufgeschlossen? Waren sie durch die Tür gebrochen? Hatte er erneut vergessen abzuschließen?

Er wusste es nicht. Er wusste nur, dass sie kaum einen Augenblick später in seinem Schlafzimmer standen und ihm Ramina sprichwörtlich die Luft zum Atmen nahm und trotzdem noch Kapazitäten hatte, die Kleidung von seinem Leib zu fetzen.

»Du hast gerade einen nicht unwesentlichen Vorteil.« Doc, der sich vergeblich an diesem verflixten Korsett abmühte, ächzte.

»Reiß es mir vom Leib«, gurrte Ramina. Äh, ja … und wie? Doc zwängte seine Finger zwischen die unnachgiebigen Streben und ihre Bluse und zerrte daran. Aber nichts. Er könnte wetten, das blöde Mieder lachte ihn hämisch aus. Er riss erneut, und diesmal lachte Ramina. Sie griff an ihren Rücken, und wie auch immer sie das machte, sie nestelte an den Schnüren, und das Korsett rutschte an ihr herunter. Doc küsste sie gierig, fuhr über den Stoff, öffnete die Knöpfe und schob seine Hand unter ihre Kleidung. Überrascht stellte er fest, dass ihre Haut nicht vor Hitze glühte, sondern kühl wie Marmor war. Ein sinnlicher Reiz, so unerwartet, dass er ihn nur noch mehr betörte.

Ramina stieß ihn auf das Bett, schwang sich über ihn und vergrub die Finger in seinen Haaren. Himmel, konnte sie küssen. Ihre Inbrunst ließ ihn kaum zu Atem kommen, und er wollte es auch nicht. Er wollte sie spüren, in allen

Facetten. Seine Hose hatte er schon längst verloren. Sie hob den Rock, und fürwahr, unter dem Wust der ganzen Stoffschichten trug sie keine Unterhose. Er knurrte, als Ramina mit ihrer Mitte über seinen nicht mehr ganz so kleinen Freund strich, ihn neckte und herausforderte.

Er packte Ramina am Hintern und zog sie auf sich. Seufzend drängte er sich Stück für Stück in ihre verführerische Enge. Sie lachte an seinem Ohr.

Wieder war da dieses Piksen an seinem Hals. Ein Stechen, nur kurz bemerkbar, bevor es einem dumpfen Druck wich. Er blinzelte, doch kaum, dass seine Lider sich hoben, erfasste ihn plötzlich ein unglaubliches Gefühl. Er fühlte sich fortgerissen, von einem wahren Sog. Er zerrte an seinem Sein, brachte seinen Geist ins Taumeln, und Doc ließ sich fallen. Keuchend bewegte sich Ramina auf ihm immer schneller, quittierte jeden seiner Gegenstöße mit einem wohligen Seufzen und Stöhnen. Doc stieß hart in sie und genoss das berauschende Gefühl des Höhepunkts, der über ihn hineinbrach. Sein Atem ging schnell, und er rang nach Luft, als Ramina die Stirn gegen seine lehnte. Ihre braunen Augen funkelten, und er zog sie an sich, um sie zu küssen.

Ihre Kühle linderte die Hitze in ihm. Fuck, war ihm warm. Die Augen geschlossen kostete er Raminas Nähe aus. Er sog tief die Luft ein, nahm ihren Duft in sich auf. Er wollte sich merken, wie sie roch, wie weich ihre Haut war und wie sanft ihre Stimme. Wie ihr betörender Mund sich bewegte, wenn sie sprach. So wie jetzt. Er hörte ihre Worte nicht, er sah nur, wie sich ihre Lippen aufeinanderpressten, öffneten, zu einem Kussmund verzogen und schließlich wieder schlossen.

Ein Anblick, der jedoch empfindlich von ihren Fingern gestört wurde, als sie mit diesen vor seinem Gesicht herumschnippte.

»Was?«, fragte Doc verdutzt.

»Du musst auf dem Sofa schlafen. Sonst bist du ein Wüstling.«

War das ihr verfluchter Ernst? »Mit Verlaub, *du* hast *mich* ins Bett gezerrt.«

»Es ist recht leicht, dich in ein Bett zu zerren. Wieso ist die Kellnerin so wütend? Sie hatte dich doch schon.«

»Vielleicht will sie noch mal?«, blaffte Doc.

Ramina legte den Kopf schief und lächelte versonnen. »*Oui*, möglich. Du bist sehr gut.«

Aus welchem Grund fühlte er sich dann immer noch beleidigt? War er ein Spielzeug, das man weglegen konnte, wenn die Batterien leer waren? Nein, er war weniger als ein Spielzeug, denn ein Spielzeug würde sie nicht auf das Sofa verbannen.

»Ich soll also ernsthaft auf dem Sofa schlafen?«

Ramina blinzelte ihn zustimmend an.

»Schlaf du doch auf dem Sofa!«, fauchte er.

Sie krauste die Nase. »Das wäre aber sehr unhöflich.«

»Es ist unangemessen, seinen Gastgeber und Lover aufs Sofa zu verbannen«, beharrte Doc. »Lass uns vernünftig sein, und wir schlafen beide im Bett.«

Doch Ramina schüttelte vehement den Kopf. Wirklich? Erst vögelte sie ihn, dass er nicht mehr wusste, wo oben und unten war, und jetzt benahm sie sich wie eine Klosterschülerin?

Sie strich ihm über die Wange, beugte sich nach vorn und küsste ihn, dass er sich spontan nach Viagra sehnte. Obwohl

... Dann müsste er mit einem Dauerständer auf dieser verfluchten Couch liegen!

»Bitte, wir müssen getrennt schlafen«, sagte sie leise.

Blödsinn! Trotzdem rollte sich Doc aus dem Bett. Seine Beine zitterten noch immer von dem wilden Sex, aber er schaffte es bis zur Tür. Zum Teufel mit dieser Frau. Er könnte dafür sorgen, dass sie am Ende selbst auf dem unbequemen Ding schlief, aber dazu war er zu gut erzogen. Warum hatte ihm seine Mutter nicht schlechte Manieren beigebracht?

»Gute Nacht«, flötete ihm Ramina nach.

Diese Nacht raubte ihm noch den letzten Nerv. Es hatte mit einer Fledermaus begonnen, es endete mit Schmetterlingen in seinem Bauch. Oder war das die Fledermaus, die in seinem Innersten rumorte? Hatte er sie versehentlich verschluckt? Diese Ausrede war ihm fast lieber, als sich einzugestehen, dass ihn Raminas warme, braune Augen in den siebten Himmel versetzten. Das konnte nicht gutgehen. Wenn *l'amour* im Spiel war, ging es nie gut für ihn aus.

Kapitel 7

Verlobung auf der Damentoilette

Docs Rücken ächzte, und als er sich herumdrehte, wich das weiche Polster hartem, kühlem Glas. Ach verflucht, er lag halb auf dem nahe stehenden Couchtisch, weil er auf dem Sofa geschlafen hatte. Auf diesem verflixten Sofa und das nur wegen dieses Weibsbildes.

Schnaufend setzte sich Doc auf. Kreuzdonnerwetter, wann hatte er sich das letzte Mal dermaßen alt gefühlt? Gestern? Aber nicht einmal der Alkohol konnte anrichten, was ihm sein Sofa antat. Jeder Knochen schmerzte in seinem Leib. Seit wann waren seine Morgen dermaßen unbequem? Bei Paula hatte er wenigstens noch im Bett liegen können. Aber in seinem schlief Ramina. Ja, die wunderschöne Ramina. Er erinnerte sich an das Gefühl, als ihre weichen Lippen auf seinen lagen. Er würde gern sagen, dass ihn allein der Gedanke wieder auf die Beine und in eine aufrechte Haltung brachte, aber das wäre gelogen. Sie machte ihn nicht jung, aber der Gedanke an diesen Kuss sorgte dafür, dass er völlig bescheuert seinen Couchtisch angrinste.

Doc rappelte sich auf. Sein erster Weg führte ihn zur Kaffeemaschine. Kaum betrat er die Küche, lockte ihn der schönste Geruch, den es auf Erden gab – frischer Kaffee. Diese Frau war Gold wert. Sie hatte für ihn Kaffee gekocht. Aber ... sie war doch nicht etwa gegangen, oder? Doc machte kehrt und eilte zu seinem Schlafzimmer. Er lauschte, bevor er vorsichtig die Klinke hinunterdrückte und die Tür einen Spalt öffnete. Noch immer hörte er nichts. Als er schließlich eintrat, sah er nur das leere Bett. Die Decke war ordentlich gefaltet und die Kissen in der Mitte eingedrückt, sodass die oberen Kanten spitz hervorstanden. Mochte sein, dass Ramina ihn aus dem Bett vertrieb, wenn er ihre Gelüste befriedigt hatte, aber als Hausfrau war sie unschlagbar. Doch ... wo war sie? Vielleicht im Badezimmer?

Das war genauso leer und sah so unberührt aus wie sein Schlafzimmer. Als er den Duschvorhang zur Seite zog, kreischte niemand laut auf und haute ihm den Duschkopf über den Schädel. Schade.

Seine Hoffnung, sie könnte ihm eine Nachricht auf dem Spiegel hinterlassen haben, zerschlug sich schnell. Ramina trug keinen Lippenstift, und seinen Rasierschaum hatte sie verschmäht. Neben der Kaffeemaschine lag nur sein Einkaufszettel, und er verfluchte das Herzklopfen, das er für einen Moment beim Anblick des zerknitterten Papiers gehabt hatte. Hoffnung war ein tolles Gefühl, bis sie zerstört wurde.

Zum Henker, er würde jetzt nicht wie ein zurückgewiesener Teenager in Panik verfallen. Sie hatten eine heiße Nacht gehabt. Auch wenn es ihm neu war, dass man anschließend in getrennten Zimmern schlief.

Doc tappte zurück ins Badezimmer. Ein Blick auf sein Spiegelbild genügte, er war wirklich froh, dass er keinen Spiegel besaß, der reden konnte. Der wäre nur in hysterisches Gelächter ausgebrochen.

Dunkle Ringe lagen unter Docs Augen, und er könnte schwören, dass er vorgestern noch nicht so viele Falten gehabt hatte. Das Grau seiner Schläfen wanderte auch immer höher, in sein Haupthaar hinein. In Würde altern – wer hätte gedacht, dass ihm das einmal passieren würde? Und doch änderten sich gewisse Dinge nie. Mit Paula hatte er geschlafen und am nächsten Morgen mit Bangen darüber nachgedacht, ob sie nicht zu viel in diese harmlose Nacht hineininterpretierte. Mit Ramina brachte er sein Bett zum Quietschen, und er wünschte sich innig, dass es mit der schönen Fremden mehr als nur Sex war. Die Hoffnung auf Liebe war ein Problem, das man auch mit zunehmendem Alter nicht loswurde.

Doc stieg unter die Dusche und drehte das Wasser auf. Wie jedes Mal war es eisig kalt. Aber zum ersten Mal fluchte Doc nicht darüber. Es war ihm sogar willkommen. Der Schmerz, den die Kälte verursachte, lenkte ihn für einen winzigen Moment von Ramina ab. War sie zu ihrem dummen, fetten Verlobten zurückgekehrt? Oder zu diesem Kerl von gestern Nacht? Doc hegte den Verdacht, dass die Trantüte von Verlobtem und der elegante Mann der gestrigen Nacht ein und derselbe waren. Das machte es nicht besser. Denn dann war Raminas Verlobter nicht nur reich, sondern auch noch attraktiv. Und jung. Der Kerl war sicher kaum älter als dreißig und damit in Raminas Alter. Doc hingegen ... Der spürte den Druck des Alters noch einmal mehr und das nicht nur, weil er wegen des kalten Wassers schon wieder auf Toilette musste.

Was konnte er einer jungen Frau wie Ramina schon bieten? Seine Wochenenden verbrachte er im ›Ochsen‹, an seinem Rechner oder auf der Couch. Diskotheken waren ihm zu anstrengend. Die Nachwirkungen des Alkohols machten ihm zunehmend zu schaffen, und eine wilde Nacht sorgte nur dafür, dass er sich am nächsten Morgen unter der Dusche am Wasser verschluckte, das ihm in den Mund lief, weil er permanent gähnte.

Das wollte keine Frau. Erst recht nicht eine wie Ramina. Doc stellte das Wasser ab und rieb sich mit dem Handtuch trocken. Es machte keinen Sinn, Ramina hinterherzutrauern. Wenn sie die Bekanntschaft vertiefen wollte, wusste sie, wo sie ihn fand. Und wenn nicht, dann war es besser so. Er hatte ja doch keine Zeit für eine Freundin. Sein Buch rief.

Doc stieg in frische Klamotten, füllte sich eine Tasse mit Kaffee und setzte sich an seinen Rechner. Eine Mausbewegung ließ den Bildschirm aufhellen, und das gähnende Weiß einer halbleeren Word-Seite prangte ihm entgegen.

Wo war er stehen geblieben? Ach ja, bei seiner verrückten Neu-Vampirin, die ihren Mentor in den Wahnsinn trieb. Was könnte ihr der – natürlich heiße – Vampir-Lehrer wohl beibringen? Kämpfen? Oh, das war eine sehr gute Idee.

Nur schien seine Protagonistin anderer Meinung zu sein. Je länger Doc tippte, umso mehr fragte er sich, was er da zum Teufel eigentlich trieb. Seine Vampirin brach sich bei einem Schlag beinahe selbst die Hand, erwischte jedoch einen Glückstreffer gegen das Kinn ihres Kontrahenten. Kein Wunder, dass der sauer wurde und keine Lust mehr hatte. Himmel, war das schlecht! Sein edler Vampir hatte nichts Besseres zu tun, als die frischgewandelte Vampirlady zum schnellen Laufen zu überreden und sie gegen jede Wand prallen zu lassen, die Docs erfundene Stadt zu bieten hatte.

Doc nahm die Finger von der Tastatur und drückte sie gegen seine Augen. Das las doch niemand. Kein Verleger, kein Lektor, kein Agent. Jedenfalls nicht freiwillig. Höchstens, wenn Doc mit geladener Knarre danebenstand, und selbst dann würde sein Herausgeber eher um den Gnadenschuss bitten.

Frustriert drückte Doc auf den Power-Knopf seines Bildschirms. Er wollte den Schund nicht mehr sehen. Erst recht nicht, als er feststellte, dass er acht verfluchte Stunden damit zugebracht hatte. Acht Stunden für dieses Gestümper. Das war verlorene Lebenszeit. Zugegeben, er hatte sonst keine anderen Hobbys, aber zum Teufel, wenn es sich wenigstens etwas gelohnt hätte. Oder? Nun ja, genau betrachtet, hatte es etwas Gutes. Sein Blutdruck war zwar überhöht, sein Gehirn Matsch, seine Knie zitterten vor Anstrengung, und er war völlig dehydriert, aber erst jetzt dachte er wieder an Ramina.

Sie war nicht zurückgekommen, also hatte sie nicht nur schnell Croissants geholt. Nein, seine schöne Einbrecherin hatte sich nach einer einmaligen Bettgeschichte davongestohlen. Das hieß, dass ihre Begegnung mit der gestrigen Quietscheinlage seines Bettes beendet war. Sollte es eben so sein. Anhängliche Frauen waren ohnehin eine Plage.

Doc rieb sich über das Gesicht und stieß sich samt seinem Stuhl zurück. Warum aufstehen, wenn man sich mit dem Stuhl zum Fenster schieben konnte? Er rollte über das glatte Parkett, bis ihn die Teppichkante stoppte, und drehte sich um. Draußen setzte bereits die Dämmerung ein. Doc hatte Hunger, außerdem brauchte er dringend ein Bier und Ablenkung. Von beidem eine große Menge. Aber dafür musste er in das Einkaufszentrum zum Nachtshopping fahren. Er hasste Nachtshopping. Aber er konnte nicht mehr in den ›Ochsen‹ gehen, um seinen Hunger und seinen Durst zu stillen, und Ablenkung bekäme er da nur in Form einer keifenden Paula. Es war die Wahl zwischen Pest und Cholera, und Doc spazierte lieber über glühende Kohlen, als Paula zu begegnen.

Er schleppte sich zu seiner Wohnungstür. Unter der Dachluke hielt er inne und lauschte. Nichts regte sich. Weder hörte er Schritte, noch die warme, zärtliche Frauenstimme, nach der er sich so sehnte. Er war aber auch ein Idiot. Was erwartete er? Dass Ramina einfiel, dass er der einzig Wahre für sie war? Unfug. Sie kannten sich kaum, sie hatten nur Spaß gehabt. Mehr wollten junge Frauen nicht von Männern wie ihm. Er steckte sein Portemonnaie ein, und diesmal achtete er penibel darauf, seine Tür abzuschließen.

Bis zur Bushaltestelle waren es nur fünf Minuten zu Fuß, und er hatte Glück. Wegen des Nachtshoppings fuhr dieser am heutigen Abend sogar alle halbe Stunde statt nur zweimal am Tag.

Wenige Minuten später rauschte der Bus heran, stoppte mit knarzenden Reifen und öffnete zischend die Türen.

»Hey Doc, lange nicht gesehen, alter Ständer«, brüllte der Busfahrer.

»Guten Abend, Sven«, erwiderte Doc gequält. Himmel, musste ausgerechnet Sven diesen Bus fahren? Warum nicht Karin? Oder Robert? Die konnten alle hervorragend Bus fahren, doch Sven war die Tratschtante des Dorfes.

Doc stieg die Stufen hinauf und löste eine Karte.

»Paula ist ja ganz schön sackig. Erzählt überall rum, dass du eine Nutte bezahlt hast, mit dir essen zu gehen. Und das nur, weil du zu feige bist, ihr zu sagen, dass du unter Impotenz leidest.«

»Bitte was?«

Sven lachte und zog an dem Hebel, der die Türen schloss. »Sie meinte, du hättest keinen hochbekommen und deine Potenz nur mit ziemlich lautem Schnarchen verkündet.«

Doc konnte es nicht oft genug denken: *Äh, was?!* Er hatte überhaupt nicht mit Paula geschlafen? Das waren ... hervorragende Neuigkeiten? Oder nicht? Nein, im Grunde änderte das überhaupt nichts.

»Ich war betrunken«, rechtfertigte sich Doc lahm.

Sven gab Gas, und Doc klammerte sich gerade noch rechtzeitig an die Haltestange.

»Das sind wir doch alle mal ... *betrunken*.« Svens Tonfall gefiel Doc überhaupt nicht, aber was sollte er herumdiskutieren? Er war schließlich froh, nicht seinen Mann gestanden zu haben. »Erst recht, wenn man eh gerade ein bisschen im Stress ist. Hast ja unser'm Doktor Lutz einen ganz schönen Schrecken eingejagt.«

Doc lehnte stöhnend die Stirn gegen die Haltestange. Die ältere Dame, die sich auf den zwei Sitzen hinter Sven breitgemacht hatte, beobachtete ihn argwöhnisch. Impotent und verrückt. Diese beiden Wörter machten offenbar gerade munter den Weg durch das Dorf und auch noch im direkten Zusammenhang mit ihm.

»War die Kleine wirklich 'ne Nutte?«, fragte Sven interessiert. »Gibste mir dann ihre Nummer?

Oh, Zuhälter war Doc offenbar auch noch. Der Gedanke, dass Sven Ramina behelligen könnte, entfachte die pure Wut in Docs Bauch. Wenn er sie nicht mehr anrühren durfte, dann, verflucht noch mal, auch kein anderer. Erst recht kein Busfahrer! Gesellschaftliche Klüngel waren noch nie Docs Hobby gewesen, aber zum Teufel, wenn Ramina ihn nicht haben wollte, dann sollte sie ihren dummen, fetten, eleganten, leider gut aussehenden Verlobten behalten, der sich ja offenkundig auch die Mühe gemacht hatte, ihr bis ins Unterholz zu folgen. Es grenzte an ein Wunder, dass er nicht Docs Klingel vergewaltigt hatte, als dieser mit Ramina seine Bettfedern durcheinanderbrachte. Aber vielleicht dachte Raminas Verlobter auch, dass es gut war, wenn sich seine Zukünftige kurz vor der Hochzeit noch einmal die Hörner abstieß.

Docs Laune sank auf den absoluten Tiefpunkt. »Die würde dich sowieso nicht mit der Kneifzange anfassen«, fauchte er und stapfte die Sitzreihen entlang, bis er an der letzten angekommen war. Dort ließ er sich auf dem Platz am Fenster nieder. Die Sonne verschwand hinter dem Horizont und es blieben nur einige helle Strahlen zurück. Er würde gern behaupten, dass er den Anblick genoss. Genauso, dass ihn der Anblick der Fledermaus versöhnte, die um einen Baum herumflatterte und auf einen Dachsparren zuschoss. Aber die Wahrheit war, dass er Ramina und diese Fledermaus gleichermaßen verfluchte. Er wollte eine Liebeskomödie über eine frischgewandelte Vampirin und ihren Mentor schreiben. Stattdessen erlebte Doc selbst für eine Nacht die Liebe, nur damit sie am nächsten Tag mit Füßen getreten wurde. Außerdem war er jetzt verrückt und impotent, und seine Fledermaus war auch nur eines: treulos!

Eine halbe Stunde später hielt der Bus vor dem Einkaufszentrum. Um Svens vorwurfsvollen Blicken zu entgehen, stieg Doc am hinteren Ausgang aus. Von den Parkplätzen drängelten sich verschlungene junge Pärchen, keifende ältere Pärchen und sogar eine Familie mit Kinderwagen an den Eingang.

Es war voll, es war laut, aber Doc zwängte sich trotzdem durch die Masse, bis er unter dem hohen Glasdach stand. Dicht an dicht drängten sich die Geschäfte. Die Fensterfront der Läden war meist nur ein paar Meter lang, bis auf die der großen Ketten. Deren Filialen belegten gleich zwei oder drei Etagen.

Ein übermüdetes Kind kreischte, bis der Familienhund zu winseln begann. Die Passanten versammelten sich um

Drehständer und Tische vor den Läden oder eilten, bepackt mit den ersten Schnäppchen, in die Shops. Vor den Bekleidungsläden herrschte der meiste Ansturm, dicht gefolgt von Schuh- und Accessoireshops. Nur der einzige Buchladen hatte kaum Zulauf. Da war bei der Drogerie, nur ein paar Schritte weiter, mehr Gedränge.

Doc schob sich durch die Einkaufenden und steuerte den großen Supermarkt an. Er steckte einen Euro in den Schlitz eines Einkaufswagens und wollte ihn gerade herausziehen, als eine Stimme sein Herz höher klopfen ließ. »*Mon cherie.* Ich habe dich vermisst!«

Doc fuhr herum. Vor ihm stand Ramina. Sie trug das gleiche Kleid wie gestern Abend, nur dass heute der passende Hut auf ihren Locken wippte. Sie stützte sich auf dem Geländer ab, stellte sich auf die Zehenspitzen, und bevor er sich wehren konnte, küsste sie ihn auf die Lippen.

»Ich habe von dir geträumt, den ganzen Tag«, gurrte sie. »Ich habe mich verzehrt nach deinen Küssen.«

»Ich war in meiner Wohnung«, presste Doc hervor. »Du hättest gar nicht erst gehen oder nur wiederkommen brauchen.«

»Oh, hast du auf mich gewartet?« Ramina biss sich leicht auf den Finger. »Es tut mir leid, *cherie*. Ich habe meine Großmutter gesucht.«

»Und hast du sie gefunden?«

»*Non.*«

»Bist du im Rathaus gewesen?«, forschte er. Dort konnte man wenigstens fragen, ob ihre Großmutter noch lebte und sich auf eine andere Adresse umgemeldet hatte. Vielleicht war sie auch in ein Pflegeheim gezogen oder sogar verstorben. Aber zu seinem Erstaunen schüttelte Ramina den Kopf.

»Beim Vermieter?«

Wieder schüttelte Ramina den Kopf.

»Wo hast du dann nach ihr gesucht?«

»Ich ...«, setzte sie an, doch dann schwieg sie. Das Funkeln aus ihren Augen verschwand, stattdessen wurde sie sichtlich traurig. Hier stank doch etwas gewaltig!

Doc verschränkte die Arme vor der Brust. »Warst du bei deinem Verlobten?«

Ramina senkte den Kopf. Die Hand auf ihren steifen Arm gelegt, stellte sie den Inbegriff einer getadelten adligen Mademoiselle dar. »Nein. Aber er sucht mich. Er war mir dicht auf den Fersen, und ich konnte ihn erst hier abschütteln. Sonst wäre ich zu dir gekommen.«

»Hm«, brummte Doc. Diese Story gefiel ihm zunehmend weniger, und er wurde das Gefühl nicht los, dass sie ihm etwas Entscheidendes verheimlichte. »Du ziehst mich doch nicht in eine Mafia-Geschichte, in der dem nächsten Paten die Braut weggelaufen ist?«

Ramina schnalzte mit der Zunge. »*Non*, keine Mafia.«

Warum zum Teufel klang sie so, als wäre die Mafia kaum der Rede wert?

»Bist du sehr böse auf mich?«

Er kratzte sich am Kopf. Was lief hier eigentlich verkehrt? War das eine dieser Teenager-History-Schmonzetten? Sie sollte heiraten, wollte aber nicht. Der Kerl verfolgte sie, sie schüttelte ihn ab. Wie sollte das ausgehen? Was geschah am Ende? Jedenfalls ritt die holde, junge Maid nicht mit einem Schriftsteller, der ihr Vater sein könnte, in den Sonnenuntergang. Ha! Jetzt fiel ihm auch der Name wieder ein: Etienne.

Da Doc nicht antwortete, hob Ramina den Kopf. Die Traurigkeit war verflogen. Ihre Lippen verzogen sich zu einem hübschen kleinen Schmollmund, bevor das bekannte Funkeln in ihre Augen trat. Er konnte nicht umhin, es beunruhigte ihn. Doc kannte sie erst seit gestern, aber eines hatte er gelernt: Wenn sie ihn so ansah, endete das nicht gut für ihn.

»Oh, *cherie*, lass uns ein Rendezvous haben, einen schönen Abend. Nur wir zwei. Ich will nicht an Etienne denken. Ich hasse ihn. Er denkt, niemand ist so klug wie er. Dabei ist er eine Tranfünzel.«

Wie eine Tranfunzel hatte Etienne für Docs Begriffe nicht gewirkt, aber was wusste er schon? Nicht viel. Er wusste ja noch nicht einmal, was er davon halten sollte, sie nun hier wiederzusehen. Als hätte sie sich nicht am Morgen aus seiner Wohnung geschlichen und ihn den gesamten Tag versetzt.

»Ich habe nichts anzuziehen. Hilfst du mir, eine neue *Staffage* zu finden?«

»Das ist keine gute Idee«, wehrte Doc ab. Himmel, am Ende wollte sie noch seine Meinung zu ihrer neuen Unterwäsche wissen. Nach der gestrigen Nacht kam die Scham viel zu spät, doch jetzt, im grellen Licht der LED-Beleuchtung, verzauberte sie ihn weniger als gestern im sanften Mondschein. Pah, selbst wenn er sich das die nächsten fünf Stunden einredete, log er sich doch nur selbst in die Tasche. Ramina sah genauso bezaubernd aus wie gestern, und die Art, wie sie sich verschämt auf die Lippe biss, schürte in ihm die Sehnsucht, diese süßen Lippen zu kosten. Nur sorgte das grelle Licht dafür, dass nicht sofort die letzte seiner vernünftigen Gehirnzellen pfeifend in den Feierabend schlappte.

»*Oui*, ich verstehe«, behauptete Ramina verschnupft und straffte betont die Schultern. »Du hast mich in dein Bett gezerrt ...«

»Genau genommen hast *du* mich ins Bett gezerrt.« Aber ach, was gab er sich überhaupt Mühe? Ramina redete einfach weiter. »Und nun hältst du Ausschau nach neuer *l'amour*. Die Kellnerin ist vielleicht doch nicht so dumm. Vielmehr bin ich außerordentlich dumm. Ich dachte, ich wäre mehr als eine Kellnerin.«

Bitte was? Ramina legte die Hände auf Docs Brust und stieß ihn zur Seite, um an ihm vorbeizurauschen. Dabei raschelte der Stoff ihres Kleides so empört, wie seine Besitzerin die Nase in die Höhe streckte. Sie übersah einen Chihuahua, der es sich zur Aufgabe gemacht hatte, ihren Rockzipfel mit seiner Leidenschaft zu beglücken.

»Pfui, *merde*, hau ab. Du schrecklicher Hund!«

Doc sollte dem lästigen kleinen Kerlchen dankbar sein. Nicht nur, dass er dessen Vorliebe für Ramina nachvollziehen konnte, der Köter verschaffte ihm die Atempause, die er brauchte, um über ihre Worte nachzudenken. In welcher verkehrten Welt lebten sie? Hielt sie ihn für einen Mann, der nur auf der Suche nach einmaligen Abenteuern war? Ausgerechnet er? Er hatte in den letzten beiden Tagen mehr Leidenschaft entwickelt als in den letzten fünf Jahren. Er war Autor und nicht anständig sozialisiert. Die meisten Frauen liefen vor seinen mangelnden Manieren davon.

Ramina schüttelte den Hund ab und stürmte weiter.

»Ramina«, rief er. »So war es doch nicht gemeint.«

Sollte er ihr jetzt ernsthaft nachlaufen? Das konnte sie vergessen, aber, ach, verfluchter Mist. Er wollte wahrlich nicht, dass sie so von ihm dachte, oder schlimmer noch, dass sie nicht wusste, was sie ihm bedeutete.

Doc warf sich zwischen die drängelnden Shoppenden, stieß einen Teenager beiseite, dessen Nase faktisch an seinem Smartphone klebte, und riss einem anderen fast die tiefsitzende Hose von den Hüften, als er sich nach einem Stoß an diesem festklammerte.

»Wie bist du nach deiner Abtreibung aus der Mülltonne gekommen?«, brüllte der Halbstarke. »Ich fick deine Mutter, du Lappen.«

Eine Frau fauchte: »Pass doch auf, du Penner!«

Die rüden Beschimpfungen verfolgten ihn noch, als Doc die Kuppelhalle erreichte, in der ein paar traurige Palmen ihr Dasein fristeten. Unter deren verkümmerten Blättern hockte Ramina auf einer Bank. Sie sprang auf, als sie ihn sah, und flüchtete erneut.

Doc hastete ihr hinterher, doch sie rannte zum einzigen Ort, an den er ihr nicht folgen konnte – zur Damentoilette.

Der schmale Gang, der zu den Toiletten führte, war leer. Doch bevor Doc ein weiteres Mal nach Ramina rufen konnte, klappte die Tür mit der gezeichneten Dame hinter ihr zu. So ein verfluchter Mist. Er könnte warten, aber im schlimmsten Fall stand er wie ein Idiot mehrere Stunden vor der Damentoilette und wurde irgendwann als Perverser verhaftet. Am Ende unterstellten sie ihm nicht nur eine Psychose, sondern auch noch krankhafte Neigungen.

Wenn Ramina clever war, türmte sie ohnehin durch das Fenster. Doc drückte vorsichtig die Tür auf und lugte durch den Spalt. Am Waschbecken stand eine Mutter mit ihrer Tochter und wusch sich die Hände.

Schnell ließ Doc die Tür wieder los, und sie fiel zu. Aber nur zwei Minuten später wurde sie von der Mutter geöffnet.

Sie zerrte ihre störrische Tochter hinter sich her, die wiederum eine Fahne zerfetzten Toilettenpapiers hinter sich herzog.

Doc wartete, bis die beiden außer Sicht waren, und schob erneut vorsichtig die Tür auf. Niemand war zu sehen, die meisten Kabinentüren standen offen.

»Ramina«, rief er leise. Weder drang ein empörter Schrei aus einer der Kabinen, noch stürzte sich eine Furie auf ihn und verprügelte ihn für seine Dreistigkeit mit der Toilettenbürste.

Er hörte das Scharren eines Schuhs über den Boden, aber sonst rührte sich nichts. Doc schloss die Tür hinter sich und schlich die Kabinen entlang. Es war nur eine besetzt, und der Teufel sollte ihn holen, wenn die Stiefel nicht zu Ramina gehörten.

»Soll ich mit meiner Ansprache warten, bis du fertig bist?«, fragte Doc.

Er bekam erneut keine Antwort, allerdings begann sie auch nicht zu wimmern, zu fluchen und ihn zu beleidigen.

»Ich bin nicht auf der Suche nach einer neuen *l'amour*«, begann Doc. Himmel, diese Frau machte ihn völlig fertig. Was sollte das werden? Eine Liebeserklärung in einer Damentoilette? Nach nur einer Nacht? Das brachten nicht einmal die Charaktere in seinen Büchern zustande.

»Genau genommen bin ich nicht mal auf der Suche nach einer alten *l'amour*. Was ich sagen will, ist, dass ich viel zu alt für dich bin.« Oh gut, das war schon mal keine Liebeserklärung. Oder?

Der Riegel schrammte über die Plastikbeschichtung der Tür, und Doc konnte sehen, wie das Rot auf Grün umsprang. Ramina öffnete die Tür und betrachtete ihn mit schiefgelegtem Kopf. Es war ihm ein Rätsel, wie sie in dem Kleid auf Toilette gegangen war.

Ein sanftes Lächeln umspielte ihre Züge. »*Oui*, wenn du die Wahrheit sagst, bin nicht ich dumm, sondern du.«

»Ach ja?«, fragte er verdutzt.

»*Oui*«, erklärte Ramina munter. »Für *l'amour* ist das Alter des Körpers völlig unwichtig. Das Alter des Herzens zählt.«

»Das ist genau so alt wie der Rest von mir. Du könntest meine Tochter sein«, protestierte Doc.

»*Non, non*. Meine *mama* war ehrbare Frau. Sie hätte niemals einen Wüstling geküsst.«

Dann sollte er wohl froh sein, dass sie diesen Teil der Tugendhaftigkeit nicht an ihre Tochter weitergegeben hatte. Ramina schlang die Arme um seinen Hals, und er erschauderte unter der sanften Berührung ihrer Lippen, die sich gegen seinen Mundwinkel drückten. Fest zog er sie an sich und küsste sie. Vielleicht hatte sie recht. Wer bestimmte schon, wer zu alt oder zu jung war? Er könnte dreißig sein und von einem Bus zermalmt werden. Oder er war über fünfzig und ließ sich auf ein wahnwitziges Abenteuer mit einer Frau ein, die er auf seinem Dachboden gefunden hatte.

Ramina zerrte ihn mit sich in die Kabine, drückte die Tür zu und schob den Riegel vor. Noch bevor er protestieren konnte, zog sie ihn erneut an sich und küsste ihn. Himmel, ihre Küsse brachten ihn schier um den Verstand. Er registrierte erst, was sie tat, als sein Hemd bereits offen stand und ihre Finger an seiner Brust einen Schauer nach dem anderen durch seinen Körper jagten.

»Ramina«, stöhnte Doc. »Ernsthaft? In der Toilette?«

»Ein schmutziger Ort für schmutzige Gedanken«, raunte sie und küsste seinen Hals entlang.

Mit flinken Fingern löste sie die Schnalle seines Gürtels, und keine Sekunde später schlackerte seine Hose um seine Knöchel. Sie drückte ihn gegen die Toilette, und sein nackter Hintern landete auf dem Plastikdeckel.

Nicht sonderlich verführerisch, aber auch das hielt ihn nicht davon ab, mehr zu wollen. Mehr von Raminas Küssen und Berührungen, die ihn schier um den Verstand brachten. Oder was hieß hier schier? Er war im Begriff, es auf einer Damentoilette zu tun. Er war völlig wahnsinnig, und doch konnte er nicht anders, als inbrünstig zu stöhnen. Ramina schob sich über ihn. Der Stoff des Kleides war schwer, und nur der Teufel wusste, wie sie es schaffte, sich mit einem Ruck auf ihm niederzulassen. Ihre süße Enge hielt ihn gefangen, und seine Finger stahlen sich unter das Kleid, glitten ihre Schenkel hinauf und fühlten ihre glatte, kühle Haut unter der feurigen Wärme seiner eigenen.

»Du bist also nicht auf der Suche nach neuer *l'amour*«, raunte Ramina an seinem Ohr und spannte ihre Muskeln an, bis ihm ein Stöhnen entfuhr.

»Nein, bin ich nicht.« Doc legte die Hände auf ihren Hintern, um ihre Bewegungen zu unterstützen, mit denen sie sich feurig auf ihm bewegte. Ihre Locken strichen über seine Wange, als ihre Lippen seinen Hals entlangglitten und neckten, bissen und knabberten. Sie schürte das Begehren in ihm, bis er meinte, schier auseinanderzubersten. Mit gierigen Stößen drängte er sich ihr entgegen. Dunkles Verlangen kochte in ihm hoch, bis es ihm den Atem raubte. Doch plötzlich hielt Ramina inne, bremste seine Bewegungen aus und lehnte den Kopf an seine Schulter. Himmel noch eins, wollte sie ihn völlig irre machen? Er sehnte sich nach ihren Bewegungen, nach der Erregung und der Erlösung und bekam nichts. Schlimmer noch, als sie sich aufrichtete, entfuhr ihm wegen der winzigen Bewegung erneut ein Stöhnen.

»Wenn du keine neue *l'amour* suchst, könnte ich doch deine Gefährtin sein.«

Er hörte ihre Worte, aber ihr Sinn kam nicht bei ihm an. Sein Blut lagerte in tieferen Gefilden, und seine Gehirnzellen waren chronisch unterversorgt. Sie könnte ihm auch gerade ihre Kontonummer nennen oder ihm erklären, dass sie von einem anderen schwanger war, er würde es ohnehin nicht verstehen.

»Willst du mein Gefährte sein?« Sie küsste ihn erneut und bewegte sich sachte auf ihm. Die erzwungene Ruhe erhöhte seine Empfindlichkeit. Seine Nerven waren schier überlastet. Er versprach ihr alles, was sie wollte. Sie durfte jetzt nur nicht aufhören.

»Willst du?«, hauchte sie, und ihr Atem kitzelte an seinem Ohr.

»Ja«, stöhnte Doc. Und wenn sie sich gerade verlobten, es war ihm völlig egal. Wollte eine Frau wie sie freiwillig seinen Ring tragen, dann war er der glücklichste Mann auf der Welt, und sobald er sie nervte, würde sie von selbst schnell genug davonlaufen. Doch hier und jetzt hielt er sie lieber fest. Sie keuchte, während sie sich immer schneller bewegten. Für einen Moment meinte er, in ihren Augen einen roten Schimmer wahrzunehmen, aber diese Halluzination wurde von dem süßen Schmerz überlagert, als sie derber an seinem Hals knabberte. Sie presste die Lippen fest auf die Stelle, saugte, und das Gefühl brachte ihn in höchste Ekstase.

Ein wahrer Strudel riss ihn mit sich, katapultierte ihn in die Höhen des Universums, und Raminas zuckender Leib presste sich an ihn, bis das Rauschen nachließ und nichts übrig blieb als tiefe, erlösende, unglaubliche Entspannung.

Kapitel 8

Modesünden mit wenig Stoff

Doc lehnte den Kopf gegen das Rohr. Der Spülkasten drückte in seinen Rücken, und doch mochte er gerade mit niemandem tauschen. Ramina schmiegte sich wie eine Katze an ihn, und es würde ihn nicht wundern, wenn sie zu schnurren begann.

»*Ma cherie*, gehen wir jetzt nach neuer Staffage sehen?«

»In Ordnung.« Doc seufzte. Alles, was sie wollte. Er konnte sich nicht erinnern, dass Sex ihn jemals dermaßen aus der Bahn geworfen hatte. Im Moment würde er ihr das Blaue vom Himmel versprechen und sich auch noch aufmachen, es zu holen. War das die berühmte Midlife-Crisis? Warum wurde immer so abwertend davon gesprochen? Wenn sie ihm eine Ramina bescherte, konnte er sich wahrlich nicht beklagen.

Ramina löste sich von ihm. »Wartest du draußen auf mich? Ich muss mein Kleid noch richten.«

Doc nickte und erhob sich mit bebenden Knien. Seine Hände zitterten, als er die Hose hochzog und seinen Gürtel schloss. Wie nah war er an einem Herzinfarkt vorbeigeschrammt? Seinen zitternden Beinen nach zu urteilen war der Tod ein Spanner, der zufrieden mit der Aufführung wieder fortgegangen war. Doc quetschte sich an Ramina vorbei, taumelte aus der Kabine und sah sich prompt einer Blondine gegenüber.

Sie riss erstaunt die Augen auf, bevor ihr Mund schrill ihre Empörung kundtat. »Frechheit. Schämen Sie sich.« Sie holte mit ihrer Tasche aus, aber Doc wich rechtzeitig zurück. »Sie haben in einer Damentoilette nichts verloren.«

»Also ich hätte wenig einzuwenden, wenn Sie die Männertoilette benutzen würden. Machen Frauen doch manchmal«, hielt Doc dagegen, doch die Frau lief puterrot an.

»Perverser!«

Bevor sie erneut nach ihm ausholen konnte, packte Doc die Tasche und warf sie in die hinterste Kabine.

»Hilfe, Überfall. Vergewaltiger. Wüstling.«

Himmel, die Stimme nahm die Intensität einer Sirene an.

Ramina trat aus der Kabine und lächelte ihre hysterische Geschlechtsgenossin an. »*Oui*«, kicherte sie und hakte sich bei Doc ein. »Er ist ein Wüstling. *Mein* Wüstling.«

Rasch zog sie Doc mit sich in den Waschraum und zur Tür hinaus. Im Vorbeigehen erhaschte er einen Blick in den Spiegel. An seinem Hals prangte ein dunkler Fleck. Ernsthaft? Ramina hatte ihm einen Knutschfleck verpasst? Markierte man so in Frankreich die Männer, die einem gefielen?

Das Kreischen hinter ihnen verstummte, und zum Glück empfing sie nicht die Security. Die letzten Tage waren schon verrückt genug, da wollte er nicht noch in einem heruntergekommenen Büro eines überheblichen Sicherheitschefs landen.

Ramina blieb vor einem Klamottenladen stehen und legte den Kopf schief. »T und J, ein sehr seltsamer Name für einen Schneider.«

»Das ist kein Schneider«, wandte Doc ein. »Das ist eine Modekette.«

»*Non, non*«, sie schüttelte den Kopf, »hier gibt es Hosen und Jacken. Keine Ketten.«

»Ich meine …«, setzte Doc an, doch dann winkte er ab. Was nützte es, ihr das zu erklären? Schließlich konnte sie im

Laden selbst sehen, dass beileibe kein Schneider auf sie wartete, sondern zwei nicht sonderlich gut gelaunte Verkäuferinnen. Das Geschäft war bis auf zwei Kundinnen, die kichernd und schwatzend zwischen den unzähligen Kleidern, Hosen und Shirts schlenderten, leer. Kein Wunder. Die meisten Menschen stürzten sich auf die Shops, die Shirts zu einem Preis von fünfzig Cent anboten. Da war die Wäsche teurer als das Kleidungsstück, also warum waschen? Neu kaufen war schließlich günstiger. Aber hier kostete ein Shirt auch mal fünfzig Euro, wie Doc mit einem Blick auf das Preisschild feststellte. Viel zu teuer für Shoppingwütige, die sogar an der Waschmaschine sparten.

Ramina betrat das Geschäft und blieb prompt zwischen zwei Kleiderstangen mit Strickjacken hängen.

»*Mon Dieu*, welche Tranfünzel ist für die Inneneinrichtung zuständig?«, schimpfte Ramina, wand sich und zerrte, bis sie aus dem schmalen Gang stolperte. An den Fäden ihres Mieders hingen zwei Kleiderbügel.

»Aber diese hier könnte dir tatsächlich stehen.« Doc befreite sie von dem unerwünschten Verfolger und hielt ihr die petrolfarbene Strickjacke unter die hübsche Nase.

»Bin ich eine Bäckersfrau?«, rief Ramina entrüstet aus. Suchend drehte sie sich im Kreis. »Gibt es hier keine Kleider?«

»Da drüben.« Doc deutete in die Richtung, in der geblümte, karierte, kurzum Kleider mit scheußlichen Mustern hingen. Ramina betrachtete die Auswahl, rümpfte die Nase und marschierte zu einem Stofffetzen, der im Gegensatz zu den anderen augenfreundlich einfarbig war und keinerlei unnötigen Firlefanz aufwies.

Sie zog es vom Haken und hielt es vor sich. »Ist das die neuste Mode?«, fragte sie kritisch.

»Ich gehe davon aus«, erwiderte Doc gedehnt. Was wusste er, was die neuste Mode war! Nach seinem Gefühl trugen Frauen in der heutigen Zeit Hosen aus leichtem Stoff, aber mit fürchterlichen Mustern. Die moderne Mode betonte entweder nicht im Geringsten die Figur ihrer Trägerinnen oder bot Shirts, die so kurz waren, dass ein oftmals unschöner Bauch heraushing.

Ramina zuckte die Schultern und reichte ihm das Kleid. Zusammen steuerten sie die Umkleidekabinen an. Dort hängte Doc das ausgewählte Stück an den Haken und Ramina drehte ihm den Rücken zu.

»*Ma cherie*, hilfst du mir mit der Schnur?«

Doc zupfte an der Schleife, die die Schnüre ihres Mieders zusammenhielt. Jetzt hatte er wesentlich mehr Muse, sich mit der Funktionsfähigkeit eines Mieders auseinanderzusetzen. Wenn man sich nicht im Rausch der Leidenschaft befand, war es sogar recht einfach. Er löste die Schleife und weitete die Schnüre, bis das Kleid an Raminas runden Hüften hinunterrutschte.

Dass Ramina keine Unterwäsche trug, wusste Doc inzwischen, aber Himmel, sie stand völlig nackt vor ihm und leckte sich über die Lippen.

»Besitzt du überhaupt Unterwäsche?«, platzte er heraus.

Jetzt verzog Ramina ihre Lippen spöttisch. »Natürlich besitze ich Unterwäsche. Aber mein Aufbruch von zu Hause war überstürzt. Keine Zeit, unnötigen Kram zu packen.«

Sie nannte Unterwäsche unnötigen Kram? Unterwäsche wäre das Erste, was Doc schnappen würde, wenn er überstürzt über mindestens eine Ländergrenze fliehen musste.

Ramina tippte mit dem Fuß auf dem Boden und verschränkte ihre Arme vor der Brust. Verflixt, er merkte erst jetzt, dass er ihre Nippel abwechselnd anstarrte. »Die Männer hier sind fürchterlich prüde. Dann hol mir doch Unterwäsche.«

»Ich soll Unterwäsche für dich aussuchen?«, stotterte Doc überrascht.

»Ist das ein Problem?«, fragte sie. »*Du* willst mich doch verhüllen.«

Wollte er das? Er war noch nie ohne Unterwäsche aus dem Haus gegangen, und eigentlich verhüllte ihr Kleid alle delikaten Stellen so vorbildlich, dass man Mühe hatte, sie überhaupt zu finden. Doc mogelte sich an einer Seite des Vorhangs hinaus und wandte sich der Unterwäscheabteilung zu. Verstohlen warf er einen Blick auf die Verkäuferinnen, aber diese beachteten ihn nicht im Geringsten. Die Hände in den Taschen vergraben, bestaunte Doc die Höschen, Büstenhalter und Tangas, die nebeneinander aufgereiht an den Stangen hingen. Krampfhaft versuchte er sich daran zu erinnern, ob seine bisherigen Bettgefährtinnen diese knappen Dinger getragen hatten. Er war ein schlechter Beobachter. Er war höchstens daran interessiert gewesen, ihnen den überflüssigen Stoff vom Leib zu reißen. Und wenn sich eine Frau bückte und über dem Bund ihrer Hose das Dreieck des Tangas erschien, war ihm das nie sonderlich erregend vorgekommen.

Doc griff nach einem Höschen mit niedrigem Schnitt, aber ausreichend Stoff, der den nackten Hintern bedecken sollte. Spitze säumte die Nähte, und die schwarzen Schleifen bildeten einen hübschen Kontrast zu der weißen Seide. Das sah gut aus, oder? Blieb nur zu hoffen, dass er die richtige Größe erwischt hatte. Eine ›S‹ könnte Ramina passen, aber wer konnte sich schon auf das Augenmaß eines verliebten Mannes verlassen?

Doc suchte noch zwei weitere Höschen, die ähnlich geschnitten, allerdings von anderer Farbe waren. Doch sein kurzer Erfolg verpuffte ins Nichts, denn jetzt fehlten ihm die passenden Büstenhalter. Okay, farblich bekam er das schon hin, aber was wusste er, welche Körbchengröße Ramina ihr Eigen nannte? Er hatte einmal für eine seiner Freundinnen einen BH besorgt. Das war zwar nicht der Grund, aber der Auslöser für ihre Trennung gewesen. Sein Vorschlag, den überschüssigen Platz auszupolstern, hatte ihm einen Schlag mit einem Buch auf den Kopf eingebracht. Schlagfertigkeit tat verdammt weh, erst recht, wenn man von der Buchkante getroffen wurde.

Doc nahm von jeder Größe einen passenden BH von dem Ständer und kehrte damit zur Umkleidekabine zurück.

Ramina beäugte seine Auswahl kritisch. »Wozu braucht man Unterwäsche, wenn sie so wenig Stoff hat?«

»Ähm«, lautete seine wahnsinnig intelligente Antwort. Woher zum Teufel sollte er das wissen? Frauen waren ein Mysterium, bei dem er sich nie die Mühe gemacht hatte, es zu erforschen. Ihm gefielen Frauen in Dessous besser als in langen, gestärkten Unterhosen aus Baumwolle, aber bei Raminas Hang zu altmodischer Kleidung verkniff er sich den Kommentar lieber.

»Gibt es solche Dinger bei euch nicht?«, fragte Doc. Er hatte geglaubt, dass die Globalisierung dafür sorgte, dass Mode nahezu universell war. Er konnte sich an kein Land erinnern, in dem sich die Frauen immer noch wie im Jahre 1800 kleideten.

Sinnierend starrte Ramina auf die schwarze Spitze zwischen ihren Fingern. »*Oui*, doch, natürlich«, sprach sie eilig. »Mein Papa ist nicht sehr modern. Er mag alte Kleider. Ich sollte die Kleider meiner Mutter für ihn tragen.«

Doc kannte zwar ihren Vater nicht, aber das hörte sich selbst für einen Schriftsteller, der viel Fantasie besaß, seltsam an. Diese Mode war nicht einmal zu der Zeit ihrer Mutter modern gewesen, und diese müsste in seine Generation gehören. Sie hatte viele Modesünden gehabt – Vokuhilas, Schulterpolster –, aber doch keine Mieder, Hüte und Korkenzieherlocken.

Ramina musste seinen entsetzten Blick bemerkt haben, denn sie tätschelte ihm die Schulter. »Mein Vater hat meine Mutter sehr geliebt. Er war sehr traurig, als sie starb.«

»Das tut mir leid.«

»*Non, non,* ich kannte meine Mama nicht. Sie starb vor meiner Geburt.«

Ähm, was? »*Vor* deiner Geburt?«

Ramina legte den Kopf schief. »Heißt nicht so?«

»Während deiner Geburt.«

»*Non, non,* ich war nicht dabei«, wehrte Ramina vehement ab und verwirrte Doc damit vollends. Sprachschwierigkeiten sorgten ohnehin schon gerne für Missverständnisse, doch jetzt verlor er endgültig den Faden. Blendete sie aus, dass ihre Mutter während ihrer Geburt gestorben war, um sich daran keine Schuld zu geben? Oder war ihre Mutter vorher schon klinisch tot gewesen, und man hatte die kleine Ramina in einer Notoperation aus dem Leib ihrer Mutter geholt? So oder so besaß Doc wenig Lust, nachzubohren. Ramina schlüpfte in die Unterwäsche und das Kleid und drehte ihm den Rücken zu, damit er den Reißverschluss hochziehen konnte.

Allerdings stoppte der Zipper ständig, bevor er das Kleid schließen konnte. Doc zog den Stoff zusammen, aber sie müsste schon um mindestens fünf Zentimeter schmaler werden, wenn sie in das Kleid hineinpassen wollte.

»Du brauchst eine andere Größe«, stellte er fest und ließ den Zipper los.

Ramina lachte. »Eure Frauen haben kleine Brüste.«

Doc trat aus der Kabine und winkte den lustlosen Verkäuferinnen. Widerwillig ließ die ältere von beiden ihre Zeitschrift sinken. Ihre pinke Strähne bekam nicht einmal Gelegenheit, im Wind ihrer Bewegung zu wehen. Kein Wunder, bei dem Schneckentempo.

»Haben Sie das Kleid eine Nummer größer?«, fragte Doc, als sie so weit herangekommen war, dass er nicht durch das gesamte Geschäft brüllen musste.

»Wir haben noch eins auf Lager. Ich hole es Ihnen.« Mit dem Enthusiasmus und der Motivation einer alten Kuh kurz vor der Besamung nahm die Verkäuferin das Kleid entgegen und steckte mit einem missbilligenden Blick die Träger erneut am Bügel fest. Doc glaubte für einen Moment, in einer Slow-Motion-Schleife gefangen zu sein, aber nein, die Menschen vor den Schaufenstern hasteten so schnell wie immer vorbei, während die Verkäuferin auf eine Tür zuschlich. Sollte er schon mal eine Pizza bestellen? Sein Magen knurrte. Aber bis die Frau zurückkehrte, war sein Magen vermutlich schon hundertmal beim Italiener und wieder zurück gewesen.

Allerdings konnte sich Doc wahrlich nicht über mangelnde Beschäftigung beklagen. Mit einem verschmitzten Lächeln auf den Lippen zog ihn Ramina in die Kabine und presste ihren nun wieder nackten Leib an ihn.

»Ich bekomme nicht genug ... von dem Prickeln in meinem Bauch«, raunte sie.

Warum machte er sich überhaupt die Mühe, sich zwischendurch anzuziehen? Mit einem Griff hatte Ramina seinen Gürtel abermals geöffnet und schob Doc zurück. Er stolperte über den kleinen Hocker, auf dem ihr Kleid lag. Der Stoff raschelte, als er sich darauf niederließ. Bevor er sich versah, kniete Ramina vor ihm. Ihre Haare strichen über die nackte Haut an seinem Oberschenkel, und ein Keuchen entfuhr ihm, als er ihre Lippen an seinem Allerheiligsten spürte.

Doch bevor er darüber nachdachte, wie peinlich es für ihn und die Verkäuferin wurde, wenn diese plötzlich Tempo an den Tag legte und viel zu früh zurückkam, umgarnte ihn Ramina auf eine Art, die ihn alles andere vergessen ließ. Unter ihren Küssen mauserte sich sein kleiner Freund zu einem standfesten Riesen, der sich willig und begierig ihren Lippen entgegenstreckte. Als sie sich fest um ihn schlossen, seufzte er selig. Sie leckte, saugte und streichelte, bis er vergaß, wo er war, wie viele Persönlichkeiten und ob eine davon eigentlich mal wieder arbeiten musste.

Vielleicht sollte er darüber schreiben? Über hemmungslosen Sex zwischen zwei Vampiren. Ob die die Kabine zerlegen würden? Er biss sich in die Faust, um das lautstarke Stöhnen zu unterdrücken, und hörte Raminas Kichern in seinem Schoß. Sie zog seine Hände herab, hielt sie fest, und er sah noch ihr freches Lächeln, bevor sie erneut den Kopf senkte und sich hemmungslos an ihm verging. Er bäumte sich ihr entgegen, wollte mehr von ihr und ihren Liebkosungen. Er wusste nicht, ob er stöhnte, keuchte, fluchte, ihren Namen rief oder ein Gedicht aufsagte. Er wusste nur, dass die Erde für einen kurzen Moment unter ihm zu beben schien.

Kapitel 9

Ein Gespräch unter Männern

Docs Lunge rasselte noch immer, als Ramina den Kopf aus der Kabine streckte und mit der Verkäuferin sprach. Aber sie hielt nicht etwa den Vorhang zu, nein, sie zog ihn weiter auf! Doc sprang auf, riss seine Hose nach oben und zerrte seinen Gürtel so schnell um seine Hüfte, dass er sein übliches Loch verfehlte und ihn viel zu fest zusammenzurrte. Himmel noch eins, er sollte weniger Rouladen essen. Er wusste gar nicht, dass man den Riemen so eng stellen konnte. Wer sollte den Gürtel so tragen? Lauchstangen?

Doc stolperte an der Verkäuferin vorbei. Er könnte schwören, deren entgeisterte Blicke brannten sich in seinen Rücken, als er ihr ebenjenen zuwandte und seinen Gürtel wieder weiter stellte.

»*Mademoiselle*, können Sie mir bei dem Kleid helfen? Der Reißverschluss klemmt«, rief Ramina aus der Kabine.

Die Verkäuferin verdrehte die Augen, aber sie trat in die Kabine. Während Doc die Kabinen entlang wanderte, hörte er gedämpfte Stimmen. Ein kurzes Rumsen ließ ihn aufsehen, aber weder fiel ihnen die Decke auf den Kopf, noch schien die andere Verkäuferin beunruhigt.

Endlich schob Ramina den Vorhang erneut zur Seite und trat am Ende der Kabinenreihe vor den bodenlangen Spiegel. Die Ärmel des dunkelblauen Kleides reichten ihr nur bis zu den Ellenbogen. Es besaß einen breiten Ausschnitt (die Unterwäsche hatte sie offensichtlich wieder ausgezogen), dessen spitzenbesetzter Saum sich über ihre Schultern zog. Der Rock fiel weich über ihren hübschen Hintern und betonte ihre schlanke Gestalt.

»Du siehst schön aus«, sagte Doc leise und trat auf sie zu, um sie zu küssen.

»*Oui*, kann ich es gleich anbehalten?«

»Sicher, wir müssen es nur bezahlen.«

Ramina verschwand noch einmal in der Kabine und kam mit ihrem alten Kleid unter dem Arm wieder heraus, bevor sie sich lächelnd bei ihm einhakte.

»Wo ist die Verkäuferin?«, fragte Doc verdutzt, doch Ramina winkte ab.

»Sie will sich um einen Fleck auf dem Boden kümmern. Sie ist sehr eifrig.«

Hatte Ramina diese Frau da drinnen einer Gehirnwäsche unterzogen? Doc konnte sich nicht vorstellen, dass die Verkäuferin das Wort ›Arbeitseifer‹ überhaupt kannte, aber die Frau trat nicht heraus, also mussten Raminas Worte wahr sein.

Ramina hob die Hand, strich ihm über die Wange, und Moment mal, das war doch ihr geprellter Arm. Hatte sie ihn noch vorhin in einer steifen Schonhaltung herunterhängen lassen oder ihn mit der anderen Hand umfasst, hob sie ihn, als wäre er nie verletzt gewesen. Er öffnete gerade den Mund, als ihm Ramina zuvorkam.

»Kannst du für mich bezahlen?«, hauchte sie und küsste ihn aufs Ohr. »Das Geld von meiner Flucht ist alle.«

»Meinetwegen.« Er zückte an der Kasse seine Geldbörse, und Ramina setzte sich auf die Theke, bis die Verkäuferin das Schild mit einer Schere abschnitt und es dann über den Scanner zog.

»Zweihundertneunundfünfzig Euro bitte.«

»Wie viel?«, fragte Doc entsetzt. Das war ein Drittel seiner Monatsmiete!

»Zweihundertneunundfünfzig Euro«, wiederholte die Verkäuferin ungeduldig. Während Ramina auf der Theke mit den Beinen baumelte und summte, reichte Doc seine Kreditkarte über den Tresen. Es wurde Zeit, dass er das verflixte Buch zu Ende schrieb und sein Verlag daraus einen Bestseller machte. Wenn Ramina noch mehr Klamotten brauchte, musste er demnächst seinen Verleger um einen weiteren Vorschuss anbetteln. Himmel noch eins, er mauserte sich doch nicht zu einem Sugar Daddy, oder?

Kaum nahm er den Kassenzettel entgegen, hüpfte Ramina von dem Tresen und schlang ihre Arme um ihn. »Ich zahle das Geld zurück, sobald ich einen Plan für mein Leben habe.«

»Und wann stellst du den auf?«

»*Mon ami*, warum so eilig? Ich möchte *l'amour* mit dir genießen.«

Ramina wollte ihn mit sich ziehen, doch er zögerte. Sie stutzte, trat näher und schmiegte sich an ihn. »Du denkst zu viel. Ich werde dir das Geld zurückzahlen, bis dahin ich werde dir helfen, dein Buch zu schreiben.«

»Woher weißt du, dass ich ein Buch schreibe?«, fragte Doc verdutzt. Er hatte es ihr doch nicht erzählt, oder doch? Verflucht, durch den Sex mit ihr mauserte sich sein Gehirn zu einer unbrauchbaren Masse grauen Breis, die sich weder etwas merken noch selbstständig denken konnte. Und das Ersatzgehirn zwischen seinen Beinen war noch immer dabei, Raminas Zuwendungen zu verkraften.

Ramina stockte. Für einen Moment starrte sie ihm erschrocken in die Augen, bevor etwas hinter ihm ihre Aufmerksamkeit auf sich zog. Der ertappte Ausdruck wandelte sich in pures Entsetzen.

»*Mon ami*, verzeih mir, aber ich muss weg.« Sie küsste ihn auf die Wange, drehte sich auf der Ferse um und stürzte im Getümmel davon.

»Ramina«, rief er ihr hinterher. Himmel, was hatte sie denn nun schon wieder? Warum rannte sie, als wäre der Teufel hinter ihr her? Doc drehte sich um, doch er konnte kein Ungetüm sehen, das sich inmitten dichter Rauchschwaden durch einen feurigen Riss im Boden hocharbeitete. Der Höllenfürst war ihr also schon mal nicht auf den Fersen. Auch sonst konnte Doc nichts erkennen, was eine plötzliche Flucht rechtfertigte. Was zum Henker wurde das, wenn es fertig war? Sie hatte ihn doch nicht wie einen liebeskranken Trottel ausgenommen?

Er tastete nach seiner Geldbörse, sie war noch da, und kaum, dass sich das brüchige Leder gegen seine Finger drückte, bekam er ein schlechtes Gewissen. Er vermutete den Grund für sein eigenes Misstrauen und das miese Selbstbewusstsein ausgerechnet bei ihr.

Suchend blickte er über die Menge, aber Ramina blieb verschwunden. Ganz toll. Und jetzt? Sollte er hier warten, wie ein Dackel an der Leine, oder nach Hause fahren? Sich zu Hause an seinen Rechner setzen und zwei, drei Seiten schreiben klang verführerisch. Im besten Fall konnte er die Welt um sich herum vergessen und das, was Ramina in ihm auslöste.

Die Hände in den Hosentaschen vergraben, wanderte Doc den Gang entlang. Der Bus hielt nur an der Südseite des Centers. Wie lang dieses war, wurde einem erst bewusst, wenn man sich gegen den Strom der Shoppingwahnsinnigen stemmen musste.

Warum zur Hölle packten Rentner ihre Rollatoren aus und gingen spätabends zum Nachtshopping? Wieso nicht am Tage, wenn der Großteil der Bevölkerung arbeitete und das Center so gut wie leer war? Sie hatten jahrelang geschuftet, da konnten sie doch die Privilegien freier Tage nutzen. Aber nein, sie stolperten nebeneinander her und blockierten den Gang in seiner vollständigen Breite.

Doc fuhr sich entnervt durch die Haare und drängte sich zwischen einem betagten Ehepaar hindurch. »Sorry«, nuschelte er, warf einen Blick zurück und prallte prompt gegen das nächste Hindernis. Herrgott, wer lief ihm denn jetzt schon wieder vor die Füße?

»Guten Abend.«

Verdutzt starrte Doc in das Gesicht des Mannes, der genau wie er und Ramina gestern durch das Gebüsch gerobbt war. Der Kerl, von dem er den Eindruck nicht loswurde, dass es sich um Raminas Verlobten handelte. Heute trug er keinen Zylinder, sondern einen großen, runden Hut mit einem halben Dutzend weißer Federn, die über dem samtroten Stoff schwebten. Seine Kleidung war von derselben Farbe, und ihre Proportionen erinnerten Doc an das Michelin-Männchen. Wie auch bei diesem steckte der Kerl in einem Kostüm mit dicken Polsterringen an den Armen und einer ausladenden Hose.

»Guten Abend«, grüßte Doc und trat einen Schritt zurück. Aber nur, um dafür den Rollator in die Hacken gerammt zu bekommen.

»Erst drängeln und dann im Weg stehen«, schimpfte es hinter ihm. »Keinen Respekt mehr, diese jungen Leute. Wir haben eure Arbeitsplätze geschaffen, mit unseren Händen!«

Doc verzog schmerzerfüllt das Gesicht, als ihm erneut mit dem Ding gegen die Beine gefahren wurde. Versuchte der Rentner, ihn aus dem Weg zu boxen?

»Ich muss mit Ihnen reden. Vielleicht nehmen wir in diesem Café Platz«, schlug Raminas vermeintlicher Verlobter vor und deutete auf ein Café mitten im Gedränge der Meute.

»Okay«, erwiderte Doc schwach. Dann musste sein Computer eben noch ein wenig warten.

Er folgte dem Federhut und drückte sich auf die Sitzbank. Sein Begleiter nahm auf dem Stuhl Platz und hob den Finger. Wovon träumte der Mann nachts? Der glaubte doch nicht, dass hier sofort ein Kellner erschien? Erst recht nicht, wenn der Kerl ein dermaßen lächerliches Kostüm trug.

»Mein Name ist Etienne Grimard.« Er legte den Hut neben Doc ab. Eine Feder streifte Docs Hose und hinterließ ein paar helle Fasern. »Und ich bin Raminas Verlobter. Zumindest gehe ich davon aus, dass ich es noch bin. Sie hat die Verbindung schließlich nicht gelöst.«

Was sollte Doc sagen? Etienne besaß ein Talent dafür, sofort auf den schmerzhaften Punkt des Gespräches zu kommen. Also war der Kerl tatsächlich Raminas Verlobter, und genau genommen war es offensichtlich gewesen. Warum überraschte und schmerzte es ihn dann so?

»Wie schön«, würgte Doc heraus und verkniff sich gerade rechtzeitig den halbherzigen Glückwunsch zur Verlobung. »Kommen Sie auch aus dem Elsass?«

Etienne lächelte versonnen und schob die klebrige Karte für Eisbecher zur Seite. »Ja, wie auch schon meine Mutter. Sie war eine kluge und schöne Frau. Sie hat mich vor Ramina gewarnt. Aber die Liebe schlägt jegliche Warnungen in den Wind.«

Wem sagte der das? Doc hielt sich an der irrsinnigen Idee fest, in eine Frau verliebt zu sein, die gerade einmal halb so alt war wie er. Die Arme vor der Brust verschränkt, starrte er grimmig an Etienne vorbei und ausgerechnet auf einen der Kellner. Dieser verzog missmutig die Lippen und stellte sich schließlich neben ihren Tisch. »Sie wünschen?«, erkundigte er sich grantig.

»Haben Sie Schnaps?«, fragte Doc hoffnungsvoll.

»Nur Kaffee mit Rum.«

»Dann den.«

Etienne lachte. »Sie haben mein Beileid, mein lieber Freund, und meine Anerkennung. Sie ahnen, worauf ich hinauswill.«

»Ist ja auch nicht sonderlich schwer«, knurrte Doc. Noch immer die Arme vor der Brust verschränkt, sah er zu, wie Etienne einen Café Latte à la wusste der Geier bestellte.

Selbst der Kellner schien über die Zutatenliste und die Sonderwünsche erstaunt und notierte letztendlich nur ›Kaffee‹. Geschah dem Pfau recht.

»Wie heißt das Dorf, aus dem Sie kommen?«, fragte Doc und starrte die aufgebauschten Rüschen an Etiennes Hals an.

»Sie wollen sicher wissen, ob dort alle Kleidung tragen, die doch seit Jahrhunderten nicht mehr aktuell ist«, erwiderte Etienne grinsend. Doc konnte sich nicht helfen. Die ausweichende und joviale Art Etiennes ging ihm auf die Nerven.

»Und tun sie es?«, fragte er ungeduldig.

»Einige ja. Wir lieben die Geschichte und leben sie gern.«

»Toll.«

»Möchten Sie einen Eisbecher? Wir könnten uns einen teilen.«

Fassungslos starrte Doc sein Gegenüber an. Er wollte bitte was? »Worauf soll das hinauslaufen? Auf einen netten Dreier vor der Hochzeitsnacht?«, fragte Doc pikiert.

»Ich bin sicher, Ramina wäre nicht abgeneigt. Für Ihr Alter sehen Sie noch recht gut aus ...«

»Wechseln wir das Thema«, knurrte Doc. Herrgott, noch nie hatte ihn ein ›Kompliment‹ innerlich so sehr zum Kotzen gebracht.

»Sie haben sicher bemerkt, dass Ramina und ich gewisse Differenzen haben ...«, sagte Etienne gedehnt und sah Doc erwartungsvoll an.

»Darauf wäre ich nie gekommen. Wo Sie beide doch so liebevoll und unzertrennlich miteinander umgehen.«

Etiennes Lider flatterten, und für einen Moment bildete sich Doc ein, einen roten Schimmer darin gesehen zu haben. So wie bei Ramina. Natürlich, die Übermüdung, Dehydrierung und der Hunger ließen ihn völlig durchdrehen. Eine Frau trampelte auf seinen Nerven herum, saugte ihn sprichwörtlich bis auf den letzten Tropfen aus, und nun saß er hier mit ihrem Verlobten.

»Sie hat kalte Füße, und ich glaube, sie denkt, etwas zu verpassen.«

»Was da wäre?«, knurrte Doc.

»Sex mit anderen Männern.«

»Und dafür läuft sie von zu Hause weg? In Ihrem Dorf gibt es mit Sicherheit genug Männer.«

Etienne zupfte sich eine Fluse von seinem Ärmel. »Ramina war schon immer eigen. Sie sucht nach vermeintlicher Freiheit. Sie läuft davon, und irgendwann ruft sie an, dass sie abgeholt werden will.«

Docs Augenbrauen hoben sich. »Sie hat das schön öfter gemacht?«

»Ja. Sie sucht nach Abenteuern, immer dann, wenn wir uns streiten. Aber sie löst nie die Verlobung. Sie weiß nicht, was sie will. Oder sie weiß es genau, und ich bin nur zu gutmütig. Ich ertrage ihre Launen, weil ich sie liebe.«

Doc wollte sich einreden, dass der Kerl log. Dass Ramina sich nicht nur die Hörner abstieß, sondern Etienne tatsächlich hasste. Allerdings ... Bis auf die seltsamen Klamotten schien der Verlobte ganz passabel, und der Mann hatte recht. Ramina hatte Etienne stets als ihren Verlobten bezeichnet, dabei könnte sie die Verbindung einfach ablehnen. Zumindest verbal.

»Ich bin sehr froh, dass Sie bei Ihnen in guten Händen gelandet ist. Aber ich denke, sie hat nun lang genug den Flausen in ihrem Kopf nachgejagt.« Erneut starrte ihn Etienne erwartungsvoll an. An dem Gesichtsausdruck änderte sich auch nichts, als der Kellner die Tassen vor ihnen platzierte und den Bon in die Mitte des Tisches schob.

»Und wann ist die Hochzeit?«, fragte Doc. Lustlos rührte er in seiner Tasse herum und trank einen Schluck. Zwar verbrannte er sich die Zunge, aber der Kellner hatte ein Einsehen mit ihm. Der Rum war stark und vor allem reichlich. Die Flüssigkeit wärmte Doc aus dem Inneren heraus und sorgte dafür, dass sich seine verkrampften Hände ein wenig entspannten.

»In acht Tagen. Ich möchte Ramina heute wieder mitnehmen.«

Unweigerlich zogen sich Docs Eingeweide zusammen, und das lag nicht nur am Alkohol.

Etienne beugte sich nach vorn. »Also, wo ist sie?«

»Wer?«

»Meine Verlobte.«

Doc zuckte die Schultern. »Woher soll ich das wissen?«

Etienne schlug mit der flachen Hand auf den Tisch. Allerdings so lächerlich sanft, dass nicht einmal die Löffel klirrten. »Ich warne Sie! Versuchen Sie nicht, mich zu täuschen. Sie teilen mit Ramina Bett und Wohnung. Das ist immer noch besser, als wenn sie sich mit einem Tunichtgut einlässt, der in einem fahrenden Container wohnt und nur alle zwei Wochen seine Sanitäranlagen entleert. Oder mit einem jungen Burschen, der sie dann anfleht, ihn statt meiner zu heiraten. Sie sind ein anständiger Mann, meine Menschenkenntnis ist recht verlässlich. Sie haben ihr kein Leid zugefügt und sicher hervorragend für sie gesorgt. Aber jetzt wird es Zeit, dass sie meine Frau wird.«

»Ihr Monolog ändert nichts daran, dass ich nicht weiß, wo sie ist«, beharrte Doc.

Etienne schüttelte den Kopf. »Sie sind ein kluger Mann. Ich denke zumindest, dass Sie das sind. Es wäre sehr bedauerlich, wenn ich erst die Polizei einschalten müsste.«

»Ramina ist freiwillig gegangen. Die Anzeige würde niemand entgegennehmen«, schnaubte Doc.

»Mit genügend finanzieller Unterstützung schon.«

»Zum Teufel.« Doc schlug mit der Faust auf den Tisch, so heftig, dass Etiennes Kaffee sich auf der Untertasse und der Speisekarte verteilte. »Ist das alles, was Sie können? Ihre Braut mit Hilfe Ihres Geldes an sich binden? Ihren Vater haben Sie gekauft, sicher kaufen Sie auch die Polizei, wenn Sie Ihr Geld zum Fenster hinauswerfen wollen. Aber Ramina werden Sie nicht kaufen können.«

Doc schob sich von der Bank und trat auf den heruntergefallenen Hut. Er legte Etienne die Hand auf die Schulter und knurrte. »Wenn mich meine Menschenkenntnis nicht endgültig zum Narren hält, dann ist Ramina zwar jung, aber volljährig. Sie kann tun und lassen, was und vor allem mit wem sie es will. Ob es Ihnen passt oder nicht. Es steht Ihnen jederzeit frei, sich eine andere Braut zu suchen.«

Etienne schüttelte Docs Hand ab und sprang ebenfalls auf. »Ich werde den Weg für Sie nicht freimachen, mein Lieber. Seien Sie froh, dass es in dieser Gegend leider verpönt ist, sich zu duellieren. Ich würde Ihnen mit Vergnügen den Säbel in die Brust stoßen.«

»Morddrohungen sind strafbar«, erwiderte Doc süffisant.

»Merken Sie sich meine Worte. Unsere nächste Begegnung wird nicht so harmlos für Sie ausgehen«, blaffte Etienne.

Er knallte einen Schein auf den Tisch, dann drehte sich der weichgespülte Gockel herum und verschwand in dem immer dichter werdenden Gedränge. Doc setzte sich wieder. Wenn er schon Rum und Kaffee spendiert bekam, wollte er ihn wenigstens austrinken. Außerdem reichte der Schein noch für ein Stück Kuchen.

Kapitel 10

Mord à la Eiskarte

Doc verließ das Café und suchte sich in dem Getümmel einen Weg, der ihn aus dem Einkaufcenter führte. Aber gaffende Menschen waren schon immer wahnsinnig unbeweglich unterwegs. Manchem musste er erst nachdrücklich auf die Zehen treten, damit dieser mal zur Seite wich.

Vor dem Geschäft, in dem Doc mit Ramina gewesen war, hatte sich eine Menschentraube gebildet. Ein Notarzt drängelte durch die Menge und rammte jeden, der ihm im Weg stand, mit seinem Koffer zur Seite. Er bückte sich unter dem Absperrband hindurch und verschwand im Inneren des Ladens. Ein Sanitäter und zwei Polizisten folgten ihm.

Was war passiert? Hatte jemand bei den Preisen Schnappatmung und einen Herzinfarkt bekommen? Das wunderte ihn wenig.

Neben Doc drückte sich Etienne aus der Menge heraus, halblaut vor sich hinmurmelnd. »Eine sensationslüsterne Masse laufender Blutbeutel.«

»Blutbeutel?«, echote Doc.

Etiennes Blick zuckte zu ihm. »Ich meinte Geldbeutel. Vielleicht hat meine heißblütige Ramina Schabernack getrieben.«

Ah ja ... Etiennes joviales Grinsen ließ Doc angewidert ein Stück zurücktreten. Wieso kam der ausgerechnet auf Ramina? Irgendetwas gefiel ihm an diesem Etienne ganz und gar nicht. Docs Abneigung resultierte nicht nur aus Eifersucht. Dieser Kerl war ein gemeingefährlicher Irrer.

Besser, Doc kam schnell von hier weg. Er drückte sich gerade an einer Mutter mit zwei blonden Kindern vorbei, die sich allesamt vergeblich die Hälse verrenkten, als ihm jemand die Hand auf die Schulter legte. Schon wieder dieser blöde Kerl?

»Was gibt es noch?«, knurrte Doc entnervt. Etienne hatte seinen Standpunkt doch mehr als deutlich gemacht. Er heiratete Ramina. Sehr gut, und Doc würde mit Sicherheit keine Einladung erhalten. Auch das hatte er verstanden.

Aber es war nicht Etienne, der ihn mit zusammengezogenen Augenbrauen anstarrte und den Griff auf seiner Schulter verstärkte. Vor Doc stand ein hochgewachsener, breitschultriger Uniformierter. Er trug eine Dienstwaffe am Halfter, eine kugelsichere Weste mit der Aufschrift ›Polizei‹ und sah abwechselnd auf ein Foto und auf Docs Gesicht.

»Sie sind Madoc Murphy?« Mochte sein, dass es eine Frage werden sollte, für Doc klang es wie eine Anschuldigung.

»Ja …«, erwiderte er misstrauisch.

»Dann sind Sie dieser Mann?« Der Polizist hielt ihm die Fotografie unter die Nase. Es war der Ausdruck einer Überwachungskamera. Doc sah sein eigenes entsetztes Gesicht neben dem der Kassiererin. Jemand hatte den Moment ausgedruckt, in dem Doc den horrenden Preis des Kleides erfuhr.

»Ja«, gab Doc zu. Warum druckten sie seinen dämlichen Gesichtsausdruck aus?

Der Polizist trat zurück und griff nach den Handschellen. »Dann sind Sie hiermit vorläufig wegen Mordes festgenommen.«

»Ähm, was?« Ja, seine Frage war wahnsinnig intelligent, das wusste er selbst. Aber was zum Henker sollte der Blödsinn?

»Drehen Sie sich um und die Hände auf den Rücken!«

»Auch auf die Gefahr hin, mich zu wiederholen, aber: Bitte, was?«, blaffte Doc. Wenn das ein Streich von Etienne war, konnte der sich schon einmal von seiner Fähigkeit, zu atmen, verabschieden! Ehe sich Doc versah, packte ihn der Polizist erneut an der Schulter, drehte ihn herum und den Arm auf den Rücken.

»Hey, ich darf doch wohl sehr bitten! Ich wüsste es, wenn ich jemanden umgebracht hätte«, protestierte er. Vergeblich. Der Polizist packte nur noch fester zu, und kaltes Metall schloss sich um seine Handgelenke. Fuck, das war kein Witz, der meinte das ernst.

»Alles, was Sie sagen, kann und wird …«

Ja, ja, den Text kannte er. Er hatte ihn oft genug in seinen Büchern verwendet, wenn ihn mal wieder die Krimiphase gepackt hatte. Aber deswegen wollte er immer noch keine Live-Vorführung. Auch Recherche hatte ihre Grenzen.

»Wen soll ich denn umgebracht haben?«, rief Doc verzweifelt.

»Der zuständige Ermittler wird sich mit Ihnen eingehend unterhalten.«

»Ziemlich langer Name für ein Mordopfer«, knurrte er. Was war so schwer daran, eine simple Frage zu beantworten?

»Auf dem Revier können Sie auch mit einem Anwalt sprechen«, schnarrte der Beamte und zog ihn erbarmungslos durch die gaffende Menge. Na wunderbar, dieses Intermezzo vervollständigte Docs Ruf endgültig. Zuhälter, Impotenter, Wahnsinniger und nun auch noch ein

Mörder, der offenbar nicht einmal den Anstand besaß, den Namen seines Opfers zu wissen.

Plötzlich war der Weg nach draußen nur noch halb so weit. Am Arm wurde Doc zu einer Nebentür gezerrt, und kühle Abendluft empfing ihn. Viel Zeit, sie zu genießen, blieb ihm nicht. Er wurde zu einem Polizeiwagen geschleift, und der Beamte drückte Docs Kopf nach unten, damit er sich diesen nicht am Rahmen anschlug. Ein Gitter trennte die Rückbank von den vorderen Plätzen. Der Polizist setzte sich auf den Fahrersitz, nuschelte etwas in sein Funkgerät und gab schließlich Gas.

Die Fesseln schnitten in Docs Handgelenke. Er konnte Schmerzen nicht leiden. Als ob es noch etwas brauchte, um seine Laune auf den absoluten Nullpunkt zu bringen. Wie lange konnten die ihn ohne handfesten Haftbefehl festhalten? Einen Tag? Oder zwei? Verflucht, er wollte nicht in einer Zelle landen. Obwohl manche Menschen den Häftlingen jegliche Bequemlichkeit neideten und behaupteten, diesen ginge es viel zu gut, fürchtete Doc nicht nur eine harte Matratze. Er wusste in der Theorie, wie man sicherstellte, dass ein Häftling keine unerlaubten Gegenstände hineinschmuggelte. Hoffentlich waren das nur die hemmungslosen Übertreibungen des Fernsehens.

Felder und Wiesen zogen an ihnen vorbei, und für Docs Geschmack kamen sie viel zu schnell in Selbernheim, nicht weit von Jondershausen, an. Der Wagen hielt vor einem stählernen Tor, das sich langsam, aber unaufhaltsam öffnete und hinter ihnen wieder schloss. Der Wagen stoppte zwischen zwei weißen Linien – kerzengerade, wie Doc neidlos zugestehen musste –, der Polizist stieg aus, öffnete die Tür und packte Doc am Arm, um ihn aus dem Wagen zu ziehen.

Vor ihnen öffnete sich eine hohe Eichentür mit Schnitzereien, doch der edle Anblick setzte sich nicht im Inneren fort. Fades Linoleum bedeckte den Boden eines Großraumbüros. Der Polizist zerrte ihn an mehreren Schreibtischen vorbei bis zu einem Gang, von dem etliche Türen abgingen.

Doc kniff die Augen zusammen. Vielleicht träumte er. Aber sooft Doc auch blinzelte, er wachte nicht auf. Er war in einem Krimi gelandet, in einem echten Krimi. Große Fenster zeigten kahle Räume, die nicht mehr als einen Tisch und Stühle beinhalteten. Die Stühle waren mit dicken Metallbolzen am Boden angeschraubt.

Der Uniformierte schob Doc in einen dieser Räume und öffnete die Handschellen. Sofort zog Doc seine Hände nach vorn und rieb sich die Gelenke. Wen konnte er verklagen, wenn er einen blauen Fleck davontrug?

»Setzen Sie sich. Der Kommissar kommt gleich.«

Na wunderbar. Als ob ihm eine Wahl blieb. Unter dem strengen Blick des Beamten setzte sich Doc und streckte, so gut es ging, die Beine aus. Hinter dem Polizisten krachte die Tür ins Schloss, und Doc blieb allein zurück. Missmutig starrte er auf das schwarze Mikro in der Mitte des Tisches. Damit zeichneten sie Geständnisse auf. Aber seines würden sie nicht zu hören bekommen! Was sollte ein dummer Gesichtsausdruck von einer Überwachungskamera schon beweisen? Genau! Überhaupt nichts. Doc atmete tief durch. Sie hatten den Falschen. Er hatte nichts verbrochen, also brauchte er sich keine Sorgen zu machen. Nahm er diese Scharade einfach als Gelegenheit wahr, zu recherchieren, wie die Verbrechensbekämpfung funktionierte. Von einem Kommissar war noch keine Spur zu sehen oder zu hören. Das war doch sicher eine dieser Taktiken, den vermeintlichen Verbrecher mürbe zu machen, aber nach Docs persönlicher Einschätzung ließ das einem richtigen Täter zu viel Zeit, sich gute Ausreden zurechtzulegen. Etwas, was er auch sehr gern tun würde, allerdings hatte er die beste Ausrede von allen: Er war es nicht gewesen! Warum sollte *er* jemanden töten? Und wen? Etienne? Das wäre gerechtfertigt, aber der hatte viel zu lebendig während Docs Verhaftung gegrinst. Ramina? Wieso sollte er? Sie hatte ihm den Blowjob seines Lebens geschenkt. Eine solche Frau tötete man nicht, die musste man heiraten. Davon abgesehen hatte er selten mit jemandem Streit. Er diskutierte gern und lange, aber er wurde niemals handgreiflich.

Doc strich sich über das Gesicht. Genaueres würde er ja doch erst erfahren, wenn sich einer der überforderten Beamten zu ihm bequemte. Bis dahin konnte er höchstens ein Nickerchen auf dem Tisch halten.

Doc stützte das Kinn auf seiner Hand ab. Er verlor jegliches Gefühl dafür, ob die Minuten schnell oder langsam verstrichen. Eine Uhr gab es hier nicht. Unterhaltung auch nicht. Sich im Spiegel Grimassen zu schneiden, lenkte ihn nur kurz ab, bis es ihm die Schamesröte in die Wangen trieb. Was, wenn jemand dahinterstand, das filmte und auf Youtube hochlud?

Doc wusste nicht, ob er letztendlich nicht doch eingenickt war. Er wusste nur, dass ihn ein Geräusch aufschrecken ließ. Die Tür öffnete sich, und es trat ein hochgewachsener Mann ein. Die braunen Haare hatte er zurückgekämmt und akribisch mit Gel festgeklebt. Um seine Augen konnte Doc keine einzige Falte erkennen. Na wunderbar. Doc war ein Fall für den Azubi. Durften neuerdings Minderjährige Mordkommissare werden?

»Mein Name ist Kommissar Karl Goldeck.«

»Es tut mir leid, dass ich mich nicht freue, Sie kennenzulernen«, murrte Doc und verschränkte die Arme vor der Brust.

»Möchten Sie einen Kaffee? Wasser?«

»Danke, nein, ich nehme lieber den Freifahrtschein nach draußen.«

»Sie halten sich wohl für sehr lustig. Sie sind nicht der erste Witzbold in meiner Laufbahn.«

Kommissar Goldeck hockte sich auf den Stuhl auf der anderen Seite des Tisches. »Das Gespräch wird aufgezeichnet.«

»Können Sie sich meine Witze sonst nicht merken?« Doc würde sich am liebsten selbst eine Ohrfeige verpassen. Er machte nichts besser. Er verschlimmerte seine Situation. Wenn man eines in Krimis lernte, dann mit dem Mann zu kooperieren, der ihm die Tür in die Freiheit mit einem Fingerschnippen verriegeln konnte.

Der Kommissar legte eine braune Mappe in die Mitte des Tisches. »Wenn Sie mit diesem Humor Bücher schreiben, sollte ich anfangen, sie zu lesen.«

»Wenn Sie Ihnen nicht gefallen, tun Sie mir einen Gefallen und sagen Sie es mir nicht«, schnaubte Doc. Das wäre noch der letzte Schlag ins Gesicht, den er gebrauchen konnte. Autoren waren sensible Gemüter, die nach jedem bissen, der ihre Babys kritisierte. Alle behaupteten, Kritik zu mögen, erst recht, wenn sie konstruktiv war. Bullshit. Niemand wollte hören, dass sein Buch nur als Einschlafhilfe gereicht hatte. Selbst wenn dieser Satz mit netten Ratschlägen gespickt war.

Der Kommissar zog aus seinen Unterlagen ein Foto hervor und hielt es hoch. Es zeigte eine Frau, Anfang dreißig, mit schwarzen, schulterlangen Haaren und einer pinken Strähne auf der linken Seite.

»Das ist die langsame Verkäuferin«, rief Doc aus.

»Haben Sie Nicole Finke deswegen getötet? Weil sie zu langsam war?«

Doc verzog skeptisch das Gesicht. »Ich denke nicht, dass Langsamkeit ein Grund ist, jemanden umzubringen.«

»Warum haben Sie es dann getan?«

»Jetzt hören Sie zu«, donnerte Doc. »Ich habe sie nicht getötet. Wie denn? Ich habe sie nicht einmal berührt.«

»Sie waren mit ihr in der Umkleidekabine.«

»Pah«, schnaubte er. »Das wüsste ich. Die Einzige, mit der ich in der Umkleidekabine war, ist ...«

Doc stockte und starrte auf die Tischplatte vor sich. Das abgeschabte Holz schien vor seinen Augen zu verschwimmen, sich zu drehen und zu tanzen. Ramina war mit der Verkäuferin in der Umkleidekabine gewesen. Und sie war auch allein herausgekommen, mit der Behauptung, die Verkäuferin würde noch einen Fleck beseitigen müssen. Nur hatte ihm Ramina unterschlagen, dass der Fleck die Verkäuferin selbst war!

»Die Einzige, mit der Sie in der Umkleidekabine waren, ist ...«, wiederholte der Kommissar Docs Worte und lehnte sich in seinem Stuhl zur Seite. Teufel noch eins, sollte Doc es ihm wirklich sagen? Dann nahmen sie Ramina fest. Aber Ramina war es nicht gewesen. Das konnte sich Doc nicht vorstellen. Niemals. Ramina mochte sein Leben auf den Kopf stellen, ihren Verlobten betrügen und vor ihm flüchten, aber sie war doch keine Mörderin.

»Sie täten gut daran, mir alles zu sagen, was Sie wissen, Herr Murphy.« Der vertrauliche Tonfall des Polizisten gefiel ihm nicht. Das war doch nur eine Masche. »Nach der jetzigen Beweislage sind Sie der einzige Mensch, der für diese Tat infrage kommt. Sie waren dort, Sie waren allein mit ihr in der Kabine, und als Sie den Laden verließen, war sie bereits tot. Wenn Sie Glück haben, werden Sie nur wegen Totschlags verurteilt. Das bedeutet bestenfalls fünf, möglicherweise auch fünfzehn, wenn man Ihnen Vorsatz nachweisen kann.«

Docs Kopf ruckte hoch. »Fünf bis fünfzehn *Jahre*?«

Kommissar Goldeck grinste. »Natürlich Jahre.« Er lehnte die Spitzen seiner Zeigefinger aneinander und tippte sich damit an die Nase. »Also, Madoc Murphy ...«

Doc begann unweigerlich zu knurren. Er hasste seinen vollen Namen. Goldeck hob die Augenbrauen und vollendete seinen Satz. »... mit wem waren Sie in der Umkleidekabine?«

»Jedenfalls nicht mit der Verkäuferin«, murrte Doc.

»Mit wem dann?«

»Mit einer Frau. Sie heißt Ramina.«

Goldeck hörte auf, an seiner Nase herumzuspielen. »Erzählen Sie mir von ihr.«

»Sie ist Französin, ich denke fünfundzwanzig Jahre alt und auf der Flucht vor ihrem Verlobten. Sie will ihn nicht heiraten.«

»Und wie kommen Sie da ins Spiel? Sind Sie Ihr Vater?«

Doc schnappte entsetzt nach Luft. »Gott bewahre! Nein!«

»Ihr Onkel?«

»Nein, verflucht!«

»Wie stehen Sie dann zu ihr?«

»›Stehen‹ ist ein gutes Stichwort.« Doc seufzte. »Was glauben Sie, was eine Frau Mitte zwanzig mit einem Mann wie mir will?«

»Ausnehmen?«, fragte Goldeck.

Doc schlug mit der Faust auf den Tisch. »Ich glaube nicht, dass man sich Unverschämtheiten gefallen lassen muss, auch wenn man angeblich unter Mordverdacht steht!«

»Sie stehen nicht nur angeblich, sondern tatsächlich unter Mordverdacht. Können Sie mir den vollen Namen Ihrer jungen Freundin sagen, Mr Sugar Daddy?«

»Nein«, knurrte Doc.

»Raminas Adresse?«

»Ich weiß nicht, wo sie wohnt. Sie sagte, sie kommt aus einem Dorf im Elsass. Von dort ist sie weggelaufen, um nach ihrer Großmutter zu suchen. Aber die ist verschwunden.«

Goldeck erwiderte nichts. Er sah Doc durchdringend an, und Doc musste zugeben, dass ihn so anzustarren eine sehr viel bessere Masche war, als ihn mit Worten festzunageln oder in dieser Zelle mit seinen eigenen Gedanken vertrocknen zu lassen. Es machte ihn wahnsinnig, nur raten zu können, was hinter der Stirn seines Gegenübers vor sich ging. Doc interessierte sich normalerweise herzlich wenig für die Meinung anderer, aber von dieser hier war er ziemlich abhängig.

»Sie sind sich über Ihre imaginäre Freundin noch nicht so recht im Klaren, was?«, durchbrach Goldeck schließlich die Stille. Die heiteren Worte wurden von seinem emotionslosen Gesichtsausdruck ausgebremst. »Wir wissen, dass Sie allein in der Kabine waren.« Goldeck griff nach einer Fernbedienung und richtete sie auf die schwarze Platte in der Wand. »Die Kollegin von Nicole Finke sagte aus, dass Sie allein in das Geschäft gekommen sind. Sie wollten Damenunterwäsche und ein Kleid anprobieren. Sie war zwar verständlicherweise verstört, aber sie bleibt steif und fest bei dieser Aussage.«

Donnerwetter. Dieser Jungspund konnte sich einen Orden an die Brust heften. Doc die Sprache zu verschlagen musste man auch erst einmal schaffen. Mit offenem Mund starrte er den Kommissar an, und nur schwer konnte er seine Aufmerksamkeit auf den Bildschirm lenken. Dort flimmerte es dunkel, bevor die Bilder der Überwachungskamera erschienen. Und sie zeigten tatsächlich, wie Doc das Geschäft allein betrat. Er nahm den gleichen Weg, wie er ihn auch mit Ramina gegangen war, erst zu den Strickjacken, dann schließlich zu dem Kleid. Verfluchte Hölle, wo war Ramina? Auf den Bildern war er völlig allein!

Er sah sich selbst das Kleid nehmen und es in die Kabine tragen. Natürlich, das hatte er auch für Ramina getan. Im Bild der Kamera zögerte Doc am Eingang der Kabine, drehte um und suchte die Unterwäsche. Oh, bitte nicht. Das Bild sprang um und zeigte nicht mehr den gesamten Laden, sondern ein Stück des Inneren der Kabine.

»Ist das nicht verboten?«, murrte Doc.

»Natürlich. Die Kamera verstößt gegen das Gesetz und wurde deswegen umgehend entfernt. Allerdings wäre ich ein Idiot, wenn ich die Bänder löschen lassen würde.«

Na toll. Wie tröstlich. Durfte man das überhaupt als Beweismaterial verwenden? Warum hatte er in seinen eigenen Krimis nie besser aufgepasst?

Die Kamera erfasste nicht die komplette Umkleidekabine, sondern nur den oberen Teil. Auf dem Bildschirm verschwand er, bis sein Kopf schließlich auftauchte, die Augen genüsslich geschlossen. Doc stöhnte gepeinigt und legte die Hände über die Augen. Man sah sein Gesicht, genau in dem Moment, als Ramina sich an ihm verging. Aber man erkannte nur sein verdammtes Gesicht.

Sollte Doc froh sein, dass es keinen Ton gab? Er konnte kaum hinschauen. Durch die Finger sah er sich selbst mit halb herunterhängender Hose im Bild auftauchen. Er zerrte die Hose nach oben und verschwand aus dem Sichtfeld der Kamera. Doc wusste auch, warum. Weil in diesem Moment Ramina den Vorhang geöffnet hatte, um die Verkäuferin um Hilfe zu bitten.

Goldeck schaltete ab.

»Hey, schalten Sie wieder auf die andere Kamera um! Dann sieht man deutlich, dass ich an der Verkäuferin vorbeigelaufen bin. Aus der Kabine raus«, protestierte Doc.

Goldeck schenkte ihm einen schiefen Blick. »Mehr Aufzeichnungen haben wir von der Kamera nicht. Das Band war voll. Und die zweite Verkäuferin sagte aus, dass sie mit Frau Finke für etwa zehn Minuten bei geschlossenem Vorhang in der Kabine waren. Dann kamen Sie allein heraus.«

Fassungslos starrte Doc ihn an. Sein Blutdruck kochte. Die Kassiererin log! Sie hatte Ramina genauso gesehen wie er! Warum erzählte sie etwas völlig anderes? Hatte Etienne sie bestochen? Und warum fehlte ausgerechnet der entscheidende Teil der Aufzeichnung? Ja, die Verkäuferin war in die Kabine gegangen, aber er war an ihr vorbei rausgelaufen. Verfluchter Mist noch mal! Doch was, ... was, wenn er sich das auch nur einbildete? Er war schließlich der felsenfesten Meinung, mit Ramina den Laden betreten zu haben, und auf der verfluchten Kamera war nur er zu sehen.

»Das Ding ist manipuliert«, würgte Doc heraus.

»Niemand hat die Kamera oder die Aufnahmen manipuliert. Dafür war keine Zeit. Die zweite Verkäuferin hat, kaum, dass sie den Laden verlassen haben, nach ihrer Kollegin gesehen und uns angerufen.«

»Aber ...«, stotterte Doc. Es musste eine Erklärung dafür geben.

»Ich weiß, dass Sie wegen Halluzinationen für kurze Zeit in psychischer Behandlung waren.«

»Für fünf Minuten!«, protestierte Doc.

Goldeck schnaubte. »Die fünf Minuten haben offenbar gereicht. Dr. Lutz sagt, er habe sich ein umfangreiches Bild von Ihrer Psychose machen können.«

Er würde diesen verfluchten Kerl umbringen!

Goldeck legte die Fernbedienung auf den Tisch. »Ich will Ihnen nicht absprechen, dass Sie wirklich der Meinung sind, Sie wären mit einer Frau dort gewesen. Aber jetzt will ich wissen, was Sie mit der Verkäuferin gemacht haben.«

Wie betäubt starrte Doc auf die schwarze Fläche. Keine Ramina. Welche Erklärung blieb dann noch für seinen entzückten Gesichtsausdruck in den letzten Momenten der Aufnahme? Er hatte sich allein in der Kabine einen runtergeholt? Mit der gleichen Inbrunst, die er unter Raminas Berührungen gespürt hatte? In seiner Erinnerung gab es nur Ramina. Wann war er mit der Verkäuferin allein in der Kabine gewesen? Er fand keine Lücke in seiner Erinnerung, und doch musste es eine geben.

»Murphy«, sprach der Kommissar eindringlich. »Was haben Sie mit Nicole Finke gemacht?«

»Das sollten Sie doch am besten wissen. Sie haben die Kameraaufnahmen und sicher auch ein Autopsieergebnis«, sagte Doc lahm. »Ich kann mich nicht erinnern, sie auch nur berührt zu haben.«

Goldeck zog ein Blatt aus seinen Unterlagen. »Die Autopsie ist noch nicht abgeschlossen. Aber den ersten

Erkenntnissen nach wurde sie nicht erwürgt, wie wir anfangs dachten. Die bisherigen Untersuchungen ergaben, dass sie an Blutarmut gestorben ist. Was heißt Blutarmut, sie hatte keinen Tropfen Blut mehr in sich!«

Grundgütiger, diese Symptome kamen Doc viel zu bekannt vor. Wer ließ blutleere Leichen zurück? Vampire.

Goldeck beugte sich nach vorn und starrte ihm in die Augen. »Wie geht das? Wie haben Sie das gemacht? Es gibt keine äußerlichen Verletzungen, die auf Gewalt hindeuten, bis auf zwei kleine Einstiche an ihrem Hals.«

»Und diese sind so weit auseinander?« Zögerlich hob Doc die Hand und zeigte die Distanz, in der sich bei den Menschen für gewöhnlich die Eckzähne befanden. Bitte, hoffentlich stimmte Goldeck nicht zu.

Erneut sah der Kommissar auf seine Unterlagen und nickte. »Ja, das kommt hin.«

Langsam ließ Doc die Hand sinken. Zwei kleine Einstiche am Hals wie von einem Vampirgebiss. Er schrieb einen Vampirroman. Er hörte Fledermäuse sprechen. Er fand eine Frau auf seinem Dachboden, die dort eigentlich nicht sein durfte. Er hatte schließlich die Tür abgeschlossen. Mit derselben Frau ging er in ein Einkaufszentrum, in einen Bekleidungsladen, und die Kamera zeigte nur ihn. Er war nicht mit Ramina dort gewesen. Ramina gab es nicht. Er bildete sie sich nur ein. Er drehte durch. Er verlor nicht nur den Verstand, es war schon längst zu spät. Seine Realität war nicht die richtige Welt. In seiner gab es sprechende Fledermäuse und bezaubernde, junge Mesdemoiselles, die nicht nur einen Sugar Daddy, sondern die echte Liebe suchten. Hatte er sich in der Umkleidekabine womöglich für einen Vampir gehalten und sie gebissen? Hatte er die

Verkäuferin getötet? Wie? Er konnte doch keiner Frau das gesamte Blut aussaugen? War er wirklich dazu fähig?

»Murphy?«

Widerwillig hob er den Kopf, und der mitleidige Blick in Goldecks Augen verursachte ihm Übelkeit. Doc war nicht nur nicht der erste Witzbold in der Laufbahn dieses Kommissars, er war sicher auch nicht der erste Verrückte, der nicht wusste, was er tat, und im Wahn eine unverzeihliche Tat beging.

»Ich kann Ihren Psychologen holen, wenn Sie das wünschen. Wir haben ihn ohnehin hergebeten, als wir herausfanden, dass Sie bei ihm in Behandlung sind.«

Lutz? Wie sollte Lutz ihm helfen? Konnte er Doc wegsperren lassen? Denn das musste er tun. Was, wenn Doc noch einmal einen solchen Aussetzer hatte? Wenn er unwissentlich zum Serienmörder wurde? Schlich er dann wie Mr Hyde um die Häuser und konnte sich am nächsten Tag nicht mehr erinnern? Aber er hatte nie Experimente gemacht, nur geschrieben.

»Madoc ... Doc ...«, sagte der Kommissar eindringlich, und wie betäubt nickte Doc.

Lutz war vielleicht der Einzige, der ihm helfen und das Ganze erklären konnte. Und er konnte dafür sorgen, dass Doc nicht erneut Gefahr lief, einem Menschen zu schaden. Goldeck stand auf und schloss die Tür hinter sich.

Doc stützte das Gesicht in beide Hände. Seine Gedanken schwirrten rasend schnell durch seinen Kopf, er spürte die Panik langsam in seinem Inneren hochkriechen. Es gab keine Ramina. Er war der Einzige, der mit der Verkäuferin in der Kabine gewesen war, und er konnte sich nicht einmal daran erinnern. Hatte er ihr den Mund zugehalten, damit sie nicht schrie? Hatte er sie wirklich gebissen?

Unwillkürlich tastete Doc nach seinen Eckzähnen. Sie waren allgemein ein wenig spitz, aber das war nichts Ungewöhnliches. Es gab viele Menschen mit spitzen Eckzähnen. Es handelte sich um eine Fehlstellung, deswegen sahen sie spitzer aus. Aber selbst dann waren sie nicht spitz genug, um sich durch die Haut eines Menschen zu bohren. Oder?

Er wusste nicht, was er glauben sollte. Kälte erfasste ihn, und sein Innerstes verkrampfte sich. Doc drückte die Finger gegen seine Augenlider. Er musste realistisch denken, aber konnte er das überhaupt? Paula hatte Ramina gesehen, wie die anderen im Wirtshaus. Aber was, wenn er sich das auch nur eingebildet hatte? Hatte er es nur geträumt? Man würde ihm kaum die Gelegenheit geben, Paula zu kontaktieren, und selbst dann war fraglich, ob sie die Wahrheit sagte. Vielleicht hatte es ja auch die Ramina an diesem Abend gegeben, aber die Ramina in dem Laden existierte eindeutig nicht. Er hatte es gesehen. Welchen Grund gäbe es für die Polizei, ihn mit manipulierten Aufnahmen in Angst und Schrecken zu versetzen?

Doc hörte die sich öffnende Tür, aber er sah nicht hoch. Jemand ächzte und ließ sich vor ihm nieder.

»Ach Doc«, hörte er die seufzende Stimme von Dr. Lutz Bergmann. »Dass es so weit kommt, hätte ich nicht gedacht.«

»Wie kann das sein?«, fragte Doc in seine Hände hinein.

»Womöglich eine Psychose. Das muss man in einer Klinik herausfinden. Sie werden dich untersuchen, mit dir sprechen und den Grund suchen. Sie können dir helfen, Doc. Es ist nichts verloren. Vielleicht ist es auch nur ein simpler Gehirntumor. Wenn er auf bestimmte Bereiche des Gehirns drückt ...«

Doc lachte bitter und zog die Hände vom Gesicht. »Ein simpler Gehirntumor?«

Lutz lächelte nervös. »Man kann ihn entfernen, und alles wird gut.«

»Ich sollte wohl eher hoffen, dass er mich schnell umbringt. Denn wenn das alles wahr ist, wie soll ich damit leben?«

»Doc«, sagte Lutz und tätschelte unsicher Docs Hand. »Du bist nicht Herr deiner Sinne. Du bist kein Mörder. Ich kenne dich schließlich schon seit Jahren, und du hast nie psychopathische Züge an den Tag gelegt. Erst in letzter Zeit bist du von der Rolle. Es muss also entweder ein psychisches oder physisches Trauma geben.«

Lutz wollte ihn wirklich trösten. Doc konnte es in den Augen des Arztes sehen. Er erkannte das Mitleid und die Ratlosigkeit.

Doc senkte den Blick und starrte auf seine Hände. Dumpfer Schmerz breitete sich in seinem Kopf aus, beginnend hinter seinen Augen, der sich hinab bis in seinen Nacken zog und ihm die Luft abschnürte.

»Soll ich dir ein Beruhigungsmittel geben?«, fragte Lutz leise.

»Kannst du mir was geben, das mich aus dem Albtraum aufwachen lässt?«

»Leider nicht.« Lutz seufzte. »Es ist auch nur ein schwaches Mittel. Für stärkere Mittel musst du erst untersucht werden.«

Er zog eine Tablettenschachtel aus der Tasche und legte sie vor Doc auf den Tisch. Suchend sah er sich um, bevor er sich schwerfällig erhob und zur Tür stampfte. Er hämmerte dagegen. »Könnten wir ein Glas Wasser haben?«

Doc griff nach der Tablettenschachtel. Wie es wohl war, alle auf einmal zu nehmen? Zwanzig Stück? Aber wenn sie wirklich nur schwach waren, würde es ihm nur eine Fixierung am Krankenbett wegen Suizidgefahr einbringen. Dabei wollte er sich nicht einmal umbringen. Er mochte sein Leben, zumindest hatte er es bisher getan. Doch jetzt ... Es lag nicht nur in Trümmern, er hatte etwas Unverzeihliches getan, und trotzdem wollte es nicht so recht bei ihm ankommen.

Goldeck öffnete die Tür und trat mit einem Glas Wasser ein. Er stellte es vor Doc ab. Docs Hände zitterten so stark, dass er es kaum schaffte, eine Tablette aus der Packung zu drücken. Als er sich diese in den Mund steckte und nach dem Glas griff, verschüttete er die Hälfte des Wassers. Schmerzhaft rutschte der Fremdkörper seine Kehle hinunter.

»Wir setzen die Vernehmung morgen fort«, sagte Goldeck freundlich.

Bevor Doc etwas erwidern konnte, gab es draußen einen dumpfen Knall. Der Erdboden erzitterte für einen Moment, gefolgt von ohrenbetäubendem Scheppern.

Goldeck sprang auf und legte Doc die Hand auf die Schulter. »Bleiben Sie hier. Ich bin gleich wieder da.«

Lutz starrte abwechselnd von Doc auf Goldecks Rücken und hechtete rechtzeitig zur Tür, bevor sie hinter Goldeck zufiel. Doch Lutz zögerte immer noch.

Doc winkte ab. »Geh nur.«

Was sollte er auch anderes tun? Er sollte sich schon mal daran gewöhnen, wie es war, allein in einem kleinen Raum zu hocken, ohne die Möglichkeit, hinauszugehen.

Kapitel 11

Gefängnisse sind besser als ihr Ruf

Gedankenverloren drehte Doc die Tablettenschachtel in den Fingern. Er hätte nichts dagegen, jetzt mit klopfendem Herzen und einem ordentlichen Schrecken in den Gliedern in seinem Bett hochzufahren und festzustellen, dass das alles nur ein verdammter Traum war. Ein Traum, den er in einem Buch verarbeiten konnte, bis das seltsame und bedrückende Gefühl nachließ.

Aber es war kein Traum, auch keine Halluzination. Er hatte die unverzeihlichste Todsünde begangen, die diese Welt zu bieten hatte.

Die Tabletten klackerten in der Packung, und Doc drückte noch zwei heraus. Eine nach der anderen nahm er sie mit einem Schluck Wasser. Er mochte sich damit vielleicht nicht umbringen können, aber wenn sich die Welt ein wenig drehte, dann war für den Moment alles nur noch halb so schlimm. Und eigentlich konnte er doch noch eine nehmen, oder?

Er drückte noch eine der weißen Pillen heraus, und die Tablette rollte über den Tisch. Doc schlug mit der flachen Hand darauf und fing sie so ein. Sie hinterließ ein schales, pelziges Gefühl auf seiner Zunge, als er sie auf selbige legte und nicht sofort mit Wasser nachspülte. Wann setzte die Wirkung ein? Oder waren das nur Placebos? Oh Himmel, Lutz hatte ihm doch hoffentlich etwas Wirkungsvolles mitgebracht.

Docs starrer Blick verschwamm zunehmend, aber wenn er blinzelte, wurde das Bild wieder einigermaßen klar. Der Schmerz in seinem Kopf ließ nach oder nein, es war anders.

Er ließ nicht nach, er war nur nicht mehr so präsent. Doc spürte die Schläge seines eigenen Herzens in der Brust. Sie waren ruhig und stark, fast schon schmerzhaft, und er hielt die Luft an, als ein Herzschlag ausblieb. Ob er sich das einbildete? Doch da kam schon der nächste Schlag, und Doc stieß die Luft aus. Sein Mund wurde trocken, und auch das Wasser änderte wenig an diesem Gefühl. Vielleicht sollte er noch eine Tablette nehmen, solange er noch welche hatte?

Ein Krachen ließ ihn zusammenzucken, und er sah auf. Das grelle Licht der Deckenleuchte brannte in seinen Augen, und er schloss sie lieber. Was auch immer da draußen los war, es ließ ihn ja doch nicht aufwachen. Weil das kein Traum war.

Vielleicht stand die Verkäuferin von den Toten auf, und es war alles nur ein Missverständnis? Doc spürte, wie sich seine Mundwinkel gegen seinen Willen hoben, und ein raues Lachen drang aus seiner Kehle. War das wirklich sein eigenes? Wenn sie eine Autopsie an ihr vornahmen, wäre es besser, wenn die arme Frau nicht aufwachte. Wer wollte sich schon mit einer offenen Bauchdecke in einem Leichenkeller wiederfinden?

Doc drückte die Finger gegen seine Stirn. Er hatte eine Frau getötet. Warum zum Henker konnte er sich nicht daran erinnern? Er wusste nur, dass sie verdammt langsam gewesen war, und vor seinem inneren Auge tauchte ihr entsetzter Gesichtsausdruck auf, als er mit notdürftig hochgezerrter Hose an ihr vorbeigesprintet war. Hatte er sie davor oder danach umgebracht? Oder hatte er sich das mit der Hose auch nur eingebildet?

Sosehr Doc auch nachdachte, es fiel ihm nichts ein. Er erinnerte sich auch nicht an das Verlangen, sie zu beißen. In seiner Wahrnehmung gab es nur Ramina und in der Realität das Überwachungsbild der Kamera, als er allein den Laden betrat. Wenn Ramina an seiner Seite gewesen war, warum war sie nicht aufgezeichnet worden? Doc kannte nur eine Sorte Wesen, die weder von Spiegeln noch von Kameras eingefangen werden konnten, und das waren Vampire. Erneut lachte Doc, und es klang hohl in seinen Ohren. Vampire. Natürlich. Die roten Stellen am Hals der Verkäuferin, die Kamera, die Fledermaus, alles deutete auf Vampire hin und damit auf den wahnsinnigen Verstand eines Autors, der sich zum ersten Mal in seinem Leben an einem Vampirroman versuchte.

Mit bebenden Händen griff Doc erneut nach der Pillenschachtel. Wenn er sich die restlichen noch einverleibte, dann mussten sie ihn hoffentlich hier heraustragen. Am Morgen wachte er in der Zelle einer Psychiatrie auf, und es wurde, wie Lutz gesagt hatte, alles gut. Denn dort gab es neben starken Medikamenten auch richtige Drogen.

Die Tablette sprang über die Holzplatte und rollte herunter. »Verflixt«, murmelte Doc und stützte sich am Tisch ab, um sich hinunterzubeugen und nach dem kleinen verfluchten Ding Ausschau zu halten. Wo war sie hin? Er brauchte jede einzelne. Der Boden verschwamm vor seinem Blick, und für einen Moment brannte es sauer in seinem Hals.

»*Ma cheri*? Doc?«

Hey, die Stimme kam ihm bekannt vor. Er schoss nach oben und rammte sich prompt den Kopf an der Tischkante. Stöhnend legte er die Hand auf seinen Hinterkopf. Fuck. Wenn die Tabletten ihn nicht ins Reich der Träume holten, konnte er sich immer noch selbst bewusstlos schlagen.

Sein schwankender Blick versuchte die Gestalt zu fixieren, die sich ihm näherte. Der Schemen trug die gleiche Uniform wie der Polizist, der ihn festgenommen hatte, hatte nicht so breite Schultern, dafür mehr Vorbau. Oh, es war eine Polizistin. Doc zwang seinen Blick weiter nach oben, zu ihrem Gesicht. Das zaghafte Lächeln unter den rehbraunen Augen erinnerte ihn an jemanden. Und als sie näherkam, fiel ihm auch wieder ein, an wen.

»Ra ... Ramina?«, stotterte er.

»*Oui*, komm, wir müssen weg. Ich habe Kugeln gelegt, mit Stink und Rauch. Das wird hier in Spielgeschäften verkauft.«

»Du bist nicht echt. Ein Traum«, wehrte Doc ab.

Seine Halluzination runzelte die verschwommenen Augenbrauen. »Natürlich bin ich echt.« Sie beugte sich nach vorn und küsste ihn auf den Mund. »Jede Frau hört gern, dass sie eine Traumfrau ist, aber dafür haben wir keine Zeit. *Vite, vite*, wir müssen fliehen.«

Mussten sie das? Warum eigentlich? Lutz hatte doch gesagt, es wurde alles gut. Noch während Doc fassungslos Ramina anstarrte, suchte er in seinem benebelten Gehirn nach einer passenden Erwiderung. Aber es fiel ihm keine ein. Er wusste auch nicht, was er sagen sollte, als Ramina mit Handschellen seine Handgelenke aneinanderfesselte. Und erst recht nicht, als sie kicherte und seufzte. »Zu schade, dass wir uns beeilen müssen. Handschellen stehen dir ausgezeichnet.«

Sie zog ihn an seinem Hemd auf die Füße, und er taumelte, als er noch nach der Pillenpackung griff. Er hatte so eine Ahnung, dass er sie noch brauchen könnte.

»*Vite, vite*«, flüsterte Ramina. »Sei braver Gefangener.«

Er hatte keine Ahnung, was sie für ein seltsames Rollenspiel veranstaltete. Er war sich ja sogar unsicher, ob er nicht im Rausch der Beruhigungstabletten mit dem Kopf auf dem Tisch gelandet war und das alles nur träumte. Aber wenn er pennte, dann war Gehen selbst im Traum anstrengend. Er taumelte unter Raminas Führung durch einen langen Flur und lehnte sich gegen die Wand, während sie eine Tür öffnete und hinausspähte.

Sie stöhnte leise und wedelte mit der Hand vor ihrer Nase herum. »Puh, das stinkt.« Aber mit einem Mal schnappte sie seinen Arm und bugsierte ihn in den großen Raum mit den unzähligen Schreibtischen. Grauer Nebel beherrschte sein Sichtfeld. Brannte es? Nein, dazu war es zu kalt. Ha! Jemand hatte eine Eisnebelmaschine explodieren lassen!

Der Gestank nach faulen Eiern durchdrang den wunderbaren Dunst der Leichtigkeit und verstärkte seine Übelkeit. Aber Zeit, sich zu übergeben oder zu beschweren, blieb ihm nicht. Ramina dirigierte ihn zwischen den Schreibtischen hindurch. Er sah eine Frau in eine Tüte atmen, ein Mann rieb sich die tränenden Augen. Oh, hatte er eine schlechte Nachricht erhalten?

»Halt, was machen Sie da?«, fragte ein Mann, der sich die Nase zuhielt und dessen verschwommene Uniform genauso aussah wie die von Ramina. Aber an ihm sah sie nicht so süß aus. Warum trugen hier eigentlich alle die gleichen Klamotten?

»Ich muss ihn nach draußen bringen. In ein anderes Revier. Wir haben gehört, jemand will ihn befreien.«

»Jemand will mich befreien?«, fragte Doc verdutzt. »Wieso?«

Aber er bekam von Ramina keine Antwort. Sie zerrte ihn unbarmherzig hinter sich her. Wenn er stolperte, versetzte sie ihm einen Gegenstoß, aber sie riss ihn rechtzeitig zurück, bevor er gegen den Türrahmen der Eingangspforte krachte.

Die kühle Nachtluft traf ihn wie ein Schlag ins Gesicht, aber wenigstens war es hier dunkler, denn es gab kein künstliches Licht, das ihm Kopfschmerzen bereitete. Ramina zog ihn zu den Streifenwagen und blieb schließlich vor einem stehen. Sie riss an der Fahrertür und stieß Doc auf den Sitz, bevor sie um die Karre herumrannte und sich auf den Platz neben ihm warf.

»*Vite, vite*, fahr los«, rief sie so laut, dass Doc erschrocken zusammenzuckte.

Er sollte fahren? Das war doch ein Auto, oder? Okay, es gab hier ein Lenkrad, doch je länger er es anstarrte, könnte es auch ein Mandala sein.

»Ich kann nicht«, nuschelte er.

»Wieso nicht?«

»Ich stehe unter Tabletten.«

Ehe er sich versah, beugte sich Ramina zu ihm herüber, drehte den Zündschlüssel und nahm Docs Gesicht in beide Hände. »Du musst fahren. Ich kann es nicht. Ich weiß nicht, wie es geht.«

»Okay«, murmelte er. »Greif mir ins Lenkrad, wenn ich die Spur nicht halten kann.«

Was tat er hier? Er wusste es nicht. Es war schon ein extrem schlechter Service, dass sich ein Häftling selbst in die Klinik oder ins nächste Gefängnis fahren musste. Er bezahlte immerhin Steuern. Ja, wirklich! Und er wurde noch nicht einmal chauffiert, wenn sein Leben den Bach runterging!

Mit gefesselten Händen legte Doc den Rückwärtsgang ein, drückte aufs Gas und fluppte aus der Parklücke. Zu seinem Erstaunen blieb ein Krachen und Scheppern aus, auch wenn irgendetwas knirschte, als er mit Schwung wendete. Aber seine rasante Fahrt nahm vor dem geschlossenen Tor ein jähes Ende. Ramina stieß die Tür auf, rannte nach vorn und stemmte sich mit der Schulter gegen das Tor. Ohrenbetäubendes Ächzen war zu hören, das Metall quietschte gequält, und sie drückte das Tor aus der Halterung, bog es auf, bis eine Öffnung entstand, durch die ein Auto passte.

Wow, Lutz sollte sich diese Tabletten patentieren lassen. Die regten dermaßen die Fantasie an, dass man Doc nur noch eine Schreibmaschine hinstellen musste, und der nächste Bestseller war garantiert.

Doc wusste nicht, was er tun sollte, also gab er Gas. Plötzlich tauchte Ramina neben ihm auf dem Beifahrersitz auf. Wo zum Teufel kam sie jetzt her?

»Wie…?«, setzte Doc an, aber sie schlug ihm nur gegen die Schulter.

»Fahr endlich!«

Er musste zugeben, ihr Deutsch wurde immer besser. Zum Glück war es dunkel, und es gab nicht viel Verkehr. Die wenigen Autos blendeten ihn genug, um ihn rechtzeitig zu wecken, wenn er das Gefühl hatte, wegzunicken. Er war noch nie so schlecht gefahren wie auf dieser Strecke. Wenn er kuppeln wollte, musste er die Hände vom Lenkrad nehmen. Es war nur Ramina zu verdanken, die immer rechtzeitig zugriff, dass ihre Flucht nicht im nächsten Graben endete. Eine herrliche Zwischenepisode für seinen Roman. Sobald er aufwachte, musste er das aufschreiben.

Ramina neben ihm wurde still und sah aus dem Fenster, wenn sie nicht gerade wegen seiner ruppigen Fahrweise zusammenzuckte. Docs Mund fühlte sich immer rauer, trockener und flauschiger an. Als ob er in einen Teddy gebissen hätte. Ein Bier wäre jetzt gut. Gab es im Gefängnis auch Bier? Oder wenigstens so etwas Ähnliches?

Doc folgte einer Straße, an Einfamilienhäusern vorbei, die ihm bekannt vorkamen. Den gleichen Postkasten hatte sein Dorf auch. Versonnen musterte er die Umgebung, bis er aus einer Eingebung heraus bremste und am Bordstein hielt. Sinnierend starrte er das Haus an, die weiße Fassade mit den schwarzen Balken. Hinter der dunklen, schweren Holztür gab es Bier. Er war sich ziemlich sicher. Aber wie ein Gefängnis sah es nicht aus. Eher wie seine Lieblingskneipe.

»Das Gefängnis ist im ›Ochsen‹?«, fragte Doc verblüfft. Bevor Ramina eine Antwort geben konnte, drückte er gegen die Tür und fiel mehr aus dem Wagen, als dass er mit dem letzten Rest Würde seine Haft antrat. Aber wenn der Knast im ›Ochsen‹ war, dann war doch alles halb so schlimm, oder?

Paula saß auf den Stufen, die seitlich am Haus in ihre Wohnung führten, und als sie ihn sah, sprang sie auf.

»Doc.« Sie lief auf ihn zu. Für einen Moment glaubte er, sie wollte ihn umarmen, aber eine Armlänge vor ihm stoppte sie. »Ist das wahr, was erzählt wird? Du wurdest festgenommen?«

»Möglich«, erwiderte er und hob die gefesselten Hände, um sich den Bart zu kratzen.

»Du bist mit Handschellen Auto gefahren?«, rief Paula entsetzt.

»Musste ich doch«, verteidigte sich Doc. »Häftlinge müssen selbst fahren. Ich verstehe es ja auch nicht.«

Und wie auch immer hatte er es offenbar während der gesamten Fahrt geschafft, die Packung Tabletten in der

Hand zu behalten. Durfte er darauf stolz sein? Wenigstens ein bisschen?

»Wovon redest du?«, fragte Paula verdutzt. Sie spähte an ihm vorbei und erstarrte. »Dieses Weib schon wieder.«

Doc versuchte, Paulas Blick zu folgen, und fiel bei dem Versuch, sich umzudrehen, beinahe auf die Nase. Hinter ihnen lehnte Ramina am Auto. Sie verschränkte die Arme vor der Brust, und mit den zusammengekniffenen Lippen sah sie aus, als hätte sie fürchterliche Migräne. Aber halt, wieso nahm Paula Docs Halluzination wahr?

»Du kannst sie sehen?«, fragte Doc verblüfft.

Paula wirbelte zu ihm herum. »Natürlich kann ich sie sehen. Denkst du, ich bin blind? Ich weiß noch ganz genau, wie ihr vor meiner Nase herumgeturtelt habt.«

»Wann?«

»Vorgestern!«

»Ach ja?« Welcher Tag war heute überhaupt? Doc kratzte sich mit der Tablettenpackung an der Nase. Dienstag? Sonntag? Mai? Der Morgen begann zu dämmern. Wie lange hatte er auf dem Polizeirevier gehockt?

Ramina stieß sich vom Wagen ab und näherte sich ihnen. Sie griff nach Paulas Hand. »Hören Sie, Paula. Sie müssen ihn verstecken. Ich flehe Sie an. Von Frau zu Frau. Die Polizei sperrt ihn weg, für immer. Aber wir können beweisen, dass er nicht getötet hat die Verkäuferin.«

»Warum verstecken Sie ihn nicht, hä?«, fauchte Paula.

»Ich habe nur mein Dorf. Es ist zu weit weg.« Ramina warf einen nervösen Blick zum Himmel. Da waren doch keine Suchhelikopter unterwegs, oder? Würden die sauer sein, wenn sie ihn fanden? Das wäre ungerecht! Die waren selbst schuld, wenn sie ihm nicht die Adresse von der

Irrenanstalt gaben. Und wo war eigentlich die nächste Strafvollzugsanstalt?

»Ich weiß nicht, wo du diese Nutte aufgetrieben hast, aber die Strafe hättest du verdient«, murmelte Paula und schob ihren Arm unter den von Doc. »Meinetwegen. Er kann bei mir bleiben. Sie sehen zu, dass er bald entlastet wird. Und bringen Sie den Wagen weg!«

Was? Ramina ließ ihn hier zurück? War sein Verbrechen wirklich so grausam, dass er mit Paula als Gefängniswärterin bestraft wurde? Keine Rouladen – damit könnte er noch leben. Aber Paula würde andere Wege finden, ihm das Leben zur Hölle zu machen.

Doc warf Ramina einen flehenden Blick zu, doch die stemmte sich hinten gegen den Wagen und rollte ihn die Straße entlang – ohne ihn auch eines letzten Blickes zu würdigen! Paula hingegen dirigierte Doc unbeirrt zum Nebeneingang des ›Ochsen‹ und die Stufen hinauf. In dem kleinen Flur versetzte sie dem sich sträubenden Doc einen Schubs, der ihn ins Wohnzimmer katapultierte. Mühsam hielt er sich an der Stehlampe fest. Er war Paula gegenüber undankbar. Für ein Gefängnis war ihre Stube nicht schlecht. Die auf dem Flohmarkt gekauften und bunt zusammengewürfelten Möbel entwickelten einen einzigartigen, heimeligen Charme. Oder lag das nur an dem seltsamen Trip, auf dem er gerade flog?

»Das ist viel zu schön für einen Mörder«, seufzte Doc und zuckte zurück, als Paula plötzlich vor seiner Nase auftauchte.

»Du hast sie doch nicht wirklich umgebracht?«

»Der Kommissar behauptet das.«

Paula schnaubte verächtlich. »Die erzählen viel, wenn der Tag lang ist. Was denkst *du*?«

»Ich weiß nicht einmal, wie ich sie umgebracht haben soll.«

Hatte Paula eine Antwort darauf? Doch die lächelte ihn nur an und griff nach seinen Händen. »Setz dich hin.«

Doc stolperte zum Sofa, und es kam ihm vor wie der Himmel auf Erden, als er auf das weiche Polster sank. Aber was, wenn Paula sich irrte und er die Frau doch umgebracht hatte? Sollte er besser noch welche von den Tabletten nehmen? Er hatte ja noch einige, und schaden konnten die nicht, oder?

Er drückte zwei aus der Packung und steckte sie sich in den Mund. Bah, ohne Wasser war das Zeug widerlich. »Hast du was zu trinken?«, nuschelte er.

Paula trat neben ihn und reichte ihm ein Glas. Die holzfarbene Flüssigkeit roch scharf, aber er spülte damit die Tabletten hinunter. Das Brennen ließ seine Eingeweide verkrampfen, und Doc hustete.

»Whiskey beruhigt die Nerven.« Paula klopfte ihm auf den Rücken, und während Doc keuchend nach Luft rang, lief sie in ihr Schlafzimmer. Als sie zurückkam, hielt sie etwas in ihrer geschlossenen Faust und nahm die Flasche von der Kommode, um ihm noch etwas einzuschenken.

»Du siehst aus, als brauchst du noch einen.« Ihr Blick gefiel ihm nicht, aber sie drückte beharrlich das Glas an Docs Lippen.

Er fühlte sich, als bräuchte er noch mehrere Flaschen, also nahm er das Glas und trank es erneut leer. Dieses Mal überrannte ihn die Schärfe nicht, stattdessen breitete sich ein wohliges, warmes Gefühl in seinem Bauch aus. Seine Gedanken wurden langsamer, packten sich in kuschlige Watte und legten sich zum Schlafen. Er wusste, dass er es war, der hier saß, und doch schien er sich auch irgendwie selbst zu sehen. Es war eine seltsame Empfindung. Als säße er wenige Zentimeter neben sich.

Paula nahm ihm das Glas aus den Händen, und verwirrt starrte Doc auf das klimpernde Teil in ihren Fingern. Er brauchte viel zu lange, um festzustellen, dass es nur Schlüssel waren. Aber wofür?

»Dein Glück, dass ich einen Universalschlüssel hab.« Paula lächelte zaghaft. »Nicht, dass dir Handschellen nicht stehen, aber ich glaube, du willst sie lieber loswerden, oder?«

Wollte er das? Sie störten ja nicht, nicht einmal beim Autofahren.

»Ich finde Handschellen praktisch. Die Kontrolle liegt dann bei jemand anderem«, dozierte Doc. Wenn die Welt zu sehr schwankte, könnte sie ihn einfach irgendwo am Sofa festmachen, und er konnte nicht herunterfallen. Und sie verhinderten hoffentlich, dass er in einem erneuten Wahn über Paula herfiel und ihr das gleiche Schicksal wie der Verkäuferin zuteilwurde.

Paula stockte. »Du magst also Kontrollverlust?«

»Ischt doch schön, wenn man nisch auf sich selbscht aufpaschen musch, oder?« Er legte die Faust auf den Mund, um ein Aufstoßen zu unterdrücken. Warum grinste ihn Paula so an? Schlimmer noch, sie legte den Kopf in den Nacken und lachte. »Oh Doc. Weshalb hast du nicht gleich gesagt, dass du so etwas magst? Hast du deswegen die Nutte engagiert? Damit dich jemand bestraft?«

»Strafe hab isch wahrlisch nötig«, nuschelte er gedankenverloren. Wenn der Kommissar recht behielt und Doc die arme Verkäuferin getötet hatte, dann verdiente er jede Strafe, die man sich einfallen ließ. Kein Alkohol, keine Roulade, Paula, Gefängnis ... Aber halt, wenn Paula Ramina gesehen hatte, dann existierte sie ja doch, und er war nicht mit der Verkäuferin allein gewesen. Oder? Mist, war das kompliziert. Er konnte diesen Gedanken nicht weiterführen, weil Paula ihn auf die Füße zog. Er konnte nicht nachdenken und gleichzeitig laufen!

»Mal sehen, ob du immer noch eine Nutte brauchst, wenn ich mit dir fertig bin«, raunte sie an seinem Ohr. Sosehr sich Doc das Hirn zermarterte (wenn er nicht gerade über seine eigenen Füße stolperte), der Sinn ihrer Worte mochte sich ihm nicht erschließen.

»Ein historisches Rollenspiel kann ich dir leider nicht bieten. Zumindest nicht jetzt, aber mir fällt schon was ein, womit ich es wiedergutmachen kann.« Mit diesen Worten bugsierte sie ihn zum Rand ihres Bettes und versetzte ihm einen Schubs. Irgendwas stimmte hier nicht. Paula drückte gegen seine Knie, bis er rutschte und schließlich mit dem Rücken am Kopfende ihres Bettes saß.

Sie kletterte ebenfalls auf das Bett und schwang sich über ihn. Sie griff nach seinem Handgelenk, löste mit dem Schlüssel eine Schelle, doch dann drückte sie seine Hände nach oben, und erneut schloss sich der Metallring um Docs Handgelenk. Nur diesmal konnte er die Hände nicht mehr nach unten ziehen. Die Kette klirrte, wenn er es versuchte. Vorsichtig spähte er nach oben. Sie hatte die kurze Kette um eine der gusseisernen Stangen gelegt, und jetzt hing er mit beiden Händen daran fest. Doc konnte nichts dagegen tun, aber die Ahnung, dass hier etwas ganz und gar verkehrt lief, wurde immer stärker. Was hatte sie vor?

»Paula?«, brachte er mühsam hervor, doch er sprach nur mit ihrem Hintern. Denn sie hatte sich umgedreht, und zog ihm die Schuhe von den Füßen. Seine Hose schien irgendwie daran festzuhängen, denn die verlor er genauso schnell. Was war nur los mit den Frauen? Ständig wurde ihm die Hose heruntergezerrt. Warum? Doc wollte sich aus dem Bett schieben, zumindest mit der freibeweglichen unteren Hälfte, aber sie packte seine Fußgelenke und wuchtete ihn mit einem erstaunlich starken Ruck nach unten. Hölle noch eins. Die Watte in seinem Kopf machte es nicht gerade besser. Doc drehte sich auf den Bauch, aber das hatte nur zur Folge, dass sein Gesicht in ein Kissen drückte. Konnte er diesem Wahnsinn entkommen, wenn er sich selbst erstickte?

»Oh, du möchtest also, dass ich dir den Hintern versohle?«

Was? Er wollte überhaupt nichts versohlt haben! Er wälzte sich wieder auf den Rücken. »Paula!« Seine Stimme klang rau und ihm selbst fremd, und er war sich nicht sicher, ob sie die Empörung angemessen transportierte, aber zum Henker, so viele Tabletten konnte er überhaupt nicht nehmen, um sich freiwillig ans Bett fesseln zu lassen. Wie kam sie nur auf solch himmelschreienden Unfug?

»Was soll der Mist?«

»Du stehst doch auf Kontrollverlust und wolltest eine Strafe.«

»Was?«

Paulas Gesicht tauchte vor seiner Nase auf. Er konnte sich nicht helfen, ihr verschmitztes Grinsen sah für ihn schlichtweg bösartig aus. Sie rieb sich auf seinem Schoß, aber da rührte sich nichts. Wieder mal. Und wieder mal zum Glück.

»Paula«, stieß Doc aus. »Ich habe ein Beruhigungsmittel genommen und zwei Whiskey. Würdest du mir nicht gerade den Schreck meines Lebens einjagen, wäre ich schon längst eingeschlafen.«

Zumindest hoffte er das. Diese blöden Medikamente waren nicht mal die Packung wert. Die Watte in seinem Kopf war nur noch ein sich hysterisch drehender Wirbel aus der Sehnsucht nach Flucht, einem Schlag auf den Kopf und Schlaf.

»Oh, dass du mich im Bett enttäuschst, wäre für mich nicht neu.« Paula grinste. »Und keine Sorge, wenn ich es wirklich will, darfst du noch ein Pillchen nehmen, und ich verspreche dir, nach fünf Stunden Dauerständer fahre ich dich ins Krankenhaus. Das heißt, wenn ich nach fünf Stunden schon mit dir fertig bin.«

»Paula«, stöhnte er. »Das willst du doch gar nicht.«

Paula lachte, sie lachte so heftig, dass er das Vibrieren in ihrer Brust spürte, als sie sich auf ihn legte. »Und ob ich das will, Doc. Ich habe die Demütigungen satt. Wie viele Jahre habe ich immer sonntags den tiefsten Ausschnitt und den kürzesten Rock getragen? Und mir dein Geschwafel über deine Bücher angehört?«

»Okay, das tut mir leid«, rief Doc dazwischen, aber sie redete einfach weiter.

»Und wie habe ich es gehasst, wenn mich dein spindeldürrer Freund angeglotzt hat. Dabei habe ich das alles nur für dich getragen. Du Vollidiot!«

Sollte er ihr sagen, dass ihn gerade diese Freizügigkeit abgeschreckt hatte? Lieber nicht. Wer wusste, was sie dann erst mit ihm anstellte.

»Paula, es tut mir leid. Ich hatte keine Ahnung.«

»Oh, es wird dir leidtun.« Sie lächelte lieblich. »Vielleicht sollte ich dir für jeden vergeblichen Sonntag eins auf den Hintern geben. Und währenddessen hast du ausgiebig Zeit, dir zu überlegen, ob ich für den weiteren Verlauf wirklich Viagra benutzen muss.«

»Paula, das kann unmöglich dein Ernst sein. Ich habe nie geglaubt, dass wir zusammenpassen. Bisher hat noch nie eine Frau zu mir gepasst, und ich wollte dir nicht wehtun ...«

»Weißt du, was dir außer den Handschellen gut stehen würde? Ein Knebel.«

Unwillkürlich verschluckte sich Doc an jedem Wort, das er noch zu seiner Verteidigung hervorbringen wollte. Paula strich ihm über die Wange, seinen Hals entlang, bis sich ihre Finger um seine Kehle legte. Er spürte seinen Puls gegen ihre Hand pochen und schluckte mühsam.

Paula neigte den Kopf. »Weißt du, dass Strangulation antörnend auf die meisten Männer wirkt?«

Ach ja? Dann musste sie ihn schon bis in die Bewusstlosigkeit würgen, und dann war auch nichts mehr in der Lage, von allein zu stehen. Aber Paulas Grinsen nach zu urteilen, machte sie sich gerade ohnehin über ihn lustig.

Sie nahm die Hand von seinem Hals und strich ihm über die Lippen. »Was denn? Keine Widerworte?«

»Du bist verrückt«, presste Doc hervor.

»Nur verrückt nach dir, mein Schatz.«

Paula schwang sich von ihm herunter, packte ihn an der Hüfte und drehte ihn kurzerhand wieder auf den Bauch. Dieses hinterhältige Miststück meinte das wirklich ernst. Die Fesseln verkanteten sich, ließen ihm noch weniger Bewegungsspielraum, und so sehr er es auch versuchte, es gelang ihm nicht, sich auf den Rücken zu wälzen. Immer wenn er sich zu heftig bewegte, begann seine ohnehin schon begrenzte Welt fürchterlich zu schwanken.

Etwas Kühles strich über seinen nackten Hintern. Der Wind? Nein, die Fenster waren geschlossen, es könnte höchstens durch die Ritzen pfeifen. Der Druck wurde stärker, es war etwas Schmales. Wollte er es wirklich wissen? Als ob er die Wahl hatte. Das Ding verschwand, doch dafür folgte ein klatschender Schlag, der eine brennende Spur hinterließ. Doc bäumte sich auf, die Handschellen kratzten über seine Haut, und das Kissen erstickte den wüsten Fluch.

»Das war der erste Sonntag von wie vielen?«, kommentierte Paula.

Woher sollte er das wissen? Er kannte Paula schon seit Jahren. Zwischendurch hatte sie sogar mal einen Freund gehabt, die Zeit konnte sie ihm doch unmöglich anrechnen! Erneut traf ihn brennender Schmerz, diesmal auf der anderen Seite. Er wollte nicht wissen, wie sich das ohne Tabletten und Alkohol anfühlte. Ein Knurren entfuhr seiner Kehle. Er wusste nicht einmal, dass er zu solchen Tönen fähig war. Gut möglich, dass er beim dritten Mal eher jaulte, aber zum Teufel, es war ihm egal! Sosehr er es auch versuchte, er schaffte es nicht, sich dem vierten Schlag zu entziehen.

»Himmel, Paula, ich mache alles, was du willst, wenn du aufhörst«, rief Doc.

»Wirklich?«

»Nein, zum Henker. Liebe kann man niemandem einprügeln.«

Es folgte tatsächlich kein weiterer Schlag. Hatte er das Richtige gesagt? Ein Flitschen erklang, und in der nächsten Sekunde erwischte ihn die volle Breitseite. Buchstäblich. Das Brennen zog über seinen gesamten Hintern. Doc mühte sich nach oben, wollte den Kopf nach hinten drehen, aber letztendlich erhaschte er gerade mal einen Blick nach draußen. Auf dem Baum vor Paulas Fenster hockte eine Fledermaus und sah zu. Mit diesen blöden Viechern hatte alles angefangen!

»Ich will zurück ins Gefängnis«, blaffte Doc. »Dort kann ich dich wenigstens wegen Körperverletzung anzeigen.«

»Ich bin sicher, sie werden gern hören, wie du deine Herrin Paula um Strafe angefleht hast«, spottete sie.

»Du bist nicht meine Herrin!«

»Ob dir das jemand glauben wird?«

Kein Mensch, der bei Verstand war, glaubte ihm auch nur irgendetwas. Er glaubte es sich selbst nicht. Der nächste Hieb war nicht so schlimm, oder er merkte nichts mehr. Aber er sah die Fledermaus auf Paulas gekipptes Fenster zuschießen. Das Tier schaffte es tatsächlich, sich durch den schmalen Spalt zu quetschen. Die Krallen kratzten über das Glas und das Holz, und die kleine geflügelte Kugel rauschte durch das Zimmer. Statt eines weiteren Klatschens ertönte Paulas Kreischen. Doc verrenkte sich den Hals, aber er sah nichts, dafür hörte er Paula umso lauter durch das Schlafzimmer stolpern. Passierte wirklich das, was er dachte? Er hörte Paula nach draußen poltern. Sein Hintern brannte fürchterlich, und sein Nacken schmerzte. Doc ließ sich auf die Kissen sinken und atmete tief ein. Mit kreisenden Bewegungen seiner Schultern versuchte er, seinen verkrampften Nacken zu entspannen. Doc schloss die Augen und konzentrierte sich auf das Getöse von Paula. Was bedeutete der Krach? Aber ihn erfasste Schwindel, und so fest er auch die Lider zusammenkniff, schien die Dunkelheit doch zu schwanken. Noch während bei einem von Paulas Schreien Sorge in ihm hochkroch, kippte diese Schwärze, riss ihn mit sich, und er fiel ins Bodenlose.

Kommissar Goldeck rieb sich die tränenden Augen. Seine Lunge kratzte, und sein Kopf dröhnte. Heiliges Kanonenrohr, jemand hatte ihn hinterrücks niedergeschlagen! Sein Nacken knackte, als er den Kopf bewegte und sich auf die Seite drehte. Der Boden könnte auch mal wieder gewischt werden. Was war überhaupt passiert? Ein solches Chaos hatte er hier noch nie erlebt.

Goldeck stemmte sich auf die Knie und krallte sich an der Wand fest, um sich auf die Beine zu bringen. Über dem Gang lag noch immer leichter Nebel, und der Geruch nach Schwefel ließ ihn würgen. Wo war er überhaupt? Er blickte auf die breiten Spiegel. Ach ja, die Verhörräume. Halt, Verhörräume. Doc Murphy, der verrückte Mörder!

Goldeck stolperte in den Raum, in dem er Murphy zuletzt gesehen hatte. Da war auch jemand, nur war dieser lediglich halb so groß wie Murphy und doppelt so breit!

»Wo ist er?«, fauchte Goldeck den Psychologen an.

Der musterte ihn mit großen Augen und rieb sich den Nacken. »Mich hat plötzlich jemand gepackt und mit der Stirn gegen die Wand gehauen«, klagte er und zeigte mit dem Finger auf besagte Stelle. Tatsächlich, da klebte Blut, und Goldeck meinte auch, die bereits anschwellende Beule zu erkennen.

Der Kommissar wandte sich um, spurtete aus dem Raum und fand sich bei seinen verwirrten Kollegen wieder. »Wo ist Doc Murphy?«, brüllte er durch den gesamten Raum.

»Der ältere Schriftsteller?«, hustete Andreas Felsenbaum hervor. Er rieb sich über die Brust. Seine Augen waren blutunterlaufen, und trotzdem grinste der Bengel. Er arbeitete erst seit zwei Wochen auf dem Revier. Goldeck konnte ihn nicht einschätzen.

»Finden Sie es lustig, dass jetzt ein Mörder dort draußen frei herumläuft?«, blaffte Goldeck.

Felsenbaum schüttelte schnell den Kopf und senkte den Blick. Aber seine Mundwinkel zuckten immer noch. »Murphy wurde von einer Frau weggebracht. In ein anderes Revier. Sie sagte, es gäbe die Vermutung, dass er befreit werden soll.«

»Was?«, brüllte Goldeck. Verfluchter Dreck, worüber sollte er sich zuerst aufregen? Über die Naivität des Beamten oder über die Dreistigkeit von Murphys Kumpanen?

Bergmann, dieser Haufen unfähigen Fleisches, wankte ebenfalls heran. Der Blick leidend, vielleicht sogar schuldbewusst?

»Haben Sie etwas damit zu tun?«, knurrte Goldeck und starrte den Psychologen an, der unter seinem Blick immer kleiner wurde und den Kopf schüttelte.

»Hier sind die Bilder von der Überwachungskamera«, mischte sich Felsenbaum ein und hielt Goldeck ein Tablet unter die Nase. Missmutig drückte Goldeck den Startknopf. Der Büroraum lag völlig ruhig und unversehrt vor ihm, bis vom Eingang her Rauch emporquoll. Plötzlich stieg dieser Nebel auch an anderen Stellen des Großraumbüros auf. Aus einem Papierkorb, neben einem Schreibtisch, neben plaudernden Kollegen – und die Ursache waren winzige fliegende Bälle! Aber sosehr Goldeck das Bild vergrößerte, den Film anhielt, vor- und zurückspulte, er konnte nicht erkennen, wer die verdammten Dinger warf!

Er ließ den Film weiterlaufen, und endlich kam auch Murphy ins Bild, in Handschellen – völlig allein. Niemand war an seiner Seite! Keine Frau, kein Mann, absolut niemand. Murphy lief merklich unsicher, taumelte, fiel manchmal fast auf die Nase, und trotzdem schaffte er es bis zur Tür, deren Rahmen er mit der Nase voran begrüßte. Und plötzlich öffnete sich die verdammte Tür wie von Geisterhand. Das gab es doch nicht! Goldeck reichte das Tablet an Felsenbaum zurück. Entweder war Doc Murphy wesentlich cleverer, als er tat, oder der Mann war von einem Phantom befreit worden. Doch egal, was es war, Goldeck würde ihn finden, koste es, was es wolle.

Kapitel 12

Blut und Reue

Doc meinte immer noch, Paulas Kreischen zu hören, aber vielleicht träumte er das auch nur. Er wusste nicht, was in diesen Stunden um ihn herum geschah. Seinen Schlaf störte es jedenfalls nicht im Geringsten. Nur nebenbei registrierte er, dass sein fröstelnder Hintern irgendwann wärmer wurde. Er schreckte einmal kurz auf, doch der Schwindel kam so schnell wieder über ihn, dass er kurzerhand erneut einschlief. Er war wohl der erste Mann, der es schaffte, über Nacht zwanzig Jahre zu altern. Denn genauso fühlte er sich, als ihn der Dämmer aus seinen Fängen entließ und jede seiner Nervenzellen ungeschönt einen Statusbericht an sein Gehirn schickte. Docs Schultern waren hoffnungslos verspannt, die Arme taub, und überhaupt fühlten sie sich recht abgestorben an. In seinem Mund wohnte schon wieder dieser verdammte Teddybär, und als er die Augen öffnete, beging er den Fehler, geradewegs in die Straßenlaterne zu sehen. Fuck. Seit wann waren die Dinger so grell, und warum waren die überhaupt an? Was war aus dem edlen Vorsatz des Stromsparens geworden?

Doc stöhnte und versuchte, seine Arme vorsichtig an den Körper zu ziehen. Ohne Erfolg. Und jetzt schob sich auch die Erinnerung an die letzten Stunden wieder in sein Gehirn. Wenn das nicht nur ein sehr dämlicher Traum gewesen war, stand er unter Mordverdacht. Er wusste nicht, was ihm lieber war. Dass er für den Rest seines Lebens in einer Gefängniszelle schmorte oder an Paulas Bett hing. Fuck, das Kissen unter ihm roch wirklich nach Paula. Gott bewahre. Er befand sich in den Fängen einer durchgeknallten Frau.

Der Himmel dämmerte unter den letzten Strahlen der Abendsonne. Er hörte ein Flattern neben sich, wollte sich dem Geräusch zuwenden, aber seine Muskeln gehorchten ihm nicht. Sie wollten nur still liegen bleiben und sterben.

Eine leichte Berührung an der Schläfe ließ Doc zusammenzucken. Wenn das Paula war, war er am Arsch. Buchstäblich. Aber es waren keine roten Haare, die über ihn fielen, sondern schwarze.

Ramina kletterte über ihn und setzte sich auf die freie Seite des Bettes. Sie trug wieder das Kleid aus dem Laden und rutschte auf dem Bett herunter, bis sie neben ihm lag.

»Wie geht es dir, *mon cherie*?«, fragte sie leise. Ihre Finger strichen über seine Wange und seine Stirn. Die Kühle ihrer Berührung linderte den Schmerz in seinem Kopf, und unwillkürlich schloss er die Augen. Ramina schmiegte sich an ihn, und ihr süßer Duft nach Honig und Mandel hüllte Doc ein. Sie strich über seinen Rücken, bis sie seinen Hintern erreichte.

»Verfluchter Mist«, knurrte Doc. Das tat weh! Womit hatte Paula auf ihn eingedroschen? Mit einem Rohrstock?

»Lass es mich wieder gut machen«, hauchte Ramina.

Doc rutschte von ihr weg. »Nein, danke!«

Verblüfft starrte ihn Ramina an und setzte sich auf. »Aber ich kann wirklich wieder machen gut.«

»Oh, das glaube ich dir«, schnaubte er. »Aber ich habe es langsam satt, ständig die Hose heruntergerissen zu bekommen.« Er zerrte an den Handschellen. »Wärst du so freundlich, endlich den Schlüssel zu holen?«

»Schlüssel?«, fragte Ramina verwirrt.

»Ja, den Universalschlüssel von Paula. Was glaubst du, wie sie die Kette der Handschellen um die Strebe bekommen hat?«

»Oh, ich habe den Schlüssel gesehen, aber es geht auch ohne.«

Ramina verarschte ihn doch, oder? Sie wollte ihn ernsthaft hier so liegen lassen? Weil es auch ohne Schlüssel ging? Dieses verfluchte, hinterhältige Biest. Dieses verlogene ... Die Empörung verschlug ihm die Sprache. Sein Gehirn war überfordert. Welche Beleidigung sollte er zuerst von sich geben?

Er entschied sich für ›Fuck‹, da steckte Ramina den Zeigefinger zwischen die Schelle und sein linkes Handgelenk, kniff die Lippen zusammen und zog an dem Metall. Knirschend gab es nach. Doc traute seinen Augen kaum. Sie nahm noch die zweite Hand zur Hilfe und bog die Metallringe auf, als wären sie dünner Draht. Er stöhnte, als sein steifer Arm nach unten fiel und sich das Blut wieder auf den Weg in die vernachlässigten Körperteile machte. Bah, er hasste dieses Kribbeln.

Ramina griff nach seiner anderen Hand und befreite sein Gelenk ebenso von der Schelle.

Doc keuchte. »Wie zum Teufel machst du das?«

»Oh, ich habe viel Kraft.« Sie lächelte und rieb über seine Arme. »Aber Menschen gehen sehr schnell kaputt.«

»Danke übrigens, dass du mich in Handschellen bei dieser Irren gelassen hast«, blaffte Doc.

»Du bist hierhergefahren«, protestierte Ramina.

»Ich war high!«

Sie schürzte die Lippen. »Dann wollte dein Unterbewusstsein eben zu ihr.«

»Mein Unterbewusstsein will wie der Rest von mir nach Hause, diesen ganzen Schwachsinn vergessen und den Tag bereuen, an dem ich dich getroffen habe.« Doc schob sich aus dem Bett, stellte sich auf beide Beine, setzte sich dann doch lieber wieder auf die Matratze. Himmel, war die Erde schon immer dermaßen unruhig gewesen?

Ramina sprang auf und griff nach seinem Arm, aber Doc schüttelte sie ab. »Lass das. Es ist nicht mein erster Morgen nach einer Drogennacht.«

Ramina kniff die Lippen zusammen, verschränkte die Arme vor der Brust und trat zurück. Allerdings warf sie ihm vorher noch seine Hose zu, und er fing sie ... natürlich nicht. War ja klar. Aber immerhin schaffte er es, sich nach ihr zu bücken, ohne auf die Nase zu fallen. Zum Glück war die Wohnung nicht sehr groß. Er brächte es heute noch fertig, sich zu verlaufen. Doc taumelte in den Flur und auf die Tür zu, hinter der er das Bad vermutete. Er ließ das Holz hinter sich in den Rahmen knallen und schreckte vor dem Spiegel zurück. Heiliger Strohsack. Besser, er hing zukünftig jeden Spiegel zu. Er sah aus, als wäre er nach einer Nacht voller LSD aufgewacht. Seine Haut war fahl und die Äderchen in seinen Augen geplatzt. Von Lutz nahm er nie wieder Medikamente an, ums Verrecken nicht. Erst ließ die Wirkung auf sich warten, und dann knallten die dermaßen rein, dass er den ganzen Tag verschlief. Und wo war eigentlich Paula? Bei ihrer Schicht?

Doc warf sich Wasser ins Gesicht, wusch sich notdürftig und kletterte in seine Hose. Sein Hintern brannte immer noch wie Feuer, und die roten Streifen, die er im Spiegel sah, veranlassten ihn zum ausgiebigen Augenverdrehen. Paula hatte sich wahrlich abreagiert. Sobald er nicht mehr von der Polizei gesucht wurde, würde er ihr einen Yogakurs schenken. Er konnte froh sein, dass er der Wirkung der Beruhigungstabletten erlegen war, bevor sie ihm das blöde Viagra hatte einflößen können.

Doc öffnete die Tür und schreckte vor Ramina zurück. Die streckte ihm mit einem verschämten Lächeln ein Toastbrot und ein Glas Kirschmarmelade hin. »Du musst etwas essen.«

»Wo ist Paula?« Doc nahm ihr die Sachen aus den Händen und stellte sie auf der Küchentheke ab.

»Oh, sie wird nie wieder sich vergreifen können an dir«, rief Ramina viel zu laut.

»Toll.« Was war er doch für ein Glückspilz. Was hatte sie getan? Paula einen anderen armen Tropf vor die Nase gesetzt? Doc untersuchte Paulas Kaffeemaschine. Da konnte man nicht einfach oben Kaffee reinschütten, die musste man mit diesen Pads füttern. Er durchsuchte die Schränke, bis er welche fand.

»Ich habe dich beschützt, die ganze Nacht. Immer wenn Paula zu nahe kam dem Bett, habe ich sie gekratzt«, flötete Ramina. War sie darauf auch noch stolz?

»Ich werde dir auf ewig dankbar sein«, spottete er. »Jetzt sag nur noch, dass du die Fledermaus warst ...«

Halt, Moment. Das verflixte Tier war über Paula hergefallen.

»*Oui*, am Tage bin ich die Fledermaus.« Ramina biss sich auf die Lippe und senkte den Kopf. »Ich habe viel zu erzählen.«

Doc hob die Hände. »Nein, nein, das behältst du alles für dich. Ich will nichts hören.«

Am Ende erzählte er irgendjemandem davon und bekam wieder Pillen verschrieben. Gestern hatte er Tabletten noch ganz toll gefunden, jetzt wollte er nicht mehr in die Nähe von Medikamenten kommen. Oder in die Nähe eines Polizisten. Und er wollte nichts hören, das ihn noch näher an den Rand seines Verstandes brachte. Er wusste ja nicht mal, ob er sich das alles hier nicht einfach nur einbildete. Den Kaffee, den Toast, Ramina. Vielleicht hatte ihm ja Goldeck den Hintern vollgehauen, und Docs verqueres Gehirn hatte ihm eingeredet, er wäre Paula.

»Ich will auch nicht wissen, ob du für die tote Verkäuferin verantwortlich bist. Aber falls ja, dann herzlichen Dank. Denn du bist die Letzte, die unter Verdacht steht. Du existierst nicht einmal.«

»Ich existiere nicht?«, fragte Ramina verwirrt.

»Du bist auf keiner Kameraaufnahme zu sehen. Man könnte sagen, du existierst nur in meinem Kopf und in dem von Paula.« Ach verflucht!

Ramina riss die Augen auf und ein hohes ›Ooooh‹ drang aus ihrem Mund. Sie packte Doc am Arm und egal, wie sehr er sich dagegen sträubte, sie zerrte ihn zurück ins Badezimmer. Himmel, eine solche Kraft traute man einer so zierlichen Person überhaupt nicht zu. Warum geriet er immer nur an Frauen, die stärker waren als er? Davon bekam er Depressionen.

»Da, schau.« Ramina drehte ihn um und deutete auf den Spiegel. Ja, super. Er erblickte sein elendes Gesicht und bekam einmal mehr vorgeführt, dass er schon frischere Tage erlebt hatte. Wunderbar. Konnte doch nicht jeder so hübsch und jung aussehen wie Ramina. Hey, Moment mal. Er packte Ramina am Arm und zog sie vor den Spiegel. Aber nichts. Im Spiegel sah er nur sich, wie er den Arm vorstreckte, und seinen eigenen dämlichen Gesichtsausdruck. Waren das noch die Nachwirkungen der Tabletten?

»Jetzt kennst du mein Geheimnis«, hauchte Ramina. »Ich bin ein Vampir.«

»Ja, genau.« Sein Lachen klang hohl, nervös und ging ihm selber auf die Nerven.

Sie hängte sich an seinen Arm. »Denk doch nach.« Als ob er das könnte. »Ich kann nichts essen. Ich kann die Ringe aus Metall verbiegen. Kein Spiegel, keine Kamera sieht mich.«

Doc ächzte. »Dafür gibt es bestimmt eine sinnvollere Erklärung.«

Er ließ sich auf den Toilettendeckel sinken. Die Welt drehte sich einmal mehr, er brauchte wirklich bald etwas zu essen und vernünftige Menschen um sich herum. Misstrauisch beäugte er Ramina, die sich vor ihm auf den Boden hockte und die Hände auf seinen Knien abstützte.

»Ich kann beweisen, dass ich ein Vampir bin.«

Oh, bitte nicht. Ehe Doc es verhindern konnte, veränderte sich Ramina schlagartig. Ihr hübsches Lächeln wich einer Fratze, die ihre viel zu spitzen Zähne bleckte. Ihre Augen waren nicht mehr braun, sondern scharlachrot. Sie glühten wie die eines Roboters. Heiliger Bimbam. Das waren die Erfindungen eines drittklassigen Fantasyautors, aber *er* dachte sich doch solchen Mist nicht aus! Trotzdem war sie da und starrte ihn an, als überlegte sie, wo sie ihn zuerst beißen sollte. Hervorragend. Sein Verstand hatte jetzt endgültig aufgegeben und hielt in einer Zwangsjacke ein Nickerchen. Doc streckte die Hand aus, um sie zu berühren, und Ramina schüttelte den Kopf. Als sie erneut den Blick hob, sah sie so harmlos aus wie zuvor.

»Okay.« Er keuchte. »Mach das nie wieder.«

»Hast du jetzt Angst vor mir?« Ihr Blick war herzzerreißend, und Doc wünschte, er könnte darauf eine

Antwort geben. Hatte er Schiss? Nicht so recht. Sicher, sie hatte ihn erschreckt, aber er verspürte auch nicht das ununterdrückbare Verlangen, mit einem hysterischen Brüllen aus der Tür zu stürzen. Der Anblick ihrer spitzen Zähne war nur eine weitere Absurdität unter vielen.

»Bitte sag mir, dass du die Verkäuferin nicht umgebracht hast.«

Ramina kniff die Lippen aufeinander. »Ich muss Blut trinken, um leben zu können. Du solltest nicht die Schuld für die tote Verkäuferin bekommen. Ich habe den Abholservice gerufen, aber er kam nicht.«

»Abholservice?«, wiederholte Doc stumpfsinnig.

»*Oui*, sie holen die Toten, damit sich die Menschen nicht über die vielen Leichen ohne Blut wundern. Meistens kommen sie sehr schnell. Aber Etienne hat verhindert, dass sie die Verkäuferin rechtzeitig holen konnten. Bei Paula waren sie wieder sehr *vite*.«

»Bei Paula?« Ramina zuckte zusammen. Ja, er war laut geworden! Zum Henker, das konnte doch nicht wahr sein! Raminas schuldbewusster Blick ließ ihn Böses ahnen. Er packte sie fester als beabsichtigt an den Armen. »Was hast du mit Paula gemacht?«

»Ich habe sie bestraft, für das, was sie dir angetan hat.«

»Du hast sie umgebracht?«

»*Oui*, ich habe ihr Blut getrunken.«

Ramina verzog schmerzerfüllt das Gesicht, als er die Hände noch fester zusammendrückte. Doch der Schock über Paulas Schicksal wurde von einem anderen Gedanken überlagert. Da war immer noch dieser Fleck an seinem Hals.

»Du hast mich auch gebissen, nicht wahr?«

Zögerlich nickte sie.

»Warum bin ich dann nicht tot? Oder ein Zombie oder was weiß ich?«

»Wenn es *l'amour* ist, ist nicht gefährlich zu beißen. Ist vielmehr *l'erotica*.«

Na, hatte er ein Glück. »Sag mal, bist du völlig des Wahnsinns?«, brüllte Doc. »Wenn Paula jetzt auch noch verschwunden ist, weißt du, wen sie als Erstes verdächtigen? Mich!«

»Wir können fliehen. Ein neues Leben in einem Land, in dem du willst.«

»Ich will kein neues Leben. Ich will mein altes zurück«, blaffte Doc und ließ sie endlich los. »Und ehrlich gesagt, will ich es ohne dich.«

Ramina rappelte sich auf und rieb sich die Arme. »Gebissene Menschen sind tot. Aber sie wachen wieder auf. Als Zombie. Deswegen werden sie geholt und weggebracht. Wenn die tote Verkäuferin aufrecht vor der Polizei steht, dann bist du nicht mehr schuld.«

»Toll und dann frisst sie das Gehirn des Polizisten. Das holt mich auf jeden Fall aus der Misere.«

Über Raminas Augen legte sich ein rötlicher Schimmer. »Ich versuche, dir zu helfen, weil es mir leidtut.«

»Weil erst nachdenken und dann beißen zu anstrengend ist?«, ätzte er.

Das Rote in ihren Augen wurde stärker, aber zum Henker, das schreckte ihn nicht. Sollte sie ihn doch töten, dann waren all seine Probleme gelöst. Aber sie tat ihm diesen Gefallen nicht.

»Meine Großmutter kann die Toten zurückholen«, erwiderte sie stoisch, als ob sie es einem Kleinkind erklären müsste.

»Deine Großmutter ist weg!«

»Ich weiß, wo sie ist«, hauchte Ramina.

Doc knurrte. »Seit wann?« Gnade dieser Frau Gott, wenn sie jetzt die falsche Antwort gab!

»Seit der Nacht, als du nicht nach Hause kamst. Nach dem Tag, an dem wir bei der fetten Tranfünzel waren. Ich hätte gehen können. Ich hätte gehen *müssen*, aber ich wollte nicht.« Ramina murmelte so leise, dass er sie fast nicht verstand. Wie auch, wenn das Blut in seinen Ohren rauschte. Sie *beide* waren bei Lutz gewesen? Sie war wirklich diese Fledermaus gewesen! Ja, genau. Und sie war auch ein Vampir. Machte ja auch Sinn. Vampire und Fledermäuse waren eins.

Doc drehte sich um und lehnte die Stirn gegen die Wand. Das hielt doch kein vernünftiger Mensch im Kopf aus!

»Du warst der einzige Mensch, der mich hören konnte. Das ist etwas Besonderes. *Du* bist etwas Besonderes«, vernahm er Raminas warme Stimme.

Ein besonderer Trottel. Naiv, völlig bescheuert und auch noch leicht aus der Fassung zu bringen.

»Mein Papa sagt, wenn man einen besonderen Menschen findet, darf man ihn nicht verlassen. Man muss ihn festhalten …«

Ja, toll, in Handschellen, das wäre zumindest Paulas Lösung!

Doc drehte sich um und lehnte sich mit verschränkten Armen gegen die Wand. »Der gleiche Vater, der dich zwingt, die Kleider deiner Mutter zu tragen und einen Idioten zu heiraten, damit er an Geld kommt? Von dem Kerl würde ich keinen einzigen Ratschlag annehmen!«

Der rote Schimmer in Raminas Augen wurde so stark, dass sie jeder Betriebslampe eines Fernsehers Konkurrenz machte. »Rede nicht so über meinen Vater«, fauchte sie. »Er ist ein anständiger Mann!«

»Ein anständiger Wüstling?«, ätzte Doc.

»*Non, non,* kein Wüstling.« Ramina schüttelte den Kopf. »Er kann nichts dafür, dass ich dich belogen habe. Die Geschichte von der Verlobung ist hundertfünfzig Jahre alt. Ja, ich sollte ihn heiraten, des Geldes wegen. Es war damals so üblich. Etienne war die beste Wahl, warum also nicht? Er sah gut aus, besaß das Geld, das meinem Zweig der Familie fehlte.« Sie senkte den Blick und rang die Hände. »Ich war *bête*. Wie heißt es? Dumm! Ich war in ihn verliebt. Er mochte das Schöne, edle Kleidung, köstlichen Wein. Er ärgerte auch gern Menschen. Ich gebe zu – ich auch. Menschen sind so leicht aus der Fassung zu bringen.«

Wie bitte? Ramina zog unter Docs fassungslosem Blick den Kopf ein. »Ich sagte doch, ich war dumm. Ich mochte Menschen nicht. Sie jammerten immer und schrien, wenn Hochwasser kam und ihre Felder überspülte. Oder wenn Stürme ihre Obstbäume entwurzelten. Selbst wenn schönstes Wetter war, klagten sie.«

Doc rieb sich die Nasenwurzel. Na herrlich, und er hielt sich für einen Volltrottel. Dabei quälten zwei sadistische und gelangweilte Vampire die Menschheit mit Naturkatastrophen!

Ramina sprach leise weiter: »Etienne hat mich gern Hochwasser machen lassen. Deswegen wollte er mich auch heiraten, obwohl viele Mädchen ihn wollten. Er besaß das Geld, ich Magie. Wenn wir heiraten, würden wir beides teilen, wie es in einer Ehe sein soll.«

»Magie kann man einfach so teilen?«, fragte Doc zweifelnd.

Ramina biss sich auf den Daumen. »*Oui*, die Hochzeit ist der magischste Bund der Welt. Aus *deux* werden eins. Eine Liebe, ein Leben. Wenn meine Großmama die Trauung vollzieht, dann teilt sich meine Magie auf uns beide. Von ihrer Familienlinie habe ich meine Magie geerbt.«

Doc lehnte den Kopf gegen die Fliesen und war dankbar für die Kühle. Sie linderte das Hämmern hinter seiner Stirn, das mit jedem Wort Raminas stärker wurde. Vampire ... und als wäre das nicht bereits genug: Vampire, die zaubern konnten. »Wird er auch tagsüber zur Fledermaus?«

»*Non*. Es ist sein Fluch. Einmal habe ich seinen gesamten Wein in Essig verwandelt. Es war *par mégarde*.[21] Er war sehr wütend, brüllte und tobte. Vor der Ehe wollte er nicht mit mir schlafen, damit nichts die Magieübertragung im Moment der Eheschließung verhindert. Aber an diesem Tag brach er mit seinem eigenen Wort. Er schlief mit mir. Kurz und schmerzhaft. Ich weiß nicht, wie, aber seit dem Tag bin ich tagsüber eine Fledermaus. Er sperrte mich ein. Manchmal in eine Holzkiste, manchmal in einen Raum ohne Fenster. Blut bekam ich nur von Tieren, die er mir brachte.«

War Docs Herz bei der Geschichte von der Ehe gegen Geld bereits empört gewesen, krampfte es sich jetzt schmerzhaft zusammen. Keine Frau verdiente das, niemals. Er zog Ramina an sich, sie schmiegte sich an seine Brust und lehnte die Stirn gegen seine Wange. »Irgendwann konnte ich wegfliegen. Ich versteckte mich auf Dachböden, fand das verstaubte Kleid zum Anziehen, suchte meine Großmama, und kaum, dass ich einen Mann fand, der mich

---

21 aus Versehen

hören konnte, fand ich auch meine Großmama. Ich hätte zu ihr fliegen können, aber ich wollte nicht ...«

Stattdessen blieb sie bei ihm und trieb ihn in den Wahnsinn! Sollte er darüber froh sein? Er wusste es nicht. Seine Gedanken drehten sich im Kreis, versuchten erfolglos, die Informationen einzuordnen, die er eben gehört hatte.

»Was ist mit der Sonne?«, fragte er. »Ihr müsstest doch verbrennen.«

Ramina winkte ab. »Wir bekommen Sonnenbrand, das ist alles. Alles andere ist dummer Glauben dummer Menschen. Genauso wie Weihwasser und Kreuze. Pah. Warum sollte heiliger Schnickschnack uns aufhalten?«

Na herrlich. Dieses Pack war auch noch unbesiegbar!

»Glaubst du mir?«, hauchte sie leise.

»Das bilde ich mir doch alles nur ein.« Jedenfalls wünschte er sich das ... fast. Was war besser? Verrückt zu sein oder dass das alles wahr sein könnte? Vielleicht belog ihn Ramina ja auch nur ein weiteres Mal?

Sie strich ihm leicht über den Arm. »Meine Großmama wird uns helfen, die Verkäuferin zurückzuholen.«

»Und Paula.«

Erstaunt hob Ramina den Kopf. »Die Kellnerin? Sie hat es nicht verdient. Sie hat sich an dir vergriffen.«

»Ich war auch nicht gerade nett zu ihr. Aber das kläre ich immer noch selbst und ohne Gewalt. Hast du das verstanden?«

Ramina nickte widerwillig, und Doc konnte den bockigen Schimmer in ihren Augen sehen. Aber zum Henker, sie hatte sich nicht in sein Leben einzumischen. Sie hatte nicht die Menschen in seiner Umgebung zu töten, sodass ihm die Schuld dafür in die Schuhe geschoben wurde. Sie konnte nicht das Chaos ihres Lebens auf seines verlagern. Ohne ihn vorzuwarnen!

»Wärst du von Anfang an ehrlich gewesen, hätte das alles nicht sein müssen.« Er versuchte wirklich, ruhig zu klingen. Aber es fiel ihm verflucht schwer. Wegen ihr hatte er gedacht, dass er wahnsinnig wurde. Wegen ihr stand er unter Mordverdacht. Wegen ihr hatte er wahrscheinlich einen eifersüchtigen Vampir am Hacken!

Ramina sah ihn treuherzig an. »Bereust du es wirklich, mich getroffen zu haben?«

»Ja.«

Sie zuckte verletzt zusammen. Im gleichen Moment wollte er sich für seine Härte selbst ohrfeigen. Aber Herrgott, das Verhalten passte doch zu seinem Ruf. Zu dem angeblich impotenten, psychopathischen Choleriker, der auch noch ein oder zwei Frauen umgebracht haben sollte.

Obwohl das mit der Psychose noch nicht ganz raus war. Wie hatte es jemals so weit kommen können, dass er sich nicht mehr selbst traute? Es war zum Mäusemelken.

»Wir gehen jetzt zu Spooks. Wenn er dich auch sieht, will ich endlich glauben, dass ich doch nicht verrückt bin.«

Spooks war jeglichem fantastischen Gedöns abgeneigt. Er sah keine Geister, Vampire konnte er nicht leiden, und wenn Doc durchdrehte, wäre er ehrlich genug, es ihm ins Gesicht zu sagen. Außerdem hatte Doc immer noch Hunger, und Spooks' Ehefrau Nancy kochte wunderbar.

Doc nahm die beiden Toastscheiben aus dem Toaster und aß sie auf dem Weg zur Tür. Ebenjene hielt er Ramina auf. Nervös sah er sich auf der Straße um. Der entwendete Streifenwagen war fort. Aber war die Polizei noch nicht auf die Idee gekommen, hier nach ihm zu suchen? War es zu unrealistisch, dass er Zuflucht bei einer Frau suchte, die ihn nicht leiden konnte?

Entgegen seiner Befürchtung sprang Kommissar Goldeck nicht aus dem Gebüsch, um ihn festzunehmen, und Doc war noch nie so froh gewesen, in einem Dorf zu wohnen. Es war kaum jemand unterwegs. Die längsten Strecken schlug er sich mit Ramina durch das Gebüsch an der Bahnstrecke entlang. Sie fluchte, wenn sie mit den Stiefeln am wildwachsenden Gras oder an den Wurzeln hängen blieb, aber löste sich jedes Mal schnell von seiner Hand, wenn sie sich befreit hatte. Sie wich auch seinem Blick aus. Hatte er sie mit seiner Ablehnung tatsächlich so verletzt? Warum? Es war doch nicht mehr als ein Abenteuer, das sich zu seinem schlimmsten Albtraum entwickelt hatte. Nur weil er der erste Spinner war, der Fledermäuse sprechen hörte?

Er atmete erleichtert auf, als sie nach einer kleinen, kaum befahrenen Kreuzung das Haus von Spooks erreichten. Doc schob das quietschende kleine Tor auf und griff unweigerlich nach Raminas Hand, als er an der Tür auf die Klingel drückte.

Nach nur wenigen Sekunden ertönten im Inneren des Hauses Schritte, und die Tür wurde aufgezogen. Blondes Haar war das Erste, was Doc zu sehen bekam, bevor Nancy ihm ihr besorgtes Gesicht zuwandte. »Doc. Geht es dir gut?« Nancy packte ihn an den Schultern und zog ihn hinein.

Ihr Mann stürzte im nächsten Moment ebenfalls auf Doc zu. »Endlich. Ich dachte schon, ich krieg dich nie wieder zu Gesicht. Du musst uns alles erzählen.«

Oh Mann, das hatte Doc bei seinem Vorhaben, seinen Freund aufzusuchen, nicht bedacht.

»Darf ich vorstellen?«, seufzte Doc. »Das ist Ramina.«

»Bonsoir!«, sagte diese brav. Pah, *jetzt* sah sie aus, als könnte sie kein Wässerchen trüben, aber wehe, es waren Servicekräfte in der Nähe. Die biss sie und schob *ihm* die Leichen unter.

»*Enchanté mademoiselle*«, rief Spooks aus und verneigte sich vor Ramina. »Ich bin außerordentlich entzückt.« Er gab ihr einen Handkuss, was ihm ein Knuffen in die Seite von seiner Frau einbrachte.

»Wirklich entzückend«, raunte Spooks wahnsinnig leise in Docs Ohr. Der trat einen Schritt zurück, während Ramina die Lippen schürzte.

»Ich bin nur die unerwünschte Begegnung.«

»Genau genommen bist du an allem schuld«, brummte Doc.

»Wenn es heiße *l'amour* gab, dann hast du unsere Bekanntschaft sehr geschätzt«, fauchte Ramina.

»Da hattest du auch noch niemanden umgebracht«, blaffte Doc.

»Mache ich dir Vorwürfe, wenn du eine Roulade isst?«

»Aber wegen *deiner* Kuh stehe *ich* unter Mordverdacht.«

Spooks blinzelte verwirrt und hob die Hände. »Ich sehe, ihr streitet schon wie ein altes Ehepaar, aber wer hat jetzt die Kuh umgebracht?«

Ramina deutete auf Doc. »Er hat die Roulade gegessen.«

»Du hast eine Verkäuferin gegessen«, knurrte der. »Und mit den Überresten hat mich dein feiner Verlobter reingelegt.«

»Die Kuh war eine Verkäuferin?«, fragte Nancy sichtlich irritiert.

»Könnt ihr beiden sie wirklich sehen?«, fragte Doc, und sowohl Spooks als auch Nancy starrten ihn nur noch verwirrter an.

»Natürlich können sie mich sehen«, maulte Ramina. »Nur in Spiegel und Kamera kann niemand *vampire* sehen.«

»Vampire«, echote Spooks.

»Sie ist ein Vampir«, erwiderte Doc und deutete auf Ramina. »Zeig ihnen das, was du mir auch gezeigt hast.«

Ramina verengte die Augen und lächelte lieblich. »Soll ich wirklich machen Liebe mit deinem Freund vor seiner Frau?«

Doc ballte die Fäuste, bis sich seine Fingernägel schmerzhaft in die Handflächen drückten. »Ich rede von deinen spitzen Zähnen.«

»Ich finde, sie hat ein hübsches Lächeln«, warf Spooks nervös ein und zuckte unter Docs garstigem Blick zusammen.

»Ich denke eher, sie will es euch nicht zeigen, weil es doch sehr viel lustiger ist, wenn ich von euch auch noch als Irrer abgestempelt werde.«

»Nimmst du dich nicht ein wenig zu wichtig?«, fragte Spooks verwirrt.

»*Oui*, nimmst du dich nicht zu wichtig?«, wiederholte Ramina süffisant.

»Sag mir, wie ich die Verkäuferin und Paula zurückhole, und dann verschwinde«, knurrte Doc.

»Pah«, schnaubte Ramina. »Du willst, dass ich dir helfe. Aber du bist zu mir gemein.«

»Soll ich vielleicht noch ›bitte‹ sagen?«

Raminas Lider flatterten. »Du könntest mich küssen, bis ich schmelze in deinen Armen und verrate dir alles, was ich weiß.«

»Oh là là.« Nancy lachte leise und zuckte ebenso wie ihr Mann unter Docs Blick zusammen.

»Könnt ihr mal wegsehen?«, blaffte der. Spooks packte seine Frau an der Hand und zog sie ins Wohnzimmer. Doc wartete, bis die beiden die Tür hinter sich geschlossen hatten, bevor er sich erneut Ramina zuwandte.

»Du willst also, dass ich dich küsse?« Ramina legte den Kopf schief, doch bevor sie ihren hübschen Mund öffnen konnte, um vielleicht noch irgendwelchen Unsinn von sich zu geben, fuhr Doc fort. »Du willst wirklich, dass ich dich noch küsse, nach allem, was ich die letzten zwei Tage erlebt habe? Nachdem ich wirklich geglaubt habe, ich hätte einen Menschen getötet?«

Also schön. Er küsste sie, aber es war kein einfühlsamer Kuss. Oder gar ein schöner. Er war grob, nicht mehr als das Aufeinanderpressen zweier Münder, ohne jegliches Gefühl. Ramina versteifte sich in seinem Arm, sie wollte den Kopf zurückziehen, aber Doc legte die Hand in ihren Nacken und hielt sie an Ort und Stelle. Er wusste nicht, wie lange sie so dastanden. Er wusste nur, dass er jeden Augenblick hasste. Abrupt ließ er Ramina los. »Das war der letzte Kuss. Ich will es kein weiteres Mal tun müssen. Jetzt nicht und später auch nicht. Das Einzige, worum ich dich bitte, ist, das Chaos wieder geradezubiegen, das du verursacht hast.«

Ramina senkte den Blick, verschränkte die Arme vor der Brust und nickte schließlich, bevor sie einen tiefen Seufzer ausstieß. »*Oui*, du liegst richtig. Ich habe nicht die Konsequenzen meines Handelns für einen Menschen bedacht.«

Ohne ihn anzusehen, marschierte sie an ihm vorbei und drückte die Wohnzimmertür auf. Spooks und Nancy hockten auf dem Sofa, die Hände fest ineinander verschlungen.

Wie schon bei Doc kauerte sich Ramina vor sie und bleckte die Zähne.

Es war wahrlich faszinierend, Raminas Verwandlung zu verfolgen. Ihre Haut wurde heller, bis sie so hell wie der Mond zu leuchten schien. Ihre Knochen traten scharf hervor, und die spitzen Zähne wirkten so furchteinflößend wie das Gebiss eines Werwolfs. Und doch konnte Doc nicht sagen, dass er Angst vor ihr hatte. Im Gegenteil, er fand es spannend. Zu gern würde er Ramina neugierig aushorchen. Wie sie lebte, wie alt sie war, aber für keine dieser Fragen war jetzt die rechte Zeit. Vielleicht würde es diese Zeit niemals geben.

Spooks keuchte. »Und das ist nicht nur einer dieser Special Effects?«

»Nein, leider nicht«, erwiderte Doc mit einem sauren Seitenblick auf Ramina. Diese sah nun wieder genauso süß und unschuldig aus wie zuvor. Sie lächelte sogar und strich über Spooks' Knie, was diesen jedoch nur noch mehr zu erschrecken schien.

Spooks drückte die Hand auf seine Brust. »Wirklich faszinierend. Wie hältst du das nur aus?«

Blieb Doc etwas anderes übrig? Außerdem konnte er immer noch nicht behaupten, Angst vor Ramina zu haben.

Nancy schnappte nach Luft und strich sich mit zitternder Hand über die Stirn. »Wow. Ich habe mir fast in die Hose gemacht.«

»Aber was hat das alles mit den Gerüchten zu tun, die man über dich hört?«, fragte Spooks. »Du sollst eine Frau getötet haben, unser Doktor Lutz tönt überall, dass er genau wusste, dass du irgendwann durchdrehst, und Paula ...«, Spooks rutschte mehr in Docs Richtung und senkte die Stimme, »... erzählt, dass du versucht hast, mit ihr zu schlafen, und dich partout nicht abweisen lassen wolltest.«

»Lüge«, schnaubte Ramina. »Sie ist der Vergewaltiger, nicht er.«

»Danke schön, Ramina. Es rettet meinen Ruf sicher, dass ich nicht der Vergewaltiger, sondern der Beinahe-Vergewaltigte bin«, ätzte Doc.

Spooks klappte die Kinnlade nur noch mehr herunter, während sich seine Frau zu der kleinen Bar flüchtete, um Gläser und eine Whiskeyflasche auf ein Tablett zu packen.

Sie balancierte es zurück zum Tisch und verschüttete beim ersten Einschenken die Hälfte neben das Glas. Das erste Glas reichte sie Ramina, das zweite trank sie selbst auf ex, ebenfalls das dritte, und die nächsten reichte sie Doc und Spooks.

»Vielleicht erzählst du alles von Anfang an«, schlug sie vor. Wenigstens eine, die mitdachte. Doc kam dieser Vorschlag gelegen. Er setzte sich in einen Sessel, schlug die Beine übereinander und begann, von der Fledermaus zu erzählen. Von der Stimme, die von ihr ausging, von dem Besuch bei Doktor Lutz und mit welchem Promillestand er zu Paula gewankt war.

Spooks' ›Ts ts‹ ignorierte Doc ebenso geflissentlich wie Raminas Zähneknirschen, wenn die Rede auf Paula kam. Aber sie lächelte versonnen, als Doc von ihrer ersten Begegnung und dem Zusammenstoß im Einkaufszentrum sprach. Er mochte es selbst kaum fassen. Er kannte Ramina erst seit zwei Tagen, und doch erschien es ihm, als wären Wochen vergangen. Wann hatte er das letzte Mal so viel innerhalb weniger Stunden erlebt? Und dann dachte er selbst, dass es unrealistisch war, wenn die Hauptcharaktere in seinen Büchern sich innerhalb einer Woche kennen- und lieben lernten und am Sonntag vor dem Frühstück noch schnell zusammen die Welt retteten. Nur musste er keine

Welt retten. Zumindest hoffte er das. Bitte nicht, das hätte ihm gerade noch gefehlt. Es reichte ihm, seinen eigenen Hals aus der Schlinge zu ziehen, und wenn er für diesen Egoismus irgendwann in die Hölle kam, dann traf er dort unten vielleicht erneut auf Ramina.

»Und wie wollt ihr Paula finden?«, fragte Nancy und unterdrückte nicht sonderlich erfolgreich ein mittellautes Aufstoßen. Ihr Gatte nahm ihr vorsorglich das Glas aus der Hand und versteckte die Flasche hinter einem Sofakissen.

Docs Blick wandte sich fragend zu Ramina, die die Schultern hochzog. »Wo bringen sie die Gebissenen hin, Ramina?«, bohrte Doc.

»Ich weiß nicht so genau. Sie bringen sie in ein anderes Land. Deswegen der Service ist auch so teuer.«

»Teuer?«

»Ja, kostet zweitausend Euro für jeden Menschen.«

Zweitausend? Und ihn ließ sie ihr verdammtes Kleid bezahlen und speiste ihn damit ab, es ihm irgendwann zurückzugeben?

»Hey, Moment«, rief Spooks aus. »Die Verkäuferin wird doch bestimmt noch im Leichenschauhaus sein. Wenn wir die anrufen und die Leiche abholen lassen, dann können wir ihnen folgen.«

»Die werden dafür wohl kaum in ein Leichenschauhaus einbrechen. Sie wollen ja schließlich keine Aufmerksamkeit erregen«, spottete Doc.

»Die vielleicht nicht, aber wir.«

Doc hob die Augenbrauen. Was zum Henker plante sein Freund? Dass sie eine Leiche klauten, damit diese dubiosen Typen sie samt den zweitausend Euro mitnahmen? Allerdings war das der einzige Weg, ohne Ramina erneut einen Menschen töten lassen zu müssen, um einen Köder zu kreieren.

»Ich soll also eine Leiche klauen«, echote Doc und zog die Flasche unter dem Sofakissen hervor. Dafür brauchte er noch sehr viel Alkohol.

»Wir borgen die Leiche. Schließlich willst du sie doch ins Leben zurückholen«, rief Spooks aus. Doc konnte sich nicht helfen. Das Grinsen seines Freundes war für seinen Geschmack viel zu breit. Er wusste nicht, worauf er sich da einließ, aber welche Wahl blieb ihm schon? Ramina könnte die Verkäuferin vielleicht gleich im Leichenhaus erwecken, aber dann war immer noch Paula verschwunden.

»Warum ruft ihr die Firma nicht an?«, rief Nancy dazwischen.

Spooks verzog das Gesicht. »Glaubst du, die geben Paula einfach so wieder raus?«

Er und Ramina schüttelten zeitgleich die Häupter. »*Non*, niemals.«

Doc fuhr sich über das Gesicht. Das durfte doch nicht wahr sein. »Gut, dann fahren wir eben eine Leiche ausleihen.«

Kapitel 13

Verkehrsregeln sind Anhaltspunkte

Sofern sie jemals bei dem Leichenschauhaus ankamen. Es gab einen Wagen, vier Personen und keine davon war in der Lage, ein Auto unauffällig zu steuern.

Ramina behauptete, von Alkohol nicht betrunken zu werden, weil der nötige Stoffwechsel nur noch tot in ihrem Körper herumdümpelte, aber sie konnte nicht Auto fahren. Genauso wenig war sie bereit, es in Docs Schnellkurs zu lernen. Nancy kicherte ununterbrochen, und Spooks pflegte einen dermaßen schneckenhaften Fahrstil, dass man sie schon allein aufgrund dessen anhalten würde.

Also saß Doc ein weiteres Mal angetrunken, immer noch hungrig und vor allem nicht fahrtüchtig am Steuer eines Fahrzeuges und dankte einmal mehr dem Herrn, dass in dieser Gegend um diese Uhrzeit Fuchs und Hase auf den Straßen kegeln konnten, ohne Gegenverkehr fürchten zu müssen.

Mit Nancys Handy fanden sie die Adresse des zuständigen Leichenschauhauses für ihre Region heraus und kamen eine Stunde später davor an. Doc parkte das Fahrzeug so gerade wie möglich zwischen einem Stromverteilerkasten und einem wilden Rosenbusch.

»Du zerkratzt mir den Wagen«, fluchte Spooks und drückte sein blasses Gesicht gegen die Seitenscheibe. »Und wie kommen wir da jetzt rein?«

Das wüsste Doc auch gern. Dort gab es doch mit Sicherheit Überwachungskameras.

»Ramina geht rein. Sie wird auf den Kameras nicht erfasst«, schlug Doc vor.

Nervös trommelte Spooks mit den Fingern gegen die Scheibe. »Aber sie wird einen Alarm auslösen.«

Blöder Mist, auch wieder wahr.

Nancy beugte sich zwischen den Vordersitzen nach vorn und spähte zu Doc. »Du hast doch schon genug Bücher verfasst, in denen irgendwo jemand einbricht.«

»Die wussten aber auch, was sie tun mussten«, blaffte er zurück. »Ich habe nicht einmal einen Laptop, geschweige denn, weiß ich, wo ich mich für die Kameras einhacken muss.«

Die Arme vor der Brust verschränkt, starrte Doc auf das Lenkrad. Es musste doch eine simple Lösung geben. Kameras abdecken, ja, aber womit? So viele Klamotten, um die Kameras zuhängen zu können, trugen sie nicht. Außerdem könnten sie dann gleich ein Schild hinterlassen ›Wir waren da, übrigens wohnen wir nicht weit von Ihnen‹ und noch die Adressen angeben. DNS-Spuren ermittelten Polizisten doch bestimmt im Vorbeigehen.

»Wir haben nicht zufällig schwarze Sprühfarbe?«, fragte Doc mit wenig Hoffnung in der Stimme. Nie war ein Graffitisprayer in der Nähe, wenn man einen brauchte.

»Wir haben Lackspray im Wagen«, rief Nancy viel zu laut aus. »Weil ich doch immer Kratzer in die Lackierung mache und nicht will, dass Spooks sie sieht ... oh äh.« Nancy starrte ihren perplexen Ehemann an und lachte nervös. »Also nur für den hypothetischen Notfall.«

»Hypothetisch?«, brüllte Spooks.

Doc stieg aus dem Wagen und hielt Ramina die Tür auf. Gemeinsam öffneten sie die Heckklappe. Fuck. Man könnte meinen, hier hinten wohne ein Messi. Parfümflaschen lagen neben gebrauchten Taschentüchern. Stifte fielen aus einer Brotbüchse. An einem halben Fahrradrahmen hingen Haargummis. Deo- und Haarsprayflaschen lagen zwischen Luftpolsterfolie, (hoffentlich unbefüllten) Tupperdosen und leeren Weinpullen. Ein ausgefranster Strick knotete Shirts, eine Bluse und die Büchse der Pandora zusammen, aus der eine Ork-Armee marschierte ... Aus einem angerissenen Beutel verteilte sich Blumenerde über das Chaos.

Donnerwetter, das hätte er weder Spooks noch Nancy zugetraut. Das Haus von den beiden wirkte mitunter so ordentlich wie ein Museum. Das war dann wohl der Ausgleich. Yin Yang und so.

Ramina rümpfte die Nase. »Würde mich nicht wundern, wenn darunter auch eine Leiche liegt.«

Doc zog sein Handy hervor, schaltete die Taschenlampe ein und drückte das Ganze Ramina in die Hand, bevor er todesmutig seinen Kopf in den Kofferraum steckte und das Chaos nach dem Lackspray durchsuchte. Für einen Moment glaubte er wirklich, eine tote Maus in den Fingern zu halten, aber es war lediglich ein Katzenspielzeug, und nach ein wenig Wühlen fand er endlich das Lackspray, ein Deo und Alufolie. Hm, konnte alles nicht schaden. Im schlimmsten Fall schleppte er sich unnötig damit ab.

»Würdest du damit die Kameras besprühen?«, wandte sich Doc an Ramina und hielt das Lackspray hoch. »Dich können sie nicht sehen. Sie werden denken, die Kameras fallen aus. Wenn du das mit allen machst, bringt uns das vielleicht genug Zeit.«

Ramina nahm ihm die Dose aus der Hand und nickte. »*Oui*, in Ordnung. Ich werde sie verwirren.«

»Aber nicht beißen.«

Sie verzog die Lippen. »Ich werde nie wieder Menschen beißen, die eine Verbindung zu dir haben.«

Sollte ihn das beruhigen? Aber natürlich. Ramina konnte ihm nicht versprechen, niemals auch nur irgendeinen Menschen zu beißen. Ramina musste sich schließlich von Menschenblut ernähren.

»Was ist mit Blutkonserven?«

»Bah«, schnaubte sie. »Magst du ständig kalten *café* trinken?«

»So ab und zu«, murmelte Doc.

»*Oui*, ab und zu geht, aber nicht immer. Manchmal braucht es lebendiges Blut. Von einem Menschen. Tiere schmecken furchtbar, und man hat ständig Haare im Mund.«

Unweigerlich hoben sich Docs Mundwinkel. Die Vorstellung, wie Ramina einen Hasen biss, war für den Hasen eher traurig. Aber wenn sie dann wie eine Katze die Fellbüschel auswürgte, war das Bild doch recht amüsant.

Ramina strich ihm über den Arm, doch mit einem Ruck zog sie ihre Hand zurück.

»Es tut mir leid, was ich gesagt habe«, meinte Doc leise.

»*Non*, ich habe schon verstanden. Vampir und Mensch ist eine schlechte Mischung.«

Na, das sollte sie mal den unzähligen Autoren verklickern, die genau darüber schrieben. Bei denen funktionierte das durchaus. Wo ein Wille war, war ein Weg, und warum zum Teufel beschäftigte er sich überhaupt damit? Er hatte andere Sorgen.

»Ihr bleibt im Wagen«, sagte er zu Spooks und Nancy, als diese ebenfalls ausstiegen.

»Habt ihr alles?«, fragte Spooks.

»Nein, aber worauf sollen wir noch warten?«

Sie konnten kaum einen professionellen Einbrecher anrufen und hoffen, dass dieser spontan einen Termin für sie frei hatte. Mit den Utensilien bepackt, wartete er ab, bis Ramina die Straße überquerte und sich zu einem der Nebeneingänge schlich. Das Blinken der Kamera war nicht mehr als ein schwaches grünes Leuchten, das selbst in der Dunkelheit kaum auffiel.

Ramina stellte sich auf die Zehenspitzen. Im Schatten des Eingangs hob sie die Flasche und zielte auf die Kamera. Nach einer Weile senkte sie die Flasche und winkte zu ihm herüber.

»Können die eigentlich die Sprayflasche sehen?«, fragte Nancy neugierig.

Verflucht, daran hatte Doc nicht gedacht. Jetzt war es amtlich, er war ein beschissener Einbrecher. Ein Wunder, dass ihm noch niemand seine Bücher zerrissen hatte. Aber Zeit blieb ihnen nicht mehr. Doc lief über die Straße. Zu seiner Überraschung hatte Ramina die Tür bereits geöffnet, und als er durch den Spalt lugte, sprühte sie schon die nächste Kamera an.

So bewegten sie sich Tür für Tür weiter, den langen Flur entlang, und wann immer ein Hindernis im Weg war, drückte Ramina dagegen, und es gab knirschend nach. Nirgends konnte Doc Bewegungsschranken ausmachen. Vielleicht wurde er auch paranoid. Schließlich lagerten hier Leichen und keine atomaren Sprengsätze. Doc versuchte es mit dem Deo, aber entweder das funktionierte nur im Film oder es gab keine. Ramina rümpfte leicht die Nase. »Sie brauchen nur dem Duft folgen, um uns zu kriegen.«

Am Ende einer Treppe wurde es kälter, und Ramina drückte sich gegen die erste Tür. Das Licht seines Smartphones erhellte den kleinen sterilen Raum. Der Boden bestand aus hellen Fliesen, und über die längste Wand reihten sich kleine Abteile. So wie man es aus Filmen kannte.

»Geh weiter und sprüh noch mehr Kameras an, dann kommen sie nicht gleich hierher«, flüsterte Doc. Ramina nickte, schlüpfte aus dem Raum und ließ ihn allein zurück.

In vielen, wenn nicht sogar in jeder dieser Kühlzellen lagen tote Menschen. Ein Schauder lief ihm über den Rücken. Er zog zögernd die erste Lade auf. Eine Schiene aus Edelstahl schnippte heraus, aber zu Docs Erleichterung war sie leer. Himmel, er hatte noch nie eine echte Leiche gesehen. Also keine, die mit Gewalt aus dem Leben gerissen worden war. Er hatte nur einmal neben seiner toten Großmutter gewacht, und die hatte gewirkt, als schliefe sie. Doc schob die Liege wieder hinein, schloss die Klappe und öffnete die nächste. Diese Zelle war ebenso leer. Jetzt wechselte sich die Erleichterung mit der Enttäuschung ab. Schnell ließ er das dritte Fach aufschnappen, aber hier lag lediglich eine Akte, die wohl jemand vergessen hatte. Keine Nicole, keine Verkäuferin, keine Leiche.

»Auf die Erklärung, was Sie hier machen, Doc, bin ich sehr gespannt.«

Mist, Mist, Mist. Mist! Die Stimme kannte er zu gut. Doc wandte sich um und hob die Hand, um sich vor dem Licht der Taschenlampe zu schützen, die seine Augen blendete. Der Lichtkegel senkte sich zu Boden, und im Schatten erschien eine Statur, die Doc sehr an Goldeck erinnerte.

»Wollen Sie sich überzeugen, dass sie wirklich tot ist?«

»Das wäre eine plausible Begründung«, gab Doc zurück. Er konnte dem Kerl schließlich kaum auf die Nase binden, dass er die Leiche mitgehen lassen wollte. So viele Tabletten gab es in keinem Krankenhaus, um so etwas wieder geradezubiegen.

»Ich hätte eher darauf getippt, dass Sie versuchen, Ihre Unschuld zu beweisen und darum selbst ein wenig herumschnüffeln.«

»Die Begründung ist noch besser.«

Zum Teufel, wie kam er jetzt hier raus? Wo trieb sich Ramina herum? Bemerkte sie, dass etwas nicht in Ordnung war, oder ließ sie ihn einfach hier hängen? Er konnte es ihr kaum verübeln. Er hatte ihr in zehn Minuten zweimal eine Abfuhr erteilt. Wohin das bei Paula geführt hatte, merkte er immer noch an dem Schmerz auf seinem Hintern. Verdammt, er lernte auch nicht dazu.

»Und welche stimmt nun?«, fragte Goldeck.

»Es ist eine Mischung aus beidem.«

Der Kommissar schüttelte den Kopf. »Doc, Sie hätten wirklich nicht davonlaufen sollen. Wir können auf Sie aufpassen und verhindern, dass Sie noch einmal etwas tun, das Sie sich nicht verzeihen könnten.«

»Wo waren Sie, als ich eine Frau auf meinem Dachboden fand?«, murrte Doc. Denn dann wäre all das nicht passiert, aber nein, der Freund und Helfer kam erst dann, wenn das Kind schon längst im Brunnen planschte und nicht mehr herauskommen wollte.

»Ist sie ebenfalls tot?«

»Nein!« Himmel, wann war er in Goldecks Augen zum Serienmörder avanciert?

»Warum riechen Sie nach Blumen, Doc?«, fragte Goldeck. »Und wozu brauchen Sie die Alufolie?«

Irrte sich Doc oder machte sich Goldeck über ihn lustig?

»Weil ich gern gut rieche und Lust auf Ofenkartoffeln hatte«, gab er zurück. Wenn der Kommissar dumme Fragen stellen konnte, dann durfte Doc vor dem Knast wenigstens genauso dusslige Antworten geben. »Sie können mir nicht zufällig verraten, in welchem Fach Nicole liegt, und dann verschwinden?«

»Nicole Finke ist nicht mehr hier. Die Autopsie ist beendet, sie wurde vom Bestattungsinstitut abgeholt. In ein paar Tagen wird die Beerdigung stattfinden.«

»Sie dürfen sie nicht einäschern«, rief Doc aus.

»Ich fürchte, dafür ist es zu spät.«

Stöhnend sackte Doc gegen die Metallwand. Die Kerle hatten seine einzige Möglichkeit, seine Unschuld zu beweisen, eingeäschert. Warum? Ramina hatte doch gesagt, die Leichen wachten nach einer Weile wieder auf.

»Und sie hat sich nicht gegen die Einäscherung gewehrt?«, fragte Doc vorsichtig.

»Sie ist tot, Doc. So leid es mir tut, Ihnen das sagen zu müssen. Kommen Sie, besprechen wir das alles in meinem Büro.«

»Nein, danke«, erwiderte Doc störrisch.

Goldeck stürzte nach vorn, direkt auf ihn zu. Die Dunkelheit, die Müdigkeit, was auch immer es war, es machte Doc langsam. Er hatte nicht die Reflexe eines Polizisten. Dass dieser ihm viel zu nah kam, fiel ihm erst auf, als Goldeck ihn an der Schulter packte und aus dem Gleichgewicht brachte.

»Sie haben keine Chance.« Goldeck keuchte und legte seinen Arm fest um Docs Hals. »Im gesamten Gebäude sind Polizeibeamte unterwegs.«

Doc spürte das Pochen seiner Ader gegen Goldecks Griff und dass ihm verflucht schnell die Luft zu wenig wurde. Aber verflixt noch eins, so einfach gab er nicht auf. Er stemmte die Beine fest in den Boden und warf sich mit dem Rücken voran gegen Goldeck. Sie prallten an die Metallwand, Goldeck stöhnte und sein Griff lockerte sich.

Doc packte die Taschenlampe, und sein Plan war gut – er wollte sie Goldeck über den Schädel ziehen. Allerdings war sein Unterbewusstsein wohl Pazifist, denn er zögerte. Ein kurzer Moment, der Goldeck die Zeit gab, ihn mit der Schulter voran in den Bauch zu rammen und auf den Boden zu werfen.

»Sie müssten schon sehr clever sein, um mir schon wieder zu entkommen. Das erste Mal war pures Glück«, knurrte Goldeck und hob seinerseits die Taschenlampe. Verflucht, das würde wehtun! Doc packte dessen Hand und drückte sie von sich weg, aber Goldeck boxte ihm in den Magen. Er stöhnte, und sein Arm zitterte. Goldeck holte erneut aus, und Doc machte sich auf den kommenden Schmerz in seinem Schädel gefasst. Aber er kam nicht. Der Strahl tanzte durch den Raum, blendete Doc, bis ein dumpfes Klonk erklang. Das Gewicht Goldecks verschwand, er fiel wie ein gefällter Baum von ihm herunter.

»Er hat gute *complicité*[22]«, verkündete eine süße Stimme über Doc. Sein Magen krampfte sich vor Erleichterung zu einem Klumpen zusammen, das Blut schien ihm in die Füße zu sacken. Der Schein der Taschenlampe spiegelte sich in der dunklen Flüssigkeit, die unter Goldecks Kopf hervorrann. Verflixt, hatte sie Goldeck umgebracht?

»Ramina«, stöhnte Doc.

»Er ist nicht tot. Sei nicht so wehleidig.« Sie packte ihn am Arm und zog ihn mit sich.

Das Trampeln schwerer Füße dröhnte zu ihnen, aber noch waren die Männer im Flur hinter der nächsten Ecke.

---

22 Komplizen

Ramina zerrte ihn am Hemd in die entgegengesetzte Richtung.

Doc rannte hinter Ramina endlose Gänge entlang. Er stolperte, wenn Ramina abrupt abbog und die Richtung wechselte. Waren sie in einem Labyrinth gelandet? Unzählige Türen gingen von den Gängen ab. Wer hatte hier unten alles sein Büro? Bucklige? Teufelsanbeter? Dass eines dieser Büros das Tor zu Hölle sein könnte, fand er nicht abwegig.

»Woher kennst du den Weg?« Doc keuchte. Himmel, er sollte wahrlich mehr Sport machen. Schmerzhaftes Stechen fuhr in seine Seite bis in die Lunge hinauf. Ramina stieß ihn gegen eine Tür, und sie taumelten in ein Büro.

»Ich kenne den Weg nicht, aber ich höre, wo die anderen sind.«

Und tatsächlich, auf dem Flur erklangen laute Schritte. Sie blieben vor dem Büro stehen. Doc duckte sich, als jemand mit der Taschenlampe in den Raum leuchtete. Die Männer gingen weiter. Unweigerlich stieß er die Luft heftiger aus als gewohnt, und er zuckte erschrocken zusammen, als er Ramina spürte. Sie drückte sich von hinten an ihn und schlang die Arme um ihn. Ihre Lippen wanderten über sein Ohr, und ihr kühler Atem strich über seine Haut.

»Ramina«, brachte er mühsam hervor. Jetzt war wirklich kein guter Moment, ihn zu verführen. Sie mussten hier raus.

»Keine Sorge, *mon ami*, ich bringe dich hinaus. Ich habe einen großen Fehler gemacht, dich in meine Angelegenheiten hineinzuziehen. Es tut mir leid. Aber ich war verliebt. Zum zweiten Mal.«

Zum zweiten Mal verliebt? Meinte sie damit etwa ihn?

Bevor er allerdings eine Erwiderung finden konnte, ließ sie von ihm ab. Plötzlich fühlte er sich um Längen einsamer als noch vor einer Minute. Er sehnte sich danach, wieder ihre Nähe zu spüren und doch ... Er hatte wirklich keine Lust, sich von den zarten Gefühlen einer jungen Frau einlullen zu lassen. Sie waren unbeständig, und wie wenig sie mitunter nachdachte, bewies ihm seine Situation.

Aber sie hielt ihr Versprechen. Gemeinsam schlichen sie über die Flure, und wann immer ihnen Beamte entgegenkamen, fanden sie rechtzeitig in einem der Büros Zuflucht, und nach Minuten, die sich für Doc wie Stunden anfühlten, stolperten sie in die kühle Abendluft. Die Sirenen schrillten so laut, dass Doc schwindlig wurde. Himmel noch eins, damit behinderte sich die Polizei doch nur selbst. Warum hatte er nicht an Ohropax gedacht?

Er taumelte auf die Straße und starrte zu dem Stromverteiler, wo Spooks' Karre geparkt hatte. Hey, ließen die zwei sie im Stich?

»Pass auf«, rief Ramina und riss ihn zurück. Gerade rechtzeitig. Er spürte den Luftzug an seinem Bein, als das Auto haarscharf vorbeiraste und wenige Meter hinter ihnen abrupt bremste. Doc sprintete auf den Wagen zu, hielt die Tür auf, damit Ramina hineinschlüpfen konnte, und warf sich dann ebenfalls auf die Rückbank.

Im Pkw hallte das Geräusch, das die Reifen von sich gaben. Knirschend drehten sie unter dem vielen Gas durch, das Spooks untypischerweise gab. War er von diesem Abenteuer so infiziert? Das Gefährt machte einen Satz nach vorn.

»Hat jemand daran gedacht, das Kennzeichen abzuschrauben?«, rief Doc über den Lärm hinweg.

»Oh«, machte Nancy.

»Ups«, prustete Spooks und krallte sich noch fester in sein Lenkrad. »Willst du fahren?«

»Ich möchte keinen Kratzer in deinen Wagen machen«, spottete Doc.

»Und ich möchte nicht schuld sein, wenn sie uns kriegen«, brüllte Spooks, als ein Streifenwagen vorbeischoss. Dieser setzte sich vor ihnen auf die gleiche Spur und begann sie auszubremsen.

Fuck. Doc warf sich nach vorn, stützte sich an der Mittelkonsole ab und griff nach dem Lenkrad. Nur Raminas Hände an seinem Hintern verhinderten, dass er beim Herumreißen nicht den Halt verlor. Der Wagen schlitterte um die Kurve, krachte seitlich gegen eine Hauswand und blieb stehen.

»Gib Gas, zum Henker«, brüllte Doc in Spooks' Ohr. Der schaltete und drückte erneut das Pedal durch.

Es musste wirklich absurd aussehen. Doc klammerte sich am Lenkrad fest, Spooks gab schockerstarrt Gas, und Ramina balancierte Docs restlichen Körper aus. Sie lehnte sogar den Kopf gegen seine Taille und summte leise.

Das Auto holperte über den alten Pflasterweg, den man zwar mal in guter Absicht geteert hatte, doch der Asphalt war nahezu vollständig von Frost und Hitze zerstört worden. Es polterte, als der Wagen mit der linken Seite in ein Schlagloch fuhr und mit der hinteren Karosse aufsetzte.

Sirenen erklangen hinter ihnen. Doc sah im Rückspiegel über seinem Hintern und Raminas Hand die Polizeiautos, die im Zickzack über die Straße fuhren und den Schlaglöchern auswichen.

Drei Streifenwagen verfolgten sie, ihre Lichter leuchten blau in der Nacht. Doc war froh, dass ihnen auf der Landstraße niemand begegnete, die Kurven ließen eigentlich nur Tempo vierzig zu, doch sie jagten mit achtzig und mehr auf dem Tacho um die Kehren. Doc riss das

Steuer herum und lenkte sie in eine Siedlung mit geraden Straßen. Jene wurden nur von Zäunen gesäumt – die überlebten sie im Zweifel eher als einen Baum.

Spooks trat so fest auf das Gas, dass die Nadel unablässig nach oben rutschte. Doch bevor Doc brüllen konnte, er solle den Fuß vom Gas nehmen, endete die Straße. Sie schossen von einer Erhöhung und landeten auf dem abgeernteten Feld. Die Räder gruben sich in die harte Erde, und der Pkw hoppelte über die Rillen.

»Wo fahren wir überhaupt hin?«, rief Nancy. Das wüsste Doc auch gern. Die Leuchtkegel der Polizeiautos waren noch immer auf der Straße hinter ihnen. Sie rasten nicht ebenfalls auf das Feld, sondern fuhren in eine andere Richtung und teilten sich dann auf. Nein, die wollten nicht aufs Feld, die wollten lieber warten, bis sie auf die Straße bogen, und genau da würde die Polizei sie abfangen.

»Schalt das Licht aus«, rief Doc, und Spooks drückte auf den richtigen Hebel. Jetzt sah Doc überhaupt nichts mehr, nur noch ein Stück der Motorhaube vor ihnen. Sie donnerten über die Erhebungen, und Doc lenkte sie auf einen Weg, auf dem gerade einer der Streifenwagen in die andere Richtung an ihnen vorbeigefahren war. Wenn sie Glück hatten, war der Weg schmal, und die Polizisten sahen sie nicht sofort.

Doc starrte wiederholt in die Spiegel, um die drei Polizeiwagen und ihre Scheinwerfer im Blick zu behalten, aber irgendwann sah er nur noch zwei.

Verflixt, wo war der dritte geblieben? »Jetzt ordentlich Gas«, kommandierte Doc. Der Wagen schaukelte die Anhöhe hinauf, seine Reifen fanden Gripp, und er schoss über festen Boden nach vorn. Doch nach wenigen Metern flammten vor ihnen die Scheinwerfer eines Fahrzeugs auf, während ein anderes hinter ihnen auf sie zugeschossen kam.

»Miiiiiiist«, rief Spooks und trat auf die Bremse. Doc riss das Lenkrad nach links. Abermals machte das Auto einen Satz über einen kleinen Graben, donnerte ins Feld, und zeitgleich beschleunigte Spooks erneut. Es knallte furchtbar, sie kippten. Ramina und Nancy warfen sich in die andere Richtung, als könnten sie das Gefährt mit ihrem Gewicht zurück in die Waagerechte drücken.

Zum Teufel. Es gelang ihnen sogar. Sie landeten nicht auf der Seite, sie standen auf ihren vier Reifen und rasten voran. Erneut lenkte Doc das Auto auf den Weg, und jetzt klebten ihnen zwei Streifenwagen knapp am Hinterrad. Ramina krallte ihre Fingernägel in ihn, als der hintere Wagen gegen ihre Stoßstange prallte.

»*C'est pas vrai*[23]! Ihr habt nicht zufällig eine Pistole, um in die Reifen zu schießen?«

»Tut mir leid, so etwas habe ich nicht in meiner Handtasche«, stöhnte Nancy. Zum Glück! Nicht auszudenken, wenn sie jetzt noch eine Schießerei anzettelten.

Doch vor ihnen tat sich ein ganz anderes Hindernis auf. Ein Bahnübergang. Die Schranke war geschlossen, aber durch die Bäume konnte man keine Lichter eines Zuges sehen.

»Fuck, halt an«, rief Doc aus, doch Spooks war zur Salzsäule erstarrt. Nancy schlug die Hände vor das Gesicht.

»Das überlebt nicht mal ein Vampir«, stöhnte Ramina.

---

23 Du meine Güte.

Doc lenkte ihre Blechkiste auf die Lücke neben der ersten Schranke und klammerte sich mit beiden Händen am Lenkrad fest. Das Innere des Wagens wurde von den Lichtern des nun doch heranrasenden Zuges erhellt, es hupte ohrenbetäubend laut. Die zweite Schranke knallte gegen die Windschutzscheibe und brach ab. Hinter ihnen donnerte der Zug über die Schienen. Grundgütiger. Das war knapp.

»Nicht anhalten«, rief Doc Spooks ins Ohr, aber das war eine überflüssige Anweisung. Aus dem Augenwinkel sah Doc Spooks' aufgerissenen Mund und sein kalkweißes Gesicht.

»Wir sind fast mit einem Zug zusammengestoßen«, würgte Spooks heraus, und endlich kam wieder ein wenig Leben in Docs Freund. Doc warf einen Blick in den Rückspiegel. Kein Polizeiauto hinter ihnen. Himmel, hoffentlich waren die rechtzeitig zum Stehen gekommen.

Konnte ihn bitte jemand erschießen? Sein Schädel dröhnte. Womit hatte ihm Doc auf den Kopf geschlagen? Mit einem Hammer? Ach nein, es war ja seine eigene Taschenlampe gewesen. Hervorragend. Der Spott seiner Kollegen war ihm gewiss. Keuchend hievte sich Kommissar Goldeck auf die Füße und wankte durch die Flure.

Im Pausenraum steuerte er ohne Umschweife den Tiefkühlschrank an, zog ein Kühlpack heraus und legte es vorsichtig auf seinen schmerzenden Hinterkopf. Heiliger Kuhmist. Die Wunde war ja offen! Mit zitternden Fingern wühlte er in dem Notfallköfferchen und hinterließ blutige

Fingerabdrücke. Er riss eine Packung Mullbinden auf und drückte sich den Stoff auf die blutende Stelle. Autsch. Goldeck zischte unter dem stechenden Schmerz.

»Die vier Flüchtigen sind entkommen«, ertönte plötzlich eine junge Stimme hinter ihm. Vorsichtig drehte sich Goldeck um und betrachtete seinen jungen Kollegen. Dieser wippte so aufgeregt auf den Zehenspitzen, dass sich seine blonden Haare im Takt bewegten. Seine Augen glänzten. »Das muss eine geile Verfolgungsjagd gewesen sein. Ich wünschte, ich wäre dabei gewesen. Die haben uns an einem Bahnübergang abgeschüttelt. War sauknapp, hätte fast eine Katastrophe gegeben, aber sie haben es geschafft.«

»Sie verlieben sich doch nicht in unseren Mörder, oder, Felsenbaum?«, bohrte Goldeck misstrauisch.

»Nee, nee, keine Sorge«, nuschelte dieser und trat erschrocken einen Schritt zurück. »Ich meine nur, wir hatten schon lange keine solche Aufregung.«

Na super. Wenigstens hatte einer Spaß. Goldeck konnte gut auf jegliches Abenteuer bei der Verbrecherjagd verzichten. »Geben Sie eine Suchmeldung raus. Sobald jemand das Kennzeichen sieht, sollen sie sich melden.«

Goldeck wankte die Treppe nach oben, in den Hof. Wenn man die Flüchtigen fand, wollte er sofort losfahren können. Und dann würde er diesen vermaledeiten Kerl kriegen. Und wenn es das Letzte war, was er tat. Niemand schlug ihn ungestraft zweimal an einem Tag nieder!

Kapitel 14

Rasende Leichen

Doc lenkte den Wagen die Straße entlang und spürte den zitternden Körper seines Freundes neben sich. Nancy atmete prustend ein und aus und presste die Hand auf ihre Brust. Ramina löste endlich ihren Klammergriff und lehnte wieder ihren Kopf an ihn.

Die nächsten beiden Abzweigungen ließ Doc unbeachtet, doch dann manövrierte er ihr Gefährt auf einen kleinen abgehenden Feldweg.

»Halt an«, sagte Doc leise, und als das Auto stoppte, ließ er sich endlich zurücksinken. Sein Puls raste, seine Schultern waren hoffnungslos verspannt. Er ballte immer noch die Fäuste, als würde er das Lenkrad umklammern.

Ramina seufzte und schlang die Arme um seinen Hals. Eine Berührung, die dazu führte, dass er sich ein wenig entkrampfte. Ihre Haare kitzelten seinen Hals, und bevor er recht wusste, was er tat, umarmte er sie und vergrub die Nase in ihrem duftenden Haar.

»Gut gelenkt«, lobte Spooks. »Wo hast du das gelernt?«

»Manchmal überkommt es mich, und ich spiele Rennspiele am PC«, murmelte Doc in Raminas Haarpracht. Doch am PC hatten seine Finger nicht so gezittert, wie sie es nun taten.

»Du solltest diese Art der Fortbildung unbedingt weiterbetreiben. Mit ›Sims‹ kann man doch bestimmt auch das Einbrechen üben«, neckte Spooks. Und mit der Wii trainierte Doc dann Kampfsport, oder wie?

Wie vieler Verbrechen hatte er sich heute überhaupt schuldig gemacht? Einbruch, Sachbeschädigung, versuchter

Diebstahl, Körperverletzung. Jetzt konnte ihn Goldeck sogar ohne jeglichen Irrtum festnehmen, und vermutlich ließ der sich die Gelegenheit nicht entgehen, wenn er sie bekam. Besser also, sie gingen dem uniformierten Terrier aus dem Weg.

Spooks schaltete die Scheinwerfer aus, und drückende Dunkelheit breitete sich um sie herum aus. »Okay.« Spooks fuhr sich über seine wenigen abstehenden Haare. »Was jetzt?«

»Wir brauchen immer noch einen Köder für diesen Abholservice«, brummte Doc.

»Ich könnte doch …«, fing Ramina an, aber Doc hob abwehrend die Hände.

»Bitte, bloß nicht. Ich will nicht für noch eine Leiche verurteilt werden. Und wenn Tante Frieda einen Herzinfarkt bekommt, wird man mir selbst das in die Schuhe schieben.«

»Dann legen wir ihnen eine falsche Leiche hin. Ich habe im Theater wunderbar Tote gespielt«, rief Spooks aus und drückte vor Aufregung auf die Hupe. Er zuckte zusammen und setzte sich auf seine Hände.

»Sie werden doch den Unterschied merken«, zweifelte Doc.

»Hey Doc, du weißt genau, dass ich früher einmal ans Theater wollte, und sie hätten mich auch genommen. Ich bin für jede Leiche die Idealbesetzung. Mich muss man kaum schminken.«

Ramina legte den Kopf schief. »*Oui*, da hat er recht. Er ist sehr blass. Ist er wirklich kein Vampir?«

Spooks lachte verlegen und fuhr sich über die spärlichen Haare. »Nein, das wäre zwar interessant, aber ich bin kein Vampir.«

Nancy kramte aus ihrer Handtasche einen Pinsel und eine kleine Dose hervor. Sie ließ den Deckel hochschnippen und tauchte den Pinsel in die pudrige Masse. »Ich schminke dich noch ein wenig blasser.«

Im Licht der kleinen Lampe im Autodach trug sie hellen Puder auf Spooks' Gesicht auf, schminkte seine Lippen nahezu weiß und platzierte mit Lippenstift zwei rote Punkte auf seinem Hals.

»Bravo«, rief Ramina aus und kicherte. »Er sieht wirklich aus wie ein Toter. Als hätte ich ihn gerade gebissen.«

»Siehst du, Doc?« Spooks grinste. »Ich wette hundert Euro, dass ich sie überzeugen kann. Ihr dürft dann nur nicht den Anschluss verlieren.«

Doc warf einen Blick auf die Benzinanzeige. Der Tank war noch über die Hälfte voll, sie dürften also nicht ohne Vorwarnung liegen bleiben.

»Okay«, sagte Doc leise und gab Ramina sein Handy. »Ruf sie an.«

Während Ramina eine Nummer wählte, stieg Doc aus dem Wagen und steckte den Kopf schließlich an Nancys Fenster wieder ins Wageninnere. »Du hast nicht zufällig diesen Lack dabei?« Er deutete auf Nancys dunkelgraue Nägel. Erneut wühlte sie in ihrer Handtasche und hielt schließlich mit einem erfreuten Grinsen die kleine Flasche hoch.

Doc schaltete die Standlichter ein und hockte sich vor das Nummernschild. Aus dem Kennzeichen »F P 9741« machte er mit Hilfe des Nagellacks »F B 8741«, indem er die fehlenden Rundungen an die Buchstaben malte. Picasso war er nicht, aber er hoffte, dass es keinem Polizisten auffiel.

Für das vordere und hintere Kennzeichen verbrauchte er die gesamte Flasche. Immer wieder wartete er, ließ den Lack trocknen und trug eine weitere Schicht auf, bis er meinte, den Unterschied im fahlen Licht nicht mehr zu sehen. Wusste der Himmel, warum Nancy eine Salatschüssel in ihrem Kofferraum spazieren fuhr, aber mit dieser holte Doc Wasser aus dem kleinen Bach und schüttete es über die Reifen und die Kotflügel. Er wollte schließlich nicht von Erdbrocken überführt werden.

Ramina stand neben ihm, die Arme vor der Brust verschränkt und sah ihm mit schiefgelegtem Kopf zu. »Du bist clever wie ein Verbrecher.«

»Vielleicht weil meine Charaktere schon oft genug welche waren.« Allerdings war sein Lernniveau dafür ziemlich schlecht. Seine Protagonisten würden sich mühelos in Netzwerke und Daten einloggen und zu Hause auf dem Sofa sitzend alles herausfinden, was sie wissen mussten, um ihre Unschuld zu beweisen. Nur zum Finale gingen sie hinaus und wurden prompt in Schießereien verwickelt. Hoffentlich blieb ihnen wenigstens das erspart.

Doc stockte. »Was ist mit dem Geld? Den zweitausend Euro?«

Ramina wickelte eine der Locken um ihren Finger und betrachtete sie im fahlen Mondlicht. »Wird von Etiennes Kreditkarte abgebucht.«

»Und woher wissen die, wo sie hinkommen müssen?«

»Wie sagt man?«, sinnierte Ramina. »Sie wissen es. Wie wenn man Notruf wählt und nicht weiß, wo man ist.«

»Dann muss man es halbwegs beschreiben können«, protestierte Doc.

»Das Telefon hat bestimmt GPS«, steuerte Spooks bei. »Hoffentlich ist die Polizei zu gesetzestreu, um dich zu orten.«

Die Polizei. Etienne. Das verdammte GPS seines Handys! Warum hatte Doc nicht selbst daran gedacht? Er fummelte die SIM-Karte heraus, zerbrach sie und warf sein Telefon samt dem zerstörten Chip ins Gebüsch. Sollten sie dort nach ihm suchen.

Nervös ging er auf und ab. Ramina hockte auf der Motorhaube des Wagens und summte leise vor sich hin. »Oh! Wie schön ist *l'amour*, Doc.«

Wenn sie sich damit einschmeicheln wollte, konnte sie das vergessen. Mit diesem verfluchten Lied hatte seine Karriere als Geistesgestörter angefangen!

In der Dunkelheit tauchten Scheinwerfer auf und rauschten die Landstraße entlang. Nancy küsste ihren scheintoten Gatten noch einmal auf die Wange, bevor sie sich von Doc ins Dickicht ziehen ließ. Verborgen hinter kratzigen Sträuchern und ausgerechnet in einer recht übelriechenden Mulde hockend, beobachteten sie, wie sich Spooks auf den Weg legte. Die Arme leicht von sich gestreckt, lag er dort wie plattgewalzt und wartete regungslos.

Der Wagen bremste und bog auf dem Pfad ein, der geradewegs zu ihrem Auto führte. Ein großer Transporter, genau genommen ein Krankenwagen, stoppte wenige Schritte von ihm entfernt. Die Türen wurden aufgestoßen, zwei Männer stiegen aus, traten in den Schein der Lichtkegel und näherten sich Spooks.

»Möchte wissen, was der um die Uhrzeit hier gesucht hat«, brummte eine tiefe Stimme, die zu dem größeren, bulligeren Mann zu gehören schien.

Die zweite Stimme klang jünger, höher und war wohltönender als die erste. »Vielleicht hat er einer Frau aufgelauert, und die hatte gerade Hunger.«

»Wäre dann nur gerecht, ne?«

»Der hätte sowieso keine abbekommen.« Der mit der höheren Stimme stieß Spooks mit der Fußspitze in die Seite. »Für das dürre Fliegengewicht müssen wir nicht erst die Liege rausholen, oder?«

»Ne, den trag ich dir mit dem kleinen Finger weg.« Der Kräftige bückte sich, packte Spooks um die Taille und hob ihn mit Leichtigkeit hoch. Doc musste zugeben, dass Spooks sein Spiel beherrschte. Er hing wie eine Puppe in dem Griff. Die Glieder baumelten nach unten, und sein Kopf schaukelte mit jedem Schritt, den der angebliche Sanitäter machte.

»So lange ist der noch nicht hin, der ist ja noch warm.«

»Bis wir da sind, ist der kalt, aber dann wird's dem schon wieder warm werden.«

Der unverhohlene Spott bei diesem Gespräch gefiel Doc nicht. Himmel, was stellten sie mit den Leichen an? Sie machten an denen doch keine Experimente, oder? Erschuf sich da einer eine Zombiearmee? Unweigerlich schauderte es ihn dabei, doch im gleichen Moment schalt er sich einen Narren. Was sollte jemand mit einer Zombiearmee anfangen? Und warum hatte er sie noch nicht auf die Welt losgelassen?

Doc hatte zwar keine Ahnung, wie viele Vampire es auf der Welt gab, aber Ramina hatte innerhalb von zwei Tagen zwei Menschen gebissen und damit zwei Zombies produziert. Die Welt müsste vor Zombies überquellen, wenn jemand die armen Geschöpfe behielt.

Ein dumpfer Aufprall ertönte, als der Kerl Spooks wohl auf den Boden des Krankenwagens warf. Krachend schloss der Fahrer die Türen und verriegelte sie. Die Männer stiegen wieder in die Fahrerkabine ein, und der Motor röhrte auf, als der Rückwärtsgang eingelegt wurde.

Doc wartete mit den Frauen, bis die Scheinwerfer die Straße erreichten. Erst dann sprangen sie aus dem Gebüsch, rissen sich von den Ästen frei und sprinteten zum Wagen.

Er setzte sich hinter das Lenkrad und starrte es an – oder vielmehr die Zündung. Irgendetwas Entscheidendes fehlte! »Wo ist der Schlüssel?«

Nancy blinzelte ihn verständnislos an, und Docs Herz machte einen schmerzhaften Sprung. »Sag mir nicht, dass Spooks noch den Wagenschlüssel hat!«, brüllte er.

Nancy zog den Kopf ein. »Spooks hat den Schlüssel nicht mehr?«

Fuck! Mist, verdammter! Dort fuhr sein Freund als lebende Leiche in einem verfluchten Krankenwagen mit und hatte die Schlüssel einstecken!

Nancy fuhr über die Sonnenblende und klappte sie herunter. »Irgendwo hier drin muss es einen Ersatzschlüssel geben«, murmelte sie.

Doc stöhnte. Die Scheinwerfer des Krankenwagens verloren sich zunehmend in der Dunkelheit. Ramina warf sich gegen ihre Tür, sprang aus dem Wagen und spurtete um ihn herum. Sie stemmte sich gegen die Motorhaube, und ihre Augen glühten rot in der Dunkelheit auf. Plötzlich ging ein Ruck durch das Fahrzeug, und die Reifen knirschten leise. Das Auto setzte sich in Bewegung, ohne dass Doc etwas tat. Ramina schob den Wagen den Weg entlang.

»Wow«, sagte er mehr zu sich als zu Nancy. »Wenigstens als Abschleppservice sind Vampire geeignet.«

Doc drehte sich herum und lenkte sie rückwärts den Weg entlang. Leise fluchend suchte Nancy jeden verdammten

Winkel des Innenraums ab. Sie griff Doc sogar zwischen die Beine, um unter seinem Sitz zu suchen.

Er ächzte. »Geht das nicht anders?«

So weit ging seine Freundschaft zu Nancy dann doch nicht. Außerdem neigte Spooks zur völlig unbegründeten Eifersucht! Oh Gott, Spooks! Wenn er ihn verlor, würde er sich das niemals verzeihen. Verflucht, hatte Spooks wenigstens sein Handy mit?

»Im Kofferraum«, rief Nancy aus. Sie stieß die Beifahrertür auf, sprang aus dem Wagen und rannte voraus. Sie joggte rückwärts vor dem Wagen her, fummelte an der Klappe, bis sie aufschwang. Doc spürte, wie der Wagen nach unten sackte, als sich Nancy offenbar in den Kofferraum warf. Aber Ramina schob sie unbeirrt weiter, bis zur Straße hinauf, und in der Ferne konnte Doc immer noch die Lichter des Krankenwagens sehen. Zumindest betete er inständig, dass es noch der Transporter war, sonst fanden sie Spooks in hundert Jahren nicht!

Doc sah im Seitenspiegel, wie undefinierbares Zeug aus dem Kofferraum auf die Straße geworfen wurde, und endlich zerriss Nancys triumphierender Schrei die Nacht. Der Wagen stoppte, die beiden Frauen rannten nach vorn. Ramina warf sich auf den Beifahrersitz, während sich Nancy auf die Rückbank verzog und Doc den Schlüssel in den Schoß warf. Au!

Pure Erleichterung durchflutete Doc, als er ihn endlich in die Zündung steckte und er passte! Das hätte ihnen noch zu ihrem Glück gefehlt – dass Nancy den falschen Schlüssel aus dem verdammten Kofferraum fischte.

Mit knirschenden Reifen wendete Doc und drückte den ersten Gang hinein. Der Motor röhrte auf, als Doc das Gas durchtrat und immer höher schaltete. Sie rauschten die

Straße entlang, in die Richtung, in der er den Krankenwagen vermutete. Wenn sie irgendwo abgebogen waren, waren sie geliefert. Dann war Spooks geliefert!

Hoffentlich nahmen sie die Autobahn! Doc bretterte mit doppelter Geschwindigkeit durch Ortschaften und endlich! Kurz vor der Auffahrt auf die Autobahn erspähten sie vor sich einen Krankenwagen. Es bereitete Doc große Mühe, sich nicht mit nur fünf Zentimetern Abstand an dessen Stoßstange zu hängen.

Stattdessen ließ er sich wieder ein Stück zurückfallen, sodass er sie gerade noch sehen konnte. Erst auf der Autobahn wagte er sich näher heran, doch auch dann achtete er darauf, mehrere Wagenlängen Distanz zu halten. Mit überhöhter Geschwindigkeit raste der Krankenwagen durch die Nacht. Ramina begann zu gähnen, während Nancy nervös an ihren Fingernägeln kaute, hin und wieder »Wir dürfen ihn nicht verlieren« murmelte und damit Docs Gedanken noch unruhiger machte.

Wann immer er Gefahr lief, seinen schweren Lidern nachzugeben, stupste ihn Ramina an. Sie lenkte ihn mit Beschreibungen der Umgebung ab, der aufgehenden Sonne und jagte Doc den Schreck seines Lebens ein, als sie beim ersten Sonnenstrahl ein sanftes Puff von sich gab. Zum Glück war die Spur neben ihm frei, sodass er zwar das Lenkrad verriss, aber nicht in einen anderen Verkehrsteilnehmer krachte. Ramina war jedoch nicht zu Staub verfallen, neben ihm auf dem Beifahrersitz hockte eine Fledermaus. Fuck!

Doc klammerte sich am Lenkrad fest. Ramina war wirklich eine Fledermaus. Sie hatte ihn nicht auf den Arm genommen. Sein Kopf war zu schwer, um jetzt darüber nachzudenken, und was änderte es schon? War Ramina eben eine Fledermaus, passte doch auch zum Klischee der Vampire. Immer noch besser, als wenn sie in der Sonne in Flammen aufging.

Das kleine Tier flatterte auf seine Schulter und grub die Krallen fest in sein Fleisch. Doc stöhnte schmerzerfüllt, aber was sollte er sagen? Ramina sorgte dafür, dass er auf die Art nicht mit dem Gesicht voran auf die Hupe fiel und schnarchend weiterfuhr.

Doch richtig hellwach wurde er erst, als der Krankenwagen von der Autobahn abbog und sich eine schmale Straße entlangschlängelte. Die Umgebung wurde zunehmend hügeliger und bergiger. Der Transporter hielt an einer Raststätte. Dem Himmel sei Dank. Am liebsten hätte er sich auf den freien Parkplatz daneben gestellt, allerdings könnte er sich dann auch gleich bei ihnen auf den Schoß setzen. Also parkte Doc hinter einem Felsen, stieg aus und spähte zu dem Rettungsauto.

Der Fahrer taumelte die zwei Stufen auf den Boden hinab, rieb sich erst den Rücken und dann die Augen. Seine feisten Wangen wackelten, als er sich auf selbige schlug. Der arme Kerl sah so müde aus, wie Doc sich fühlte. Wie lange waren sie gefahren? Doc hatte jegliches Zeitgefühl verloren, und vor allem hatte er keine Ahnung, wo sie waren. Irgendwo im Umkreis einer halben Tankfüllung.

Er drehte sich herum, ging zurück zum Auto und rüttelte sachte an Nancy.

Diese schreckte hoch. »Ich muss unbedingt aufs Klo.«

Die Liebe zwischen zwei Menschen war immer wieder schön anzusehen, vor allem, wenn die Sorge um den Ehemann dem Drängen einer berstenden Blase wich.

Nancy drückte die Tür auf, stolperte heraus und hastete in die Raststätte.

Doc hingegen wartete, bis die beiden Sanitäter ebenfalls in dem Haus verschwanden. Erst dann näherte er sich, die Hände in den Hosentaschen vergraben, dem Transporter. Vorsichtig stieß er mit dem Ellenbogen gegen die Tür. »Spooks?«

Niemand antwortete.

Doc klopfte lauter. »Spooks? Du bist doch noch da drin, oder?«

»Ja«, hörte er die zitternde Stimme seines Freundes. »Verzeih mir die Ausdrucksweise, aber ich muss unbedingt pinkeln.«

»Du kannst jetzt nicht pinkeln, du bist eine Leiche, und ich weiß nicht, wann die zurückkommen.«

Goldeck hatte schon viele Verbrecher gesehen. Clevere, dumme, die sich für clever hielten, auch solche mit sehr viel Glück. Er wusste beim besten Willen nicht, in welche Kategorie er Doc und seine Freunde einordnen sollte. Die Verfolgungsjagd über die Felder und den Bahnübergang war selbstmörderisch gewesen. Trotzdem waren sie entkommen. Kein Wunder, gegen einen Zug gewann kein Polizist.

Und doch waren sie nicht clever genug gewesen, ihren Wagen wenigstens umzulackieren. Einen verbeulten Seat Ibiza zu fahren und ungeschickt am Kennzeichen herumzupinseln war nun wirklich nicht die Leistung eines Meisterverbrechers. Da hatte jemand zu viele Filme gesehen und war verzweifelt. Oder naiv.

Warum fuhren sie stundenlang einem Krankenwagen hinterher? Dass die Verfolger beschattet wurden, hatte auch niemand mitbekommen. Zum Glück, wäre doch schade gewesen. Goldeck hatte mehrfach das Gesetz gebrochen, um Doc nach der Meldung seiner Sichtung einzuholen. Geschwindigkeitsübertretung, Gefährdung von Verkehrsteilnehmern, Missachtung des Rechtsfahrgebots. Sogar den Standstreifen hatte er benutzt. Am liebsten hätte er Doc und seine Kumpanen von der Straße gerammt, aber bei einer Festnahme war es wie auf der Jagd. Drückte man zu früh ab und traf nicht todsicher, wurde das Wild aufgeschreckt und flüchtete.

Goldeck legte die Arme auf das Lenkrad. Doc redete mit dem Krankenwagen oder wohl eher mit demjenigen, der da drin hockte. Was zum Teufel sollte das werden? Die Versuchung, auszusteigen und ihn genau das zu fragen, war hoch. Doc einen Schrecken einzujagen, war die perfekte Entschädigung für die Höllenfahrt hierher. Den würde er in Handschellen in seinen Kofferraum stopfen und wieder zurückfahren. Und im Knast würde er ihn auf einem Stuhl festbinden, und wehe diesem Kerl, wenn er es noch einmal wagte, zu fliehen. Vorschriften waren da, um sie in solchen Momenten zu ignorieren, sonst wurde man doch völlig verrückt, wenn man den ganzen Tag mit solchen Männern zu tun hatte.

Goldeck stieg aus, und seine Hand tastete unwillkürlich nach seiner Waffe, die er unter der Jacke trug. Jemanden ins Bein zu schießen war zwar nicht gern gesehen, aber er schoss ihm lieber die Kniescheibe weg, als auch nur noch eine Stunde hinter diesem Kerl herzufahren.

Je näher Goldeck kam, umso deutlicher konnte er Docs Stimme hören.

»Gibt es da drin nicht einen Katheter?«

»Wie sieht so was aus?«, drang es gedämpft aus dem Krankenwagen. Ein Rumsen folgte, als Doc den Kopf gegen das Metall der Tür knallte. »Gut, ich sehe nach, ob die schlafen gegangen sind, dann lass ich dich raus.«

»Vielleicht lassen Sie Ihre Geisel lieber gleich laufen«, mischte sich Goldeck ein.

Oh, was liebte er solche Momente. Doc fuhr herum und wich einen Schritt zurück, bis er gegen die geschlossene Tür stieß. Er verlor sämtliche Farbe aus dem Gesicht, und seine rotgeränderten Augen traten noch stärker hervor. An Docs Hemd hing ein schwarzes Ding. War das eine Fledermaus? Neben Doc tauchte im Fenster des Krankenwagens ein totenbleiches Gesicht auf.

Goldeck wusste nicht, worüber er zuerst hinwegkommen sollte. Über die Fledermaus oder die lebende Leiche in dem Wagen.

»Machen Sie die Tür auf«, befahl Goldeck und öffnete sein Jackett, damit Doc seine Waffe sehen konnte. Meistens reichte schon die Drohung. Aber Doc schien etwas ganz anderes nervös zu machen. Abwechselnd starrte er von Goldeck zum Eingang der Raststätte.

»Warten Sie auf jemanden?«, erkundigte sich der Kommissar süffisant. Er zog seine Pistole aus dem Halfter, entsicherte sie und richtete sie auf Docs Bein. So bekam man nahezu jede Aufmerksamkeit, und es half auch jetzt. Doc beäugte ihn entsetzt.

»Öffnen. Sie. Die. Tür«, knurrte Goldeck.

Endlich drehte sich Doc um und machte sich an dem Hebel des Krankenwagens zu schaffen. Kaum hatte er die Tür auch nur einen Spaltbreit geöffnet, sprang ein hochgewachsener, schlaksiger Mann heraus. Jetzt erkannte

Goldeck auch, warum der Kerl so blass war. Er war geschminkt. Doch bevor er auch nur den Mund öffnen konnte, sprintete der spindeldürre Mann an ihnen vorbei und raste auf die Tür der Raststätte zu.

»Tolle Freunde«, brüllte Doc ihm hinterher. »Wehe, du holst keine Hilfe.«

»Doc, Ihnen ist doch wohl klar, dass er die ganze Zeit die Tür von innen öffnen konnte.«

Doc fuhr sich seufzend über das Gesicht. »Natürlich. Aber ihm war es nicht klar.«

»Drehen Sie sich um und legen Sie die Hände auf den Rücken.«

»Könnten Sie mir nicht einen Moment zuhören?«

»Oh, ich werde Ihnen zuhören, Doc. Auf dem Polizeirevier werde ich Ihnen ausreichend Gelegenheit geben, mir zu erzählen, was immer Ihnen auf dem Herzen liegt. Und natürlich wird im Zweifel alles gegen Sie verwendet.«

Die Fledermaus an Docs Brust zischte. Ehe sich Goldeck versah, stieß sich das Tier ab und flatterte auf ihn zu. Sie peilte genau sein Gesicht an, doch er hob die Hand mit der Waffe und schlug nach dem Tier.

»Nein, Ramina!« Docs scharfer Tonfall verwirrte Goldeck für einen Moment, doch nur für einen winzigen. Er erwischte das vermaledeite Tier, doch da sauste bereits eine Faust auf seine Nase zu. Doc. Scharfer Schmerz jagte durch Goldecks Gesicht, er hörte das Knacken seines eigenen Knochens, aber zur Hölle, es war nicht seine erste Prügelei. Er taumelte zurück und riss seine Waffe hoch. Doch Doc griff ihn kein weiteres Mal an, der beugte sich über die am Boden liegende Fledermaus und fragte diese ernsthaft: »Geht's dir gut?«

Goldeck rappelte sich auf, nahm Anlauf und stürzte sich auf Doc. Noch einmal würde er sich von diesem Kerl nicht überwältigen lassen, so viel stand fest! Doc schwankte unter Goldecks Gewicht, doch er wich einfach zur Seite aus. Verfluchte Hölle! Wann immer Goldeck ihn packen wollte, sprang Doc zurück. Sie könnten noch über den Parkplatz tanzen, bis die Sonne wieder unterging. Goldeck bekam ihn einfach nicht zu fassen. Dann eben anders!

Goldeck hechtete an Doc vorbei und hob seinen Fuß über der Fledermaus. »Sie legen sich jetzt auf den Boden, die Arme zur Seite ausgestreckt, sonst ist Ihr Haustier schneller dahin, als ich bis drei gezählt habe. Also …«

Docs waidwunder und vor allem besorgter Blick hätte wohl jeden vor Mitleid in die Knie gezwungen, aber mit Mördern war nicht zu spaßen, und auch wenn der Kerl in kein einziges der üblichen Klischees passte, der gehörte ins Gefängnis.

Goldeck bekam langsam schon einen Krampf, in seinem Versuch, das Bein konstant hochzuhalten. »Jetzt machen Sie schon«, knurrte er, doch da sprang Doc nach vorn, packte ihn am Kragen und schleuderte ihn zur Seite. Weg von der Fledermaus.

Der Kommissar taumelte auf die Füße, zielte mehr schlecht als recht und drückte ab. Docs Aufschrei entlockte ihm ein verstohlenes »Yes«. Aber hey, er hatte getroffen, trotz der ungünstigen Position. Docs Hose war an der Wade zerrissen, und Blut tropfte auf den Boden. Ehe sich Doc von dem Schock über den Treffer erholen konnte, stürzte sich Goldeck auf ihn, krachte mit ihm zu Boden und zog ihm die Arme auf den Rücken.

Ja, er stellte die Handschellen viel zu eng ein, bis Doc ein protestierendes Knurren entfuhr. Aber zum Teufel, Rache war Blutwurst. Von der durchwachten Nacht würde er sich in einer Woche noch nicht erholt haben. Sie wurden alle nicht jünger. Er rollte Doc herum und beugte sich über dessen blutendes Bein. Er hatte ihn nur gestreift. Es war wider jede Vorschrift, aber er hatte Doc gefangen, die Katastrophe war unter Kontrolle, und *deswegen* würde ihn niemand entlassen.

Aber offenbar machte er da die Rechnung ohne den Rest dieser Sippschaft. Er hatte wirklich für einen Moment daran gedacht, sie einfach laufen zu lassen, obwohl sie sich ebenfalls einer Straftat schuldig machten: Die Bande half einem Kriminellen. Aber Freunde neigten nun einmal zu dummen Taten.

Doch jetzt raste die hagere Halbleiche wie vom Teufel gejagt aus dem Gebäude. Zwei Sanitäter waren ihm auf den Fersen, und dahinter rannte die blonde Frau, die schon aus Docs Wagen gesprungen war.

»Haltet den Kerl auf«, brüllte einer der Sanitäter. »Der ist gefährlich.«

»Ich bin kein Zombie«, rief der schmächtige Flüchtende.

Jetzt war alles klar. »Ihre Freunde sind genauso durchgeknallt wie Sie«, murmelte Goldeck und zog Doc auf die Beine.

Dieser versuchte, sich von ihm loszureißen, doch Goldeck packte fester zu.

Doc knurrte frustriert. »Wenn Sie einmal aufhören würden, den fetten Macker aka Kommissar zu markieren, könnten wir alles erklären.«

»Geben Sie mir doch ein Stichwort«, erwiderte Goldeck süffisant. Sollte schließlich keiner behaupten können, dass er ihm keine Chance gab.

»Vampire.«

Vampire. Natürlich. Goldeck lachte, laut und rau. Was hatte er auch bei einem Fantasy-Autor, der langsam durchknallte, erwartet? Da konnten nur Vampire, Werwölfe oder Zombies herauskommen. Dieser Wahnsinn war doch hoffentlich nicht ansteckend.

Inzwischen sprinteten der vermeintliche Zombie und die Sanitäter immer wieder um den Krankenwagen, während die Blondine die Hände auf die Knie stützte und nach Luft rang.

»Wir werden diese Party nun verlassen.« Goldeck zog Doc in Richtung seines Dienstwagens, doch weit kam er nicht. Entweder ließ ihn die Übermüdung langsam unaufmerksam werden oder Docs Wahnsinn war tatsächlich ansteckend. Dort, wo noch eben leerer Boden und freier Blick auf seinen Wagen gewesen war, tauchten fünf Männer vor ihm auf. Sie trugen absonderliche Kostüme, als wären sie unter der Herrschaft Ludwig des Sonnenkönigs in einen Zeitstrahl geraten und direkt vor seiner Nase gelandet. Doch die sahen nicht verwirrt aus, sondern verdammt sauer. Sie fletschten die Zähne und Himmel, für ein zartbesaitetes Gemüt wäre das der Beweis für die Existenz von Vampiren. Sie hatten verdammt spitze Eckzähne.

»Sie lassen aber auch keine Scharade aus«, piepste Goldeck zu seiner Schande viel zu hoch.

Doch von Doc kam nur ein entsetztes Ächzen, und ehe sich Goldeck versah, fühlte er sich an der Kehle gepackt und zurückgeschleudert. Es war sein Glück, dass er nicht mit dem blanken Rücken gegen den Krankenwagen prallte. Ausgerechnet Doc bildete das Polster. Sein Gefangener rutschte wie er auf den Boden und kippte benommen zur Seite.

Der mit dem größten Hut schritt auf ihn und Doc zu. Seine Kumpane hielten den Zombie, seine Frau und die Sanitäter in Schach, indem sie diese wie ein Rudel Wölfe umkreisten. Mit Knurren und gefletschten Zähnen. Heiliger Bimbam. Der Kommissar packte seinen Gefangenen am Kragen und wollte ihn zur Seite zerren, raus aus dem Dunstkreis dieser Irren. Doch wieder wurde Goldeck zur Seite geschleudert. Er rechnete mit einem Schlag, hob abwehrend die Hände, aber er blieb aus. Der Kerl würdigte Goldeck keines Blickes mehr. Er packte den benommenen Doc und schlug ihm mit der flachen Hand ins Gesicht, bis der die Augen öffnete. »Ich will doch nicht, dass du deinen Tod verpennst.«

Wie? Was? Der Kerl wollte Doc töten? Ausgerechnet ein schwarzes Knäuel schoss auf Docs Peiniger zu und jagte ihm die Krallen ins Gesicht. Der Mann brüllte auf, ließ Doc sinken und taumelte zurück.

Goldeck sprang vor und richtete seine Waffe auf den Kerl. »Sie werden ihn nicht töten. Dazu müssen Sie erst an mir vorbei.«

»*Vite, vite*, du musst weg von hier.« Raminas flehende Stimme riss Doc aus seiner Benommenheit. Himmel, sie war in Ordnung, aber das Chaos überforderte ihn. Es ging ihm alles viel zu schnell. Seine Arme fühlten sich schmerzhaft verdreht an, das Metall lag fest um seine Handgelenke. Mühsam setzte er sich auf. Vor ihm stand Goldeck und versuchte, mit seiner Knarre die Oberhand zu behalten. Aber das konnte nicht funktionieren. Die Kerle schienen allesamt Vampire zu sein.

Sie trugen Hüte mit breiten Krempen, und ein besonderer Hut jagte Doc einen Schauer über den Rücken. Nicht, weil dieser so abgrundhässlich war (das war er), sondern weil er den schon einmal gesehen hatte. Und richtig, dieser Hut gehörte zu niemand Geringerem als Etienne.

Raminas Verlobter trat vor, und mit einem höhnischen Lächeln auf den Lippen schlug er gegen Goldecks Hand. Die Bewegung war so schnell, dass Doc sie erst bemerkte, als Goldeck fluchend zurücksprang und den Arm gegen die Brust drückte. Seine Waffe schlitterte über den Boden, direkt in Docs Richtung, und damit lenkte Goldeck auch Etiennes Blick zu Doc. Mist, elender! Doc warf sich zur Seite, und ehe Etienne mit seinen gemächlichen Schritten bei ihnen angelangt war, packte Doc Goldecks Waffe, verdrehte seinen Oberkörper und zielte mehr schlecht als recht auf Etienne. Aber Herrgott, er würde schon irgendetwas treffen.

Etienne lachte höhnisch. »Kannst du überhaupt schießen?«

»Er war früher mal im Schützenverein, für Recherchezwecke«, piepste Spooks' nervöse Stimme über den Platz hinweg. Er hatte sich schützend vor Nancy gestellt, zitterte aber wie Espenlaub. Wer mochte es ihm verdenken? Doc ganz bestimmt nicht. Er glaubte eher, dass jetzt die befürchtete Schießerei kam. Zum Teufel, er hatte noch nie auf einen Menschen geschossen. Oder auf einen Vampir. Konnten die überhaupt erschossen werden?

»Schieß auf ihn«, feuerte ihn Ramina an. Okay, also konnten Kugeln doch schaden.

Doc verrenkte sich die Arme, zielte auf den Oberschenkel Etiennes und drückte ab. Er würde gern behaupten, dass er eine gewisse Genugtuung empfand, als Etienne unter dem Schuss tatsächlich in die Knie ging. Aber wenn er so etwas für einen Moment empfand, dann war es die Sache nicht wert. Zwar sickerte Blut aus der Wunde hervor, doch Etienne war für seinen Geschmack viel zu schnell wieder auf den Beinen. Dessen Augen begannen scharlachrot zu glühen.

Doc sah nur noch das verschwommene Bild Etiennes, als dieser plötzlich auf ihn zurannte. Er drückte noch einmal ab, aber er wusste nicht, wohin die Kugel ging. Sie traf jedenfalls nicht Etienne.

Plötzlich stand er vor Doc, entriss ihm die Pistole und presste ihn gegen seinen Körper. Doc könnte ihn höchstens noch in den Schritt kneifen. Er keuchte, als sein Kinn unnachgiebig nach oben gedrückt wurde. Etienne schob seinen Kopf zur Seite, bis er dessen Atem an seinem Hals spürte. Ramina flatterte um sie herum, aber Etienne ließ sich von ihren wilden Beschimpfungen nicht stören. Sofern er sie überhaupt hörte.

»Ich habe dich gewarnt. Du solltest mir nicht noch einmal begegnen. Aber du wolltest ja unbedingt meine Verlobte haben.«

Doc könnte beteuern, dass dem nicht so war, aber zum Teufel, das wäre gelogen. Er liebte Ramina. Er liebte sie mehr als sein Leben. Er regte sich nicht umsonst über sie auf.

Scharfer Schmerz fuhr durch seinen Hals bis in seine Brust hinein.

»Es tut mir so leid.« Raminas sanfte, warme Stimme umfing Doc ein letztes Mal. Die Kraft schwand aus seinen

Gliedern. Es schnürte ihm die Kehle zu, bis die Schwärze vor seinen Augen über das Licht gewann. Die Gesichter, die ihn anstarrten, verwischten, und das Letzte, was er fühlte, war, wie er kraftlos in sich zusammensackte.

Kapitel 15

Nächster Plan: Leichenrettung

Das musste ein Traum sein. Das war unmöglich real. Dieser Kerl biss dem zappelnden Doc in den Hals. Wie ein Vampir. Docs Wahnsinn war auf Goldeck übergesprungen, eine andere Erklärung gab es nicht. Der blasse Freund von Doc hielt seine schluchzende Frau in den Armen, und die Fledermaus flatterte verzweifelt um den Kopf dieses ›Vampirs‹ herum.

Goldeck hatte schon viele Leichen gesehen. Aber selbst Wasserleichen konnten nicht mit dem entsetzlichen Anblick eines sterbenden Menschen mithalten.

Goldeck vergaß den Schmerz in seiner gebrochenen Nase und dem verdrehten Handgelenk. Er spähte nach seiner Knarre, aber die lag in der Nähe eines Hünen, dessen Statur den gefiederten Hut auf seinem Kopf noch lächerlicher wirken ließ.

Doc sackte in sich zusammen und fiel mit einem dumpfen Schlag auf den Boden. Sein Mörder leckte sich mit einem zufriedenen Grinsen das letzte Blut von den Lippen. Bah, war das widerlich. Goldeck drehte es den Magen um. Ein Gefühl, das für einen Traum viel zu echt war.

Die Fledermaus landete auf dem Toten und schmiegte sich an dessen Brust. Goldeck bildete sich wirklich ein, sie weinen zu hören. Erst Halluzinationen, dann weinende Stimmen. Aber für Halluzinationen grinste ihn der Hüne mit dem albernen Hut viel zu mordlüstern an. Okay, das könnte man noch unter Einbildung verbuchen, aber Goldeck war noch nie jemand gewesen, der sich in Träumen fürchtete. Nicht so wie jetzt.

»Was wird mit denen, Etienne?« Einer der anderen Kerle mit diesen lächerlichen Kopfbedeckungen deutete erst auf Goldeck und dann auf Docs Freund und dessen Frau. Seine Bewegungen waren langsam, fast schon bedächtig. Seine Haut war so hell wie die von Docs Freund, doch das war eindeutig keine Schminke. Als er den Mund öffnete und in Goldecks Richtung atmete, schlug diesem der Gestank von verwesenden Kanalratten entgegen. Goldeck würgte und hielt sich die Nase zu. Au, verflucht, hätte er das nur gelassen! Der Schmerz schoss ihm bis in die Stirn.

»Bedient euch.« Dieser Etienne lachte. »Ihre Gehirne werden euch sicherlich vorzüglich munden.«

Dann bückte er sich, warf sich den toten Doc über die Schulter, und während Goldeck nur einmal geblinzelt hatte, war der Vampir ebenso schnell verschwunden, wie er gekommen war.

Entsetzt wich der Kommissar zurück. Der Kerl mit dem betäubenden Mundgeruch leckte sich genüsslich die Lippen. Mist, verfluchter, warum hatte Goldeck nicht daran gedacht, eine zweite Knarre mitzunehmen?

Docs Freund und seine Frau wandten sich um und stürzten davon, oder vielmehr versuchten sie es. Weit kamen sie nicht. Die Männer schnitten ihnen den Weg ab und packten sie. Das panische Kreischen des Hageren hallte über den Platz.

»Nehmt eure dreckigen Finger von ihm«, brüllte seine Frau. Sie schlug dem Kerl, der sie festhielt, direkt ins Gesicht. Doch dieser verzog nicht einmal den Mund, geschweige denn, dass er sich vor Schmerz krümmte.

Ein großer Schatten tauchte über Goldeck auf. Ein Hüne von mindestens zwei Metern verdeckte ihm die Sicht auf Docs Freunde. Goldeck warf sich herum, versuchte, mit einem Sprung Abstand zwischen sich und das Ungetüm zu schaffen. Es war erbärmlich. Goldeck kam nicht auf die Beine, sondern kroch panisch vor dem Kerl weg. Da lag seine Waffe! Goldeck machte noch einen Satz nach vorn, stemmte sich nach oben und hechtete auf seine Pistole zu. Mitten im Sprung packte ihn plötzlich etwas am Kragen und riss ihn zurück.

Der widerwärtige Gestank umhüllte ihn, raubte ihm die Luft, und ihm schwindelte. Tod durch Mundgeruch, das konnte doch nicht wahr sein! Goldeck schlug um sich, traf den Mann im Magen, im Gesicht, an der Schulter. Aber genauso gut könnte er auch auf einen Sandsack einschlagen. Unbarmherzig packte ihn der Kerl mit beiden Händen am Kopf und drückte. Sein Schädel schien zu bersten. Er hörte sein eigenes Gebrüll und auch das von den beiden anderen. Und dann wich plötzlich der Druck. Ohne jeden Halt verlor Goldeck das Gleichgewicht und sackte zu Boden. Der Aufprall presste ihm die Luft aus der Lunge, und schwer atmend blieb er liegen. Sein Kopf dröhnte, aber er musste auf die Beine kommen! Was hatte der Kerl als Nächstes vor?

Nur mühsam erfasste Goldeck das Geschehen. Der Himmel hatte sich verdunkelt, und die Männer Etiennes starrten, den Kopf in den Nacken gelegt, nach oben. Ein Knäuel aus unzähligen flatternden, schwarzen Geschöpfen schwebte über ihnen, zerteilte sich und stürzte herab. Sie stoben um sie herum, trieben ihnen die Krallen ins Fleisch. Um sich schlagend versuchten die Kerle sich ihrer zu erwehren. Die Tiere jagten die Männer über den Parkplatz, zerfetzten ihre Kleidung, aber damit gaben sie sich nicht zufrieden. Sie rissen ihnen das Fleisch nicht nur auf, sondern regelrecht von den Knochen. Doch aus den Wunden schoss kein Blut. Sicher, ein wenig Blut sammelte sich auf der grauen Kiesfläche, aber es war lange nicht genug. Ein Dutzend Fledermäuse packte einen zerfetzten Arm und riss ihn mit einem Knirschen heraus. Eine einzige flügelschlagende Kugel beteiligte sich nicht an dem grausamen Treiben ihrer Freunde, sondern sauste in den Rasthof und kehrte nur eine Minute später mit einem brennenden Teelicht in den Krallen zurück. Was sollte das werden? Über einem der Männer stoppte sie, ihre Gesellen wichen zurück, und sie ließ die Kerze fallen. Das Teelicht landete auf dem Rücken des liegenden Mannes und rollte über ihn hinweg. Das Feuer konnte ihn nur minimal gestreift haben, trotzdem loderte plötzlich eine hohe Stichflamme an der Seite des Liegenden auf. Innerhalb weniger Sekunden fraß sie sich über den gesamten Körper, züngelte wie ein Lagerfeuer mannshoch. Fassungslos musste Goldeck zusehen, wie die brennende Gestalt zuckte, brüllte und schließlich ruhig wurde.

Ausgerechnet Docs Freund rannte herbei, mit einer Flasche Haarspray in der Hand. Wo zum Henker hatte er das nun wieder her? Er zielte, drückte auf die Dose, und die Flammen loderten dem nächsten Halunken entgegen. Dieser brüllte und brannte ebenso lichterloh auf wie sein Kumpan. Die brannten wie Zunder. Der Dritte stürzte sich, ungeachtet der Fledermäuse, auf Docs Freund und rang ihn zu Boden. Das Haarspray landete scheppernd auf dem Kies. Seine Frau kreischte auf, wollte sich auf die Spraydose werfen, doch ein Schlag katapultierte sie zur Seite. Goldeck erwachte aus seiner Starre, sprang vor und schnappte sich die Dose. Einem der brennenden Mistkerle riss er ein Stück Stoff vom verkohlenden Leib. Die Flammen versengten seine Finger, doch das Adrenalin in seinen Adern überdeckte zum Glück den Schmerz. Er hechtete über die glühenden Überreste des ersten Feindes hinweg, hielt den lodernden Fetzen so weit wie möglich von sich weg und sprühte.

»Nimm das, Hollywood!«, frohlockte Goldeck, als der improvisierte Flammenwerfer sein Ziel fand – das Gesicht des Kerls, der den Kopf von Docs Freund im Klammergriff hielt. Das Blut rauschte in Goldecks Ohren, als er zu der Blonden hastete und ihren Peiniger ebenfalls anzündete. Es war ein kurzes, grauenvolles Intermezzo. Er könnte schwören, es dauerte nicht länger als drei Minuten, da glommen auf dem Kies nur noch die jämmerlichen Überreste der einst so übermächtigen Gegner. Goldeck warf die leere Haarspraydose in einen Mülleimer. Seine Knie zitterten so stark, dass er dabei gefährlich schwankte, und er wagte kaum einen Blick auf seine Hände. Sie brannten wie das Feuer, das sie verbreitet hatten.

Die Fledermäuse flatterten durcheinander, bis sie sich in alle Winde zerstreuten. Nur eine blieb übrig. Die, von der er annahm, dass es die war, die den Namen Ramina trug. Sie hockte auf dem Boden, ihre Flügel hingen traurig herunter.

Docs Freund legte seinen Arm um seine Frau. Ihre Hände und Gesichter waren schwarz vom Ruß, und als Goldeck auf seine eigenen Hände sah, merkte er, dass er nicht viel besser ausschaute. Wind strich über den Parkplatz und verwehte die kärglichen Überreste.

Menschen konnten nicht restlos verbrennen, und doch fegte der Wind den kleinsten Krümel davon. Es gab keinerlei Schaulustige, niemand hatte die Polizei gerufen. Nichts, absolut nichts deutete mehr auf den Kampf auf Leben und Tod hin, der hier eben stattgefunden hatte. Am Ende hatte er das alles nur geträumt? Nein, Schwachsinn! Die Brandwunden an seinen Händen bildete er sich nicht ein. Aber wieso schien niemand im Rasthof etwas bemerkt zu haben? Hier war immerhin ein Mensch gestorben! Wenn schon keiner trauerte, konnte man doch mindestens sensationsgeile Fotosüchtige erwarten, oder?

Goldeck befahl seinen Beinen energisch, zu Docs Freunden zu gehen. Zögernd legte er dem Hageren die Hand auf die Schulter. »Wir werden Docs Mörder finden und seiner gerechten Strafe zuführen.« Das war das Einzige, das Goldeck einfallen wollte. Zu seiner Schande bebte seine Stimme, und die Worte erschienen sogar in den eigenen Ohren wie Hohn. Damit konnte man kein Menschenleben aufwiegen. Oder erklären, was hier gerade geschehen war.

»Wer sind Sie überhaupt?«, fragte Docs Freund und kratzte sich die Nase.

»Kommissar Goldeck.«

»Spooks.«

Goldeck wunderte sich über den komischen Namen. War das der Vor-, Nach- oder Spitzname?

Spooks' Frau lächelte. »Nennen Sie mich Nancy.«

Ob den beiden die Vorstellungsrunde ebenso banal erschien? Spooks bückte sich und hob die Fledermaus auf. Diese schmiegte sich gegen seine Hand.

»Wir müssen warten, bis die Sonne untergeht«, sagte seine Frau leise. »Vielleicht kann sie uns dann sagen, wohin wir müssen, um Doc zu helfen.«

Um Doc zu helfen? Goldeck öffnete den Mund und schloss ihn sofort wieder. Die beiden mussten den Tod eines Freundes verkraften. Nicht selten ignorierte man genau diese Tatsache – dass der geliebte Mensch eben tot war. Als Trauerhelfer war Goldeck nie sonderlich talentiert gewesen. Im Gegenteil. Er war sensibel wie ein Backstein. Er konnte Vergewaltiger und Mörder zu Geständnissen zwingen, aber Trost spenden war noch nie eine seiner Stärken gewesen.

Er wollte sich den Sanitätern zuwenden, aber die erwachten gerade aus ihrer Schockstarre, sprangen in den Krankenwagen, bevor er es verhindern konnte, und brausten mit quietschenden Reifen davon, direkt über die Fläche, auf der vor fünf Minuten noch Vampire gebrannt hatten. Das waren doch Vampire gewesen? Oder Menschen? Hölle noch eins. Ihm blieb noch nicht mal ein Kennzeichen, das er überprüfen lassen konnte!

»Setzen wir uns in den Rasthof«, schlug Spooks vor, und Goldeck nickte zustimmend.

In der Gaststube schien wirklich niemand etwas von dem Geschehen auf dem Parkplatz mitbekommen zu haben. Absolut niemand. Goldeck sah keine panischen Gesichter, niemand schrie. Sie wurden noch nicht einmal mit schiefen Blicken bedacht, weil sie aussahen, als hätten sie sich im Kamin gewälzt. Weder von der Belegschaft noch von der Handvoll Gäste, die sich an den Tischen verteilten. Sie starrten allesamt stur vor sich hin. Auf ihre Teller, die Tische oder auf die Auslage, in der belegte Brötchen angeboten wurden.

Nancy steuerte die hinterste Nische an und setzte sich an den Tisch. Ihr Ehemann bedeutete Goldeck, ihm beim Kaffeeholen zu helfen. Die Bedienung stand kerzengerade und mit stumpfem Blick hinter dem Tresen, die Hand auf die offene Schublade der Kasse gelegt.

»Guten Tag«, grüßte Spooks. Die Angestellte zuckte nicht mal mit einer ihrer dicken Augenbrauen, die sich wie schwarze Raupen von der blassen Haut abhoben.

Goldeck beugte sich nach vorn und schnippte mit den Fingern vor ihrem Gesicht. »Guten Tag!«

Ihr Kopf zuckte zurück, ihr Blick klärte sich, und sie blinzelte. »Bitte verzeihen Sie. Was wünschen Sie?«

Goldeck musterte sie misstrauisch. Dieser leicht abwesende Blick hatte ihn an die vier Kumpane Etiennes erinnert, doch jetzt war der Eindruck verflogen. Sie lächelte ihn und Spooks zwar verwirrt, aber freundlich an.

Spooks rasselte mit monotoner Stimme die Bestellung herunter, und Goldeck reichte der Bedienung das Geld. Es war so surreal. Ein Mann war gestorben, und sie bestellten Kaffee! Aber das Ehepaar schien das nicht im Geringsten seltsam zu finden. Es war ja auch ihre Idee gewesen. Sollten die sich nicht vielmehr um eine Beerdigung Sorgen machen? Ach, verflixt und zugenäht. Eine Beerdigung ohne Leiche. Vielleicht realisierten sie auch den Tod ihres Freundes nicht und retteten sich in Banalitäten?

Sie stellten die Tassen auf ein Tablett, das Spooks anhob und an der Theke vorbeitrug.

»Es tut mir leid um Ihren Freund«, sagte Goldeck leise.

Spooks seufzte. »Es ist hart. Aber es ist noch nicht alles verloren.«

»Ach ja?«

»Ja, natürlich. Er hat uns alles erzählt. Deswegen sind wir ja hergekommen, um Paula zu retten.«

»Paula?«, wiederholte Goldeck stumpfsinnig. Wer zum Henker war Paula?

»Paula wurde von Ramina gebissen, genauso wie Doc von einem Vampir gebissen wurde. Die Toten werden zu Zombies, und die kann man angeblich wieder heilen. Zumindest behauptet das Ramina. Ich glaub, die vier Briketts da draußen waren auch Zombies.«

»Die Fledermaus?« Mit starrem Blick setzte sich Goldeck dem Ehepaar gegenüber und verteilte die Tassen.

Bewegungen, die ihn fast zum Schreien brachten. Nicht nur, weil seine Wunden schmerzten, sondern weil diese Tätigkeit so normal erschien. Das komplette Gegenteil von dem Wahnsinn, der sich vor nicht mal zehn Minuten auf dem Parkplatz abgespielt hatte. Wie, in drei Teufels Namen, konnten die beiden so ruhig bleiben? Hatten die das verpennt? War es für sie normal, dass Zombies ihnen fast den Schädel zerquetschten wie eine reife Orange? Doc schien mit seinem Irrsinn wirklich alle eingewickelt zu haben.

Spooks lächelte schief. »Sie haben sich da draußen wahrscheinlich mit Zombies geprügelt und glauben es immer noch nicht. Warten Sie bis Sonnenuntergang, dann werden Sie sehen, dass Ramina mehr ist als eine Fledermaus.«

Zu seiner Schande musste Goldeck gestehen, dass Spooks nicht zu viel versprochen hatte. Nancy besorgte sich bei der Kassiererin Verbandszeug, sogar Jod gab es hier. Davon tupfte sie etwas auf Goldecks Wunden und brachte damit einen gestandenen Kommissar fast zum Heulen. Die Binden wickelte sie großzügig um seine Hände, sodass er seine Finger kaum noch bewegen konnte. Die restliche Zeit bis zur untergehenden Sonne verbrachten sie in dumpfem Schweigen. Die Fledermaus hockte neben Nancy regungslos auf der Bank, die hin und wieder ein Schluchzen von sich gab, das sich stets dann verstärkte, wenn ihr Mann ihr tröstend die Hand auf den Arm legte. Die Dämmerung ließ den Himmel dunkler werden, und Goldeck stützte den Kopf auf die Hand. Ihm fielen fast die Augen zu. Doch eine Bewegung in seinem Augenwinkel ließ ihn hochschrecken. Die Fledermaus regte sich, raschelte mit den Flügeln, und die Luft um sie herum schien zu flimmern. Goldeck wollte seinen Augen nicht trauen. Statt einer Fledermaus saß auf der Bank eine Frau. Ihre schwarzen Haare fielen ihr in Locken über die Schultern. Ihre Augen waren von einem dunklen Braun, aber sie waren vom Weinen geschwollen. Ihre Nase war gerötet, und sie schniefte.

Konnte ihn bitte jemand kneifen? Diese Frau sollte die Fledermaus gewesen sein? Im Ernst? Kein Wunder, dass Doc den Eindruck gemacht hatte, völlig durch den Wind zu sein. Wie konnte man das auch nicht? Das war, als würde plötzlich ein Alien auftauchen und sagen ›Hi, ich besetze jetzt deinen Heimatplaneten. Übrigens, meine Armee besteht aus Kaninchen‹.

Vielleicht hatte das reizende Ehepaar ihm auch Halluzinogene in den Kaffee gemischt? Denen musste man alles zutrauen. Aber nein, der Kampf draußen war echt gewesen. Genauso wie die Tatsache, dass der Kerl Doc Murphy nicht nur gebissen, sondern umgebracht hatte. Fast wünschte sich Goldeck, es wäre ein Streich der versteckten Kamera. Aber nur fast. Denn lieber nahm er Doc Murphys Tod und die Existenz von Vampiren hin, als so geleimt zu werden.

Nancy legte den Arm um Ramina, drückte sie an sich und öffnete damit sämtliche Schleusen. Unkontrolliert begannen Raminas Schultern zu zucken, sie schluchzte, und wenn sie sich an einem Schluchzen verschluckte, hickste sie. Ein Geräusch, das nicht wie sonst unfreiwillig komisch war. Nein, es schnitt Goldeck tief ins Herz, diese Frau so weinen zu sehen. Was auch immer hier los war, er konnte es mit seinem logischen Verstand nicht mehr erfassen. Zu Goldecks Verwirrung gesellte sich noch ein anderes Gefühl – ein schlechtes Gewissen. Angenommen, das war alles echt

… Nach den Akten des Psychiaters war Doc wegen einer sprechenden Fledermaus zu ihm gekommen. Wahrscheinlich wegen *dieser* Fledermaus. Doc war nicht verrückt gewesen, er hatte wohl nur noch nie eine sprechende Fledermaus gehabt. Und Goldeck hatte ihn auch noch für verrückt erklärt und festgenommen. Und ihm damit die Möglichkeit genommen, rechtzeitig abzuhauen. *Er* war also schuld an Docs Tod.

Goldeck fuhr sich durch die Haare und zog leicht daran, aber es minderte den Schmerz in seinem Kopf nicht im Geringsten, geschweige denn, dass es den Knoten in seinem Magen lockerte. »Es tut mir leid, Ramina. Ich fürchte, ich bin an allem schuld.«

Ramina löste sich von Nancy und richtete zum ersten Mal ihren Blick auf Goldeck. Ihre Augen waren glasig, die feinen Äderchen in dem Weiß ihrer Augäpfel geplatzt.

»Wie kommen Sie darauf, *Monsieur*?« Der leichte französische Akzent war bezaubernd. Wie alt war sie? Mitte zwanzig? Kein Wunder, dass Doc sauer geworden war, als Goldeck ihn für ihren Onkel hielt.

Der Kommissar schob nervös die leere Tasse Kaffee auf dem Unterteller hin und her. »Ich habe ihm die Handschellen angelegt. Ohne mein Eingreifen hätte er noch fliehen können.«

Ramina schüttelte so heftig den Kopf, dass ihre Locken tanzten. »*Non*, kein Mensch kann fliehen vor Etienne und seinen Zombies.« Das letzte Wort würgte sie regelrecht hervor.

»Ich …«, setzte Goldeck zögernd an, »… ich helfe gern, wenn es eine Möglichkeit gibt, etwas für Doc zu tun.« Er konnte selbst kaum glauben, was er da von sich gab. Er zog ernsthaft die Möglichkeit in Betracht, dass man jemanden von den Toten wiedererwecken konnte? Völliger Unsinn! Obwohl ... Vampire, Zombies ... waren doch alles irgendwie auferstandene Tote.

»Doc hatte sehr viel mehr Schwierigkeiten, alles zu glauben«, stellte Ramina fest.

Goldeck wich ihrem Blick aus und hüstelte leise. »Nun ja, ich habe ihn auch nicht gerade ernst genommen und sein Arzt auch nicht.«

Warum wohl? Weil kein Mensch Vampire ernst nahm! Sie gehörten ins Reich der Mythen. Mehr noch, das, was Goldeck heute gesehen hatte, gehörte vor allem hinter Gitter. Was bildete sich dieser Etienne ein, unschuldige Menschen zu ermorden?

»Hat dieser Etienne auch die Verkäuferin getötet?«

Ramina legte den Kopf schief, verzog sinnierend den Mund, bevor sie nickte. »*Oui*, er hat sie getötet.«

Goldeck schlug auf den Tisch. »Um alles Doc in die Schuhe zu schieben. Typisch, Eifersucht – das ist sein Motiv. Sie sind seine Verlobte, und Sie wollten ihn nicht heiraten, also zerstört er Ihre neue Beziehung.« Goldeck beugte sich nach vorn. »Gut, wie können wir ihm helfen?«

Ramina senkte den Blick, und ihre Finger zeichneten wirre Muster auf die Tischplatte. »Meine Großmama weiß die Heilung für Zombies.«

»Und wo ist Ihre Großmutter?«, forschte Goldeck.

»Nun ... Zuerst dachte ich, sie ist in Jondershausen. Aber da war sie nicht ...«

Mist, verfluchter, Etienne hatte sich doch nicht an der alten Frau vergriffen?

»... mit der Hilfe anderer Fledermäuse habe ich herausgefunden, wo sie ist. Aber ich wollte noch nicht zu ihr. Ich habe Doc gesagt, ich wüsste nicht, wo sie ist. Ich wollte nicht weg von ihm, und jetzt bin ich an allem schuld. Er bereut wirklich den Tag, an dem er mich traf.«

Goldeck tätschelte unwillkürlich Raminas Hand. »Das bezweifle ich. Für mich sah er schwer verliebt aus ...«

Ramina schniefte und rollte die durchnässten Taschentücher zwischen den Fingern. »Aber ich weiß nicht, wo Etienne Doc hingebracht hat.«

»Vielleicht dahin, wo alle Zombies hingebracht werden. Um ihn schnellstmöglich für immer loszuwerden«, schlug Spooks vor, und seine Frau schnäuzte geräuschvoll in eine zerrissene Serviette.

»Dann wird er ihn zu einem von Seinen machen«, rief Ramina aus. Sie erhob sich hektisch, prallte mit den Knien gegen die Tischplatte, dass diese Risse bekam. Wow. »Wir müssen zu meiner Großmama. *Vite. Vite.* Wenn er einmal ihm gehört, ist jede Hoffnung verloren.« Sie stockte. »Dann ist das Feuer gnädiger.«

Kapitel 16

Tod der Unbegabten

Sterben hatte sich Doc irgendwie anders vorgestellt. Okay, das Sterben an sich enttäuschte ihn nicht, aber das Danach. Er war kein Christ, er glaubte weder an den Himmel noch an das Paradies. Im Grunde wusste er selbst nicht so recht, wie er sich das Jenseits vorgestellt hatte. Familie und verlorene Freunde wiederzusehen, das war eine schöne Vorstellung. Wieder auf die Seelen zu treffen, die eng mit der eigenen verbunden waren. Aber als die Schwärze wich, sah er nicht etwa seine geliebte Großmutter oder seine Eltern vor sich. Nein, er sah direkt in Etiennes übertrieben perfekt symmetrisches Gesicht. An der Behauptung, dass man nach dem Tod nichts mehr empfand, war übrigens auch nichts dran. Doc verspürte das unnachgiebige Verlangen, Etienne das zufriedene Grinsen aus der Visage zu schießen.

Und doch war etwas anders als vor seinem Tod. Er fühlte sich unendlich träge. Seine Gliedmaßen erschienen ihm schwer, klobig und unhandlich. Von daher war es gut, dass er auf einem Stuhl saß. Doc bezweifelte, dass er im Moment aufrecht stehen könnte.

Etienne hockte hinter einem Schreibtisch aus schwarzem, glänzend lackiertem Holz. Die Handflächen gegeneinandergepresst legte er das Kinn auf den Fingerspitzen ab und starrte Doc an. Dem kam inzwischen eine ganz andere Idee. Nein, er würde Etienne dieses triumphierende Lächeln nicht aus dem Gesicht schütteln, er würde sein Gehirn essen!

Allerdings müsste er dazu aufstehen, und das wiederum erschien Doc viel zu anstrengend. Toll, nach seinem Tod schaffte er es noch, wegen Faulheit zu verhungern. Überhaupt war Hirn eigentlich extrem widerlich. Allein der Gedanke verursachte in Doc leichte Übelkeit, allerdings war da auch ein unleugbarer Appetit.

Doc öffnete den Mund, doch aus seiner Kehle drangen nur unverständliche, grunzende Laute. Etiennes Grinsen wurde breiter. »Ah, willkommen im Leben nach dem Tode, Doc. Wie fühlen Sie sich?«

War die Frage sein Ernst? Docs außerordentlich eloquente Antwort bestand aus einem kehligen Ächzen.

Etienne legte den Kopf in den Nacken und lachte. »Ach ja, ich vergaß. Dein einziges Bedürfnis derzeit besteht darin, mir den Schädel einzuschlagen und mein Gehirn zu fressen.«

Das war wirklich eine ausgezeichnete Idee, nur war es Doc im Moment zu anstrengend, auch nur einen Finger zu heben.

Etienne griff nach einer leeren Weinflasche und schwenkte sie vor Docs Augen. »Pech für dich, dass ich den letzten Tropfen *Vino de la vida* einer entzückenden Rothaarigen gegeben habe. Aber es hat sich gelohnt.« Etienne strich sich versonnen über die Lippen. »Sie weiß wirklich, wie man einem Mann Vergnügen schenkt.«

Doc sah, wie sich Etiennes Lippen bewegten, er hörte auch die Worte, doch der Sinn kam offenbar nur mit mehreren Minuten Verzögerung bei ihm an. Zum Teufel, er war doch sonst nicht so langsam im Denken. Begann sein Gehirn schon zu verfaulen, oder was war los?

Etienne stellte die Flasche auf den Tisch. »Aber keine Sorge, Doc. Sobald die Ernte in zwei Tagen erfolgt ist, werde ich meinen Keller endlich wieder mit *Vino de la vida* füllen können. Es hat lang genug gedauert. Und dann bekommst du auch etwas davon ab, mein Bester. Wäre doch schade, dein Potenzial zu verschenken, nur weil Ramina ihre Nymphomanie an dir ausleben musste.«

Das hatte gestern noch ganz anders geklungen. Aber was wusste Doc schon. Er versuchte, seinen Arm zu heben, aber es funktionierte nicht. Er fühlte sich wie ein Sack Mehl. Festgeschnürt auf einem Stuhl. Ach ... deswegen konnte er sich nicht bewegen.

Etienne erhob sich, klopfte Doc auf die Schulter und wich rechtzeitig Docs instinktivem Beißen aus. Doch das kommentierte dieser Idiot nur mit weiterem vergnügtem Gelächter. »Du wirst schon noch früh genug ein Häppchen von mir bekommen, und dann werden wir auf ewig miteinander verbunden sein.«

Doc konnte sich nicht helfen. Selbst an Paulas Bett gefesselt zu sein, hatte ihn weniger beunruhigt.

»Ich weiß, dass sowieso nichts von dem, was ich dir erzähle, in deinem verwesenden Gehirn ankommt ...«

Ha, Doc hatte es gewusst, sein Gehirn vergammelte. Aber sein triumphierendes (und zugegeben rechthaberisches) Murmeln wurde auch nur wieder ein Grunzen.

Etienne drehte sich um, verschränkte die Arme hinter dem Rücken und starrte aus dem Fenster. Selbst Docs Bösewichte waren weniger klischeehaft. Der Typ hatte zu viele Filme gesehen. Welche Gehirne schmeckten eigentlich besser? Die von Intelligenten oder die von Dummen? Waren Intelligentere vielleicht eiweißhaltiger?

»Ich gebe zu, als ich dich das erste Mal traf, hielt ich dich für einen dieser mittelmäßig begabten Schreiberlinge, die ihre wenig intelligenten Storys an die breite Masse der

Dummheit verkaufen. Doch dann habe ich recherchiert und sogar eines deiner Bücher gelesen.«

Genau das war die Angst eines jeden Autors. Irgendwann in den Fängen eines verwirrten Fans zu landen und …

»Vorerst wirst du dazu dienen, Ramina von den Vorzügen einer Vermählung mit mir zu überzeugen. Doch dann werde ich dich keineswegs ins Feuer werfen. Ich denke, du bist der Richtige, meine Biografie zu schreiben. Schon bald wird die Welt allein auf mich und meine Anweisungen hören, und dann sollen sie wenigstens lesen können, mit wem sie es zu tun haben. Zumindest die, die noch denken können. Eine Welt, allein bestehend aus Zombies, wäre nett, aber auf Dauer doch recht langweilig. Ein paar Menschen werde ich mir zu meiner Belustigung, und natürlich auch zu meiner Verköstigung, halten.«

Docs Stöhnen wurde zu einem Gurgeln. Er hatte es geahnt. Deswegen verriet er in Smalltalks ungern seinen Beruf. Die Menschen besaßen selbst unglaublich viele Ideen für Bücher, und nicht einmal ein Prozent davon war so ungewöhnlich, wie der Erfinder glaubte. Aber sie hatten alle eines gemeinsam: Sie drängten Autoren liebend gern ihre Ideen auf und vergaßen, dass es, verflucht noch mal, kein Spaziergang war, ein verdammtes Buch von dreihundert Seiten zu schreiben!

Wenn man zehn Kundenbriefe oder Rechnungen schrieb, verlor man zwischendurch auch die Lust und musste sich durchquälen. Nur konnte man da die Richtigkeit jederzeit überprüfen. Beim Schreiben gesellten sich Selbstzweifel, Alkoholismus und das Verlangen, alles anzuzünden, hinzu.

Er würde einen Teufel tun und Etiennes Biografie schreiben. Da fraß er lieber sein eigenes Gehirn. Doc öffnete den Mund, um zu protestieren und noch ein paar Beschimpfungen herauszubrüllen, doch das ›Woar‹ war irgendwie nicht so geplant.

Etienne fuhr zu ihm herum und trat auf ihn zu. Er stützte sogar die Hände auf Docs Armlehnen ab und starrte ihm forschend in die Augen. »Kannst du mich etwa verstehen?«

Leider viel zu gut, aber Doc war sich nicht sicher, ob er ihm das sagen sollte. Außerdem verstärkte Etiennes Geruch das abscheuliche Verlangen nach dessen Gehirn.

Etiennes Mundwinkel zuckte, er richtete sich wieder auf und tätschelte ernsthaft Docs Wange. »Natürlich kannst du mich nicht verstehen. Etwas anderes ist schlichtweg unmöglich. Das ist der Vorteil an ungeheilten Zombies. Sie sind zu dumm zum Denken.«

Aber nicht dumm genug, um Etiennes Biografie zu schreiben!

Kapitel 17

Und Wein ist doch eine Lösung

Manche Dinge waren einfacher gesagt als getan. Ihnen blieb die Wahl zwischen einem völlig übermüdeten Kommissar, einem Fahrer, der immer noch unter dem Schock des Todes seines Freundes stand, Nancy schluchzte unkontrolliert, und Ramina besaß keinen Führerschein. Sie waren allesamt fahruntüchtig, aber unter Raminas flehendem Blick setzte sich Goldeck an das Steuer seines Polizeiwagens. Nach Raminas Beschreibung fuhr er erst eine Landstraße entlang und bog dann auf einen Weg ab, der für seinen Autotyp nicht gemacht war. Hier brauchte man eigentlich einen Geländewagen.

Sie schaukelten im Schritttempo über den Pfad, folgten Kurven, die nicht mal mehr dem Vergleich mit einem Nadelöhr standhielten, und schlichen an Abgründen vorbei, bei denen es Goldeck den Magen umdrehte. Immer höher schraubten sich die Serpentinen, und er war heilfroh, als Ramina ihn von der kurvenreichen Bergstraße weglotste und einen noch schmaleren Weg entlangschickte. Aber wenigstens führte dieser über eine halbwegs ebene Fläche. Sie erreichten einen Wald, die tiefhängenden Äste der Bäume streiften den Wagen, und ihre Scheinwerfer tanzten durch das Dunkel des Hains.

Endlich verbreiterte sich der Weg, und vor ihnen erhob sich eine alte Burg. Die hohen Mauern waren zum Teil eingefallen, aber der Torbogen über der Einfahrt sah stabil genug aus, sodass Goldeck es wagte, den Wagen hindurchzulenken.

Er stoppte vor einer Baumreihe, und eine ältere Dame stürzte auf sie zu. Goldeck hatte noch nie eine Frau getroffen, auf die die Beschreibung ›altes, hutzeliges Weib‹ so zutraf. Doch sie trippelte mit kleinen Schritten auf den Wagen zu und schrie begeistert auf, als Ramina die Autotür aufdrückte und ihr in die Arme fiel.

»*Ma chére*, Ramina.«

»*Grand-mère*[24]! Es geht dir gut!«

»Wie lange ist es her? Hundert Jahre?«

Ähm, bitte, was? Hundert Jahre?

Das hieß ja, dass Ramina mindestens ein ganzes Jahrhundert erlebt haben musste, und dafür sah sie eindeutig zu jung aus. Vor Schreck drückte Goldeck noch einmal auf das Gas. Der Wagen sprang vor, doch ehe er gegen einen Baum krachte, würgte Goldeck den Motor ab.

»Du musst uns helfen«, rief Ramina aus.

Goldeck war froh, dass sie die deutsche Sprache wählte, seine Französischkenntnisse beschränkten sich nur auf die Kaffeebestellung. Ramina deutete erst auf ihn, dann auf Familie Spooks, stellte sie vor und brach schließlich in Tränen aus. Ihre Großmutter strich ihr über die Haare und führte sie zu dem hohen Gebäude. Goldeck stemmte die schwere Eingangstür auf, und sie traten in einen steinernen, zugigen Flur. Ihre Schritte und Raminas Weinen hallten in den langen Fluren, bis sie einen riesigen Saal erreichten, der wie ein Wohnzimmer ausgestattet war. Links von ihnen hing eine überdimensionale Leinwand, an die ein Beamer einen Film projizierte. Mehrere Personen in Superheldenanzügen sprangen, rannten oder flogen über

---

24 Großmutter

die Bildfläche und prügelten sich mit ihren Gegnern. Gute Güte, eine solche Technikaffinität und Filmwahl hätte er einer so alten Dame überhaupt nicht zugetraut.

»Was ist geschehen? Mein liebes Kind.« Raminas Großmutter zog sie auf ein Sofa und wiegte ihre Enkelin in den Armen. Spooks kratzte verlegen mit dem Fuß über den Boden, während sich seine Frau mit einem Seufzen in einen der Sessel fallen ließ und die Augen schloss.

Raminas Großmutter winkte in die Ecke des Zimmers, und heraus trat ein blasses Mädchen, das eine schwarze Bluse, einen Rock derselben Farbe und eine weiße Schürze trug.

»Bitte sagen Sie ihr, was Sie trinken möchten.«

»Was Starkes«, stöhnte Nancy. Ihr Ehemann nickte eifrig.

»Kaffee, wenn es möglich ist«, bat Goldeck. Er brauchte jede seiner Gehirnzellen. Sie sich jetzt mit Alkohol zu betäuben, war zwar eine verlockende Vorstellung, aber das brachte Doc nicht zurück. Der Himmel steh ihm bei, dass er überhaupt darüber nachdachte. Der Kerl hatte ihm mehr Ärger beschert als ein Drogenring der Mafia. Goldeck musste zugeben, dass er mit der Mafia noch nie etwas zu tun gehabt hatte, höchstens mit kleineren Drogendealern. Doc war sein erster großer Mordfall gewesen, und ausgerechnet dieser artete in einer Katastrophe aus. Er verlor seinen vermeintlichen Täter nicht nur ständig, jetzt war er auch noch tot! Wegen ihm.

Das Mädchen verschwand, und Ramina schluckte ihre Tränen so weit hinunter, dass sie wieder sprechen konnte. »Etienne hat den Mann meines Lebens gebissen.«

Der Blick ihrer Großmutter wurde weicher und mitleidiger. Ramina schluchzte noch lauter. »Er ist jetzt ein Zombie, und er hat ihn mitgenommen.«

Goldeck war ein klein wenig stolz auf sich. Bei dem Wort ›Zombie‹ spürte er diesmal keinen Stich im Gehirn wie bei einem Schlaganfall.

Raminas Großmutter wiegte den Kopf. »Ein wenig kannst du ihm helfen.« Sie ließ Ramina los und trat auf eine riesige Wand zu, die komplett aus Holzbohlen zu bestehen schien. Sie steckte den Finger in ein Astloch, und die Wand teilte sich. Goldeck traute seinen Augen kaum. Die Holztüren offenbarten ein halbes Dutzend Maschinenpistolen. Oder nein, keine richtigen Maschinenpistolen. Sie sahen aus wie die Dinger, mit denen man sich beim Paintball gegenseitig abknallte. Goldecks Begeisterung sank in sich zusammen. Sollten sie diesen Vampir und seine Zombiearmee mit Farbbällen beschießen?

Raminas Großmutter bückte sich und hob eine Flasche auf. »Erinnerst du dich an Etiennes Weinkeller?«

Ramina hickste. »Wie könnte ich das vergessen? Alles hat damit angefangen.«

Raminas Großmutter wandte sich mit einem feinen Lächeln an Goldeck und die Spooks. »Etienne ist der Enkel meines Bruders. Eigentlich sind wir nur eine ganz normale Vampirfamilie. Oder wir waren es. Wir lebten lang, aber nicht ewig, alterten langsam, und meistens waren wir sogar recht zufrieden. Bis mein Vater nicht etwa eine Vampirin oder eine Menschenfrau zur Gemahlin nahm, sondern eine waschechte Hexe. Seither hat jede Frau in der Familie magische Fähigkeiten, mal ausgeprägter, mal weniger ausgeprägt. Etienne reichte das Geld seiner Familie nicht. Er wollte ebenso mit Magie wirken können wie Ramina oder ich. Wenn eine magisch begabte Hexe aus unserer Familie einen Mann heiratet, teilt sich ihre Macht auf beide auf. Damit sie einander ebenbürtig werden. Ramina zu heiraten kam also nicht nur ihrem unfähigen Vater zugute, der sein Geld nicht zusammenhalten konnte, sondern auch Etienne. Die beiden heckten die Verlobung aus, und Ramina hatte noch nicht mal etwas dagegen. So weit, so schön. Leider wurde Etienne etwas … wie sagt man? Größenwahnsinnig. Er war nie dafür, die gebissenen Menschen zu verbrennen, damit die Zombies nicht irgendwann die gesamte Menschheit überrennen. Er nannte es Verschwendung von Potenzial. Also tat er etwas, das auf den ersten Blick edel wirkt. Er fand ein Heilmittel für die blutleeren Toten. Wenn sie einen Tropfen des *Vino de la vida* zu sich nahmen, dachten und bewegten sie sich wie normale Menschen. Sie aßen sogar wieder normal. Gut, sie hatten eindeutig eine Vorliebe für Innereien, aber man konnte sie als halbwegs resozialisiert betrachten. Nur fehlte ihnen ihr eigener Wille. Sie gebärdeten sich zwar wie Menschen, sie waren ungefährlich, aber sie standen nutzlos in der Gegend herum. Sie gingen nicht nach Hause, nicht zur Arbeit. Sie aßen nicht selbstständig, sondern verhungerten. Etienne fand heraus, wie er ihnen seinen Willen eingeben konnte.«

»Er kann ihnen seinen Willen eingeben?«, wiederholte Goldeck verwirrt.

»Genau.« Raminas Großmutter lächelte. »Sehen Sie.«

Sie winkte dem Dienstmädchen, das gerade das Tablett mit den Getränken auf dem Tisch abstellte. Wie ein Hündchen trat es näher an Raminas Großmutter heran. Diese beugte sich nach vorn, sah ihr fest in die Augen und sagte: »Gacker wie ein Huhn.«

Zu Goldecks Entsetzen wurden die Augen des Mädchens noch glasiger, als sie ohnehin schon waren. Sie stemmte die Hände unter ihre Achseln und begann zu gackern.

Schlimmer noch, sie hüpfte durch den Raum und wackelte mit ihren ›Flügeln‹.

»Hören Sie auf damit, das ist ja schrecklich«, rief Goldeck aus.

Ramina wischte sich traurig die Tränen vom Gesicht. »*Oui*, es ist schrecklich. Er kann Doc seinen Willen eingeben. Doc muss dann jedem seiner Befehle gehorchen. Weil Etiennes Wünsche zu seinen werden.«

»Der einzige Grund, warum Etienne mit seiner ferngesteuerten Zombiearmee noch nicht die Welt überrannt hat, ist, dass ausgerechnet Ramina versehentlich seinen gesamten Vorrat an *Vino de la vida* in Essig verwandelt hat. Es existieren nur noch zwei Flaschen. Etienne hat eine, und ich«, sie hielt die Flasche hoch, »habe die andere.«

»Also müssen wir ihn bei Etienne rausholen und herbringen?«, fragte Goldeck. Er zog ein Taschentuch aus seiner Hose und wischte sich über die Stirn. Das alles verwandelte sich langsam aber sicher in das Abenteuer seines Lebens. Wie sollte er das in einem Bericht zusammenfassen? Seine Vorgesetzten würden ihn zum Psychiater schicken, und dann durfte er nur noch am Schreibtisch sitzen und Akten abheften.

»Ich bezweifle, dass es so einfach ist.« Raminas Großmutter winkte ab. »Er wird die meisten seiner Geschöpfe behalten haben, und gegen eine solche Armee kommen wir zu fünft nicht an.«

»Zu fünft«, wiederholte Goldeck überrascht. »Meinen Sie …«

»Natürlich.« Raminas Großmutter klatschte in die Hände. »Glauben Sie, ich lasse mir den Spaß entgehen?«

Sie stellte die Flasche auf den Tisch und zog aus ihrem Geheimschrank ein Glas voller Murmeln. »Wir müssen den

Wein in die Kugeln füllen. Wenn man den Zombies die Kugeln in den Mund schießt, unterwerfen sie sich Raminas Willen.«

»In den Mund schießen«, echote Spooks.

»Ja, das ist einfach. Die meisten Zombies laufen mit offenem Mund herum.«

Goldeck konnte es Spooks nicht verübeln, dass er Raminas Großmutter mit einem solchen offenen Mund anstarrte. Es ging ihm ja selbst nicht anders. Bei der alten Frau klang es, als würde sie mit 90 Jahren noch mal an einem Paintball-Spiel teilnehmen. Vielleicht hatten ihr die unrealistischen Filme die eingerosteten Synapsen verbogen? Auf der Leinwand ballerte gerade auch jemand wild um sich.

Ramina schien ähnliche Zweifel zu hegen. Sie schniefte immer noch, wischte sich die Tränen fort, aber es traten unablässig neue aus ihren Augen.

Ihre Großmutter strich ihr über die Haare. »Ich weiß, *mon enfant*[25]. Ich teile deinen Schmerz. Es hat einen faden Nachgeschmack. Er muss deinem Willen unterliegen, es gibt keinen anderen Weg. Es sei denn, du willst ihn bei Etienne lassen oder ihn dem Feuer übergeben.«

»Dem Feuer übergeben?«, hauchte Nancy entsetzt.

Ihr Gatte ließ den Kopf hängen. »Es würde mich wundern, wenn es ein Zombie schafft, sich aus Asche wieder zusammenzusetzen.«

Goldeck lief ein Schauer über den Rücken. Ein zweites Mal sterben zu müssen verdiente niemand. Doch was war besser? Der endgültige Tod oder von dem Willen eines anderen abhängig zu sein, und sei es von der Frau, die einen

---

25 mein Kind

liebte? Goldeck wusste die Antwort für sich, und er bezweifelte, dass Doc es anders sehen würde. Der Tod war besser, als nie wieder eine eigene Entscheidung treffen zu können.

»Wollen Sie das wirklich tun?«, fragte Goldeck gepresst.

Ramina strich sich die wirren Strähnen aus dem Gesicht. »Ich kann ihn doch nicht dort lassen.«

Das war wohl wahr. Wer wusste, was dieser Etienne mit Doc anstellte. Macht über das Wohl und Wehe eines anderen zu besitzen, brachte die schlimmsten Züge der menschlichen Seele zum Vorschein. Erst recht bei einem Kerl wie Etienne.

Raminas Großmutter räusperte sich. »Wir brauchen nur ein wenig Hirnwasser von Ramina.«

Sie tat doch jetzt nicht das, was Goldeck befürchtete, oder? Die alte Frau bückte sich vor den Schrank, holte eine Schatulle heraus und öffnete sie. Darin lag eine Spritze mit einer langen Nadel. Der Kommissar schluckte. Hirnwasser konnte man aus dem Rückenmark entnehmen. Allein der Gedanke würde Goldeck zum Rennen bringen, aber Ramina seufzte nur. Sie angelte nach dem Reißverschluss am Rücken, und Goldeck war froh, dass ihr entblößter Anblick eine Ausrede bot, ihr den Rücken zuzuwenden.

Er drehte sich lieber Spooks zu. Dieser starrte an ihm vorbei und verfolgte das Geschehen mit verzerrtem Gesicht. »Ich würde mir ums Verrecken nicht mit einer solchen Nadel in den Rücken stechen lassen.«

Goldeck kratzte sich an der Stirn. »Auch nicht, wenn es um Ihren Freund geht?«

»Gut, dann eben doch«, murmelte Spooks und deutete hinter Goldeck. »Sie können wieder hinsehen.«

Vorsichtig drehte sich Goldeck um. Ramina zog den Reißverschluss hoch, und ihre Großmutter drückte den Inhalt der Kanüle in die Weinflasche. Dann gab sie jedem eine Spritze und eine Handvoll Murmeln. Die Lippen aufeinandergepresst, zog Ramina ihre Spritze auf und durchstach damit das wabbelige Gewebe der Kugeln, um einen Tropfen darin zu platzieren.

Bald hockten sie alle neben dem Tisch, während das Dienstmädchen noch wie ein aufgescheuchtes Huhn um sie herumtanzte. Doch auch sie wurde bald ruhiger, nur ihr Kopf ruckte ab und zu nach vorn, als würde sie etwas picken wollen.

»Könnten Sie ihr bitte sagen, sie soll damit aufhören?«, bat Goldeck. Ihr Anblick brach ihm das Herz. Dieses Schicksal sollte Doc bevorstehen? Vielleicht war es doch besser, ihn endgültig sterben zu lassen.

Doc mochte das Leben nach dem Tod nicht. Es war zum Kotzen. Dabei war er nicht einmal sicher, ob er überhaupt noch seinen Mageninhalt von sich geben könnte. Und wenn ja, dann sollte er wohl sparsam damit umgehen. Schließlich wollte er nicht noch mehr Appetit auf Hirn entwickeln. Es sei denn, man servierte ihm dasjenige dieses Schwätzers auf dem Silbertablett.

Es war unmöglich, Etienne auszublenden und einfach stupide vor sich hinzustarren. Erst recht nicht, als der einem offenkundigen Lakaien befahl, die Riemen zu lösen, die Doc an den Stuhl banden, und ihm beim Aufstehen zu assistieren. Docs Gliedmaßen schienen aus Pudding zu bestehen. Er ging so gebückt, als wäre er mindestens hundert Jahre alt. Sein Handlanger streckte Docs Arme nach vorn, das half immerhin, einigermaßen das Gleichgewicht zu halten.

Etienne lachte jovial. »Dein Anblick ist so erbärmlich. Ramina wird alles tun, um dich von diesem Schicksal zu erlösen. Sie wird mit Freuden meine Frau werden und mir ihre Macht schenken, wenn es mich davon abhält, mir von dir die Stiefel lecken zu lassen.«

Nur mit Mühe konnte sich Doc verkneifen, die Hände zu Fäusten zu ballen. Etienne wurde immer dann misstrauisch, wenn Doc zu viele Reaktionen zeigte, die man auf Etiennes Worte beziehen konnte. Der Kerl schien davon auszugehen, dass Doc überhaupt nichts mehr mitschnitt. Entweder hatte Etienne keine Ahnung von Zombies oder er hatte bei Docs Verwandlung etwas versaut.

Während Etienne sich auf ein Hoverboard stellte, wankte Doc ihm mehr oder weniger zielsicher hinterher. Seit wann war er so schlecht darin, Kurven zu berechnen? Den Stuhl riss er um, am Türrahmen blieb er hängen, aber als er Etiennes zufriedenes Grinsen bemerkte, taumelte Doc mit voller Absicht gegen die nächste Wand. Sollte der Kerl ruhig denken, Doc hätte sein Gehirn bei dem Biss verloren. Dann konnte er sich in Ruhe nach einem Fluchtweg umsehen. Etienne rollte voran und fuhr eine hölzerne Rampe hinunter. Doc folgte ihm mühsam. Bevor er floh, musste er sich unbedingt wieder das schnelle Laufen antrainieren. Selbst tote Muskeln konnte man reaktivieren. Vielleicht konnte er heimlich ein wenig joggen.

Jetzt war er froh, dass er die Rampe hinunterkam, ohne auf die Nase zu fallen. Und erst an deren Fuße konnte er sich auf den Raum konzentrieren, der vor ihm lag. Es handelte sich um eine riesige Halle, aber die gemauerten Wände und der Stuck daran ließen eher auf ein altes Schloss schließen, das man notdürftig umfunktioniert hatte. In Reih und Glied standen dort Menschen mit blassen Gesichtern, tiefen Augenringen und glasigen Blicken. Ihre Augäpfel zuckten wild, manche lehnten sich nach vorn, als wollten sie loslaufen. Aber Doc sah auch, was sie davon abhielt. Kurze Ketten wanden sich um ihre Knöchel und endeten im Boden, hielten sie so an Ort und Stelle.

Langsam schlurfte Doc an ihnen vorbei, bemüht, halbwegs mit dem rollenden Etienne Schritt zu halten.

»Wenn der neue Wein endlich da ist, wird das meine Armee«, rief dieser begeistert, bevor er sich selbst an die Stirn schlug. »Was erzähle ich dir das, du verstehst es ja doch nicht. Aber hey, so kann ich schon mal die richtigen Worte üben, wenn du mich für die Biografie interviewst.«

Pah, sollte er es schaffen, Doc zu dieser vermaledeiten Biografie zu zwingen, würde er sich nur auf seltsame Familienbeziehungen und abstoßende sexuelle Vorlieben konzentrieren, darauf konnte Etienne Gift nehmen!

Aber nicht jetzt. So unauffällig wie möglich hielt Doc nach dem Ausgang Ausschau. Doch jede verfluchte Tür wurde von Menschen bewacht, die zwar ebenso tumb wie Zombies wirkten, sich allerdings wesentlich zackiger bewegten. Jeder Einzelne verneigte sich vor Etienne, als dieser vorbeirollte.

Doc kam eine schreckliche Erkenntnis. Das waren die Zombies, die noch den Wein bekommen hatten. Sie gehorchten Etienne aufs Wort. Als dieser nach neuen Batterien für sein Board brüllte, stürzten sie in einem wilden Chaos aus Beinen und Armen übereinander, bemüht, den armseligen Wettbewerb zu gewinnen. Etienne musste einen

Namen bellen, diesen losschicken und alle anderen auf ihren Posten zurückbeordern. Erst dann kehrte wieder Ruhe ein. Genauso würde es Doc ergehen, wenn die Weinlese vorbei war und Etienne ihm das verfluchte Zeug eingeflößt hatte. Dann würde ihm Doc wirklich die Stiefel lecken, weil es der Wein so wollte.

Verdammt, er musste unbedingt vorher hier raus. Doc wusste nicht, ob seine Knie zitterten. Er folgte Etienne, aber er konnte nicht verhindern, für einen Moment aus der Rolle zu fallen. Dort, in der zweiten Reihe, nur ein paar Meter von ihm entfernt, stand Paula und stierte in die Ferne. Doc ächzte, seine Glieder zuckten in ihre Richtung. Er wollte zu ihr, ihr versichern, dass alles wieder in Ordnung kam. Vielleicht wollte er auch ein wenig ihr Gehirn anknabbern, nur kosten!

Schnell starrte er wieder auf Etienne und schlurfte auf diesen zu. Dessen misstrauischer Blick wich daraufhin dem Bedürfnis, Docs zittrigen Fingern auszuweichen. Was wohl besser war. Denn Doc fragte sich gerade, ob Etiennes Gehirn so saftig und weich wie ein Pfirsich war.

»Du bekommst einen exklusiven Platz, mein Lieber«, verkündete Etienne spöttisch. Der Lakai schubste Doc zu einer kleinen Plattform, bückte sich und fesselte Docs Knöchel genauso wie bei den anderen. Mist verfluchter, so kam er hier doch nicht weg.

Neben seinem Platz stand ein Stuhl, der an einen Thron erinnerte. Oder an die Toilette eines durchgeknallten Milliardärs. Mit einem zufriedenen Schnaufen ließ sich Etienne darauf nieder. »Ich nehme an, dass Ramina von der Südseite kommen wird. Wäre doch schade, wenn sie dich am Kragen packt und wegzerrt, bevor der Spaß so richtig beginnt.« Etienne sah auf seine Uhr. »Ich denke, sie werden bald hier sein.«

Gott im Himmel, hoffentlich irrte sich der Kerl. Das Letzte, was Doc wollte, war, dass der Kerl Ramina zu fassen bekam. Doc wollte die Arme heben, die Hände an Etiennes Kopf legen und zudrücken, bis der Kerl vor Schmerz heulte. Die erbärmliche Wahrheit war, dass er es nicht konnte. Er fühlte sich unendlich müde. Wenn das die Hölle war, war er echt am Arsch.

Kapitel 18

Anbiss ist die beste Verteidigung

Wie sich herausstellte, wusste Raminas Großmutter besser über Etienne Bescheid als jeder Geheimdienst.

»Ich kann Ortungszauber«, sagte sie bescheiden, und die Gräben in ihrem Gesicht vertieften sich beim Lächeln.

»Kann ich Sie anrufen, wenn wir mal wieder einen Verbrecher fangen müssen?«, fragte Goldeck hoffnungsvoll. Bedauerlicherweise winkte die alte Frau nur lachend ab.

Sogar die Polizei von Selbernheim wurde gelegentlich ungebeten von einem Medium mit Hilfe bedacht. Allerdings konnte die noch nicht mal die Kartoffeln in ihrem Keller finden.

Das einzige Problem war, überhaupt lebend bei Etiennes Festung anzukommen. Raminas Großmutter schlug vor, mit ihrem Wagen zu fahren. Hätte er nur nicht zugestimmt! Goldeck wusste nicht, was Raminas Großmutter anstatt Benzin tankte, auf jeden Fall würde man diesen Wagen in Deutschland beschlagnahmen und zur Sicherheit auch noch verschrotten. Sie rasten die Serpentinen entlang, als gäbe es ein Rennen zu gewinnen. Das Rennen um Doc Murphys Schicksal. Aber wenn sie in einer Kurve die Leitplanke verfehlten und in den Abgrund preschten, war dem auch nicht geholfen. Goldeck klammerte sich am Panikgriff fest, die Knöchel weiß wie die Gesichter der Spooks. Er stöhnte, als sie eine weitere Leitplanke entlangschrammten.

»Huch«, machte Raminas Großmutter und lenkte den Wagen wieder ein Stück der Bergwand zu. Durch die Heckscheibe sah Goldeck, wie die demolierte Leitplanke über den Rand kippte und in die Tiefe stürzte. Goldeck drehte sich schnell erneut nach vorn und versuchte, die aufsteigende Panik wegzuatmen. Raminas Großmutter musste man unbedingt den Führerschein entziehen! Die alte Frau fuhr schlimmer als eine Handvoll Betrunkene, die sich in einem Volvo um das Lenkrad prügelten.

Goldeck dankte jedem seiner Schutzengel, als sie endlich mitten im Wald zum Stehen kamen. Er warf sich gegen die Tür, fiel mit dem Kopf voraus in weichen Farn und kletterte aus dem Wagen.

»Nie wieder ...« Er keuchte. »Nie wieder ...«

»Normalerweise braucht man für die Strecke fünf Stunden«, verkündete Raminas Großmutter, die ebenfalls ausstieg.

Spooks ächzte. »Und wie lange haben wir gebraucht?«

Unter der hellen Schminke schimmerte sein Gesicht grünlich.

Raminas Großmutter schlug einen Ast weg, der in ihre Frisur stach. »Eine Stunde und sechsundzwanzig Minuten.«

Oh Gott ... Goldeck lehnte sich gegen den Wagen und stützte die Hände auf den Knien ab. Er musste unbedingt wieder zu Atem kommen. »Wie ... wie ... wie gehen wir vor?«

»Ich wäre ja dafür, einen Schritt vor den anderen zu setzen«, stichelte Raminas Großmutter. Für Goldecks Geschmack grinste die viel zu breit. Es ging hier darum, einen Menschen zu befreien! Verfluchte Hölle! Und die alte Dame führte sich auf, als wären sie auf einem Tagesausflug nach Disneyland. Die Einzige, die tatsächlich besorgt aussah, war Ramina. Sie streckte Goldeck eine handgezeichnete Skizze hin. »Die habe ich vorhin gemacht. Das ist das, woran ich mich in Etiennes Haus noch erinnern kann.«

Goldeck betrachtete die schiefen Linien, kaum ein Zentimeter war gerade. Sie hatte beim Zeichnen gezittert, aber es war wirklich eine gute Darstellung. Sie zeigte den Waldrand, der nur an einer Seite bis an die Mauern des Gebäudes reichte. Auf den anderen Seiten war zu viel Fläche, auf der man sie sehen würde, wenn sie aus der Baumgrenze heraustraten.

»Am besten greifen wir von der Südseite an«, verkündete Goldeck, legte den Plan auf das Autodach und strich ihn glatt. »Hier reichen die Bäume am weitesten an das Gebäude heran. In deren Schutz können wir einbrechen und alles wegballern, was uns in den Weg läuft.«

Nancy kicherte. »Sie meinen wohl füttern.« Sie saß als Einzige noch im Wagen, kerzengerade und den Blick starr geradeaus gerichtet. Ihr Lachen klang hohl. Goldeck warf ihr einen besorgten Blick zu. Sie hielt ihr Gewehr in ihrem Schoß wie einen Damenschuh. Ihr betont fröhliches Lächeln wurde von dem festen Griff ihrer Finger um den Gewehrlauf Lügen gestraft.

»Sie können auch hierbleiben«, schlug er vorsichtig vor.

»Nichts da. Wenn mein Mann dort hineingeht, mache ich das auch. In guten wie in schießwütigen und völlig wahnwitzigen Zeiten.« Jetzt kam Leben in sie. Ihre zitternden Hände fuhren in ihre Jacke, zogen eine silberne Flasche hervor, aus der sie einen Schluck nahm. Diese Frau trug einen Flachmann mit sich herum, und sie bot ihm nichts an! Sie schloss genießerisch die Augen, bevor sie die Flasche zuschraubte und zurück in die Innentasche steckte. Das Gewehr fest in der Hand stieg sie aus dem Wagen und starrte Goldeck entschlossen an, das Kinn störrisch vorgereckt. Ihr Mann küsste sie liebevoll auf die Wange. Man könnte ihn beneiden, wenn sie nicht alle so kurz davor stünden, in ihr Verderben zu rennen. Zwar sollten die unbehandelten Zombies motivationslos durch die Gegend schlurfen, aber die Flasche von Raminas Großmutter war voll gewesen. Wie stand es um diejenige von Etienne? War die leer, und wenn ja, wie viele von diesen behandelten Zombies lauerten hinter den Türen dieses Anwesens?

»Ich mach uns die Tür auf«, verkündete Raminas Großmutter und stiefelte voraus.

Goldeck folgte ihr und verhedderte sich prompt im Geäst störrischer Büsche. Immer noch besser als ein gut besuchter Wanderpfad. Hier liefen sie hoffentlich niemandem über den Weg. Er hätte Verstärkung holen sollen, aber mit welcher Begründung? ›Hier gibt es ein paar Zombies zum Festnehmen. Vergesst den Wein nicht!‹ – Spitzenaussage. Zumal er sich auf fremdem Hoheitsgebiet befand, weitab von seinem Zuständigkeitsbereich. Er hatte hier niemandem etwas zu befehlen.

Schritt für Schritt schlugen sie sich durch das Unterholz. Das Gewehr wog zunehmend schwerer auf seinem Rücken, und jeder von ihnen atmete erleichtert auf, als sie die Baumgrenze erreichten. Goldeck winkte den anderen, und im Schutz der Bäume umrundeten sie das große Anwesen.

Die Mauern waren gut zehn Meter hoch. Auf drei Seiten gab es jeweils einen hohen Turm, doch nirgends ein Anzeichen von Leben. Goldeck kniff die Augen zusammen, konzentrierte sich, doch weder auf den Zinnen noch auf den Türmen sah er Wachen, geschweige denn überhaupt einen Menschen, Vampir oder Zombie. Allein die Bezeichnungen nur zu denken, ließ Goldeck schaudern, aber er würde nicht weichen! Erst mit Doc, entweder im Stück oder in der Urne!

Sofern er überhaupt hier war. Wenn Etienne von hier aus versuchte, die Weltherrschaft an sich zu reißen, sollte man doch meinen, dass er wenigstens einen Portier besaß, der sich draußen die Beine in den Bauch stand und fragte, warum man so unhöflich war, mit vorgehaltener Waffe hereinspazieren zu wollen. So würde Goldeck es zumindest halten, aber was wusste schon ein kleiner Polizeibeamter, wie sich Meisterverbrecher zu verhalten hatten.

»Vielleicht haben wir uns geirrt, und er ist nicht hier«, sagte Goldeck leise.

»Non, non, er ist hier«, beharrte Raminas Großmutter. »Der feige Hund versteckt sich und stellt sich tot.«

Goldeck wünschte, er könnte das auch. Dann würde er unter der Armee Zombies, die sie vielleicht erwartete, nicht auffallen.

Am Südeingang war genauso wenig los wie an den anderen. Er konnte nicht einmal Kameras entdecken. Vielleicht war das eine Falle. Vielleicht sogar eine mit Sprengstoff. Konnte er es verantworten, alle dort hineinlaufen zu lassen? Er wollte schon etwas sagen, aber auf ihn hörte ohnehin niemand. Ramina rannte, gefolgt vom Ehepaar Spooks, auf das große Portal zu. Raminas Großmutter hob die Hand, ein Windstoß fegte über sie hinweg und krachend schlugen die hölzernen Flügeltüren nach innen auf. Jetzt gab es auch für Goldeck kein Halten mehr. Er blieb nicht wie ein Feigling zurück!

Ohrenbetäubendes Dröhnen unzähliger Stiefel empfing ihn in der riesigen Halle. Wie perfekt ausgerichtete Spielfiguren standen dort Hunderte Zombies. Und sie bewegten sich alle mit einem plötzlichen Ruck nach vorn. Über die tumbe, langsame Masse schwangen sich weitere Männer und Frauen hinweg, die wesentlich schneller und agiler waren. Die, vor denen Goldeck wirklich Befürchtungen hegte.

Raminas Großmutter schwang sich auf ein Geländer, setzte sich dort hin und legte das Gewehr an. Mit beneidenswerter Ruhe schoss sie jedem, der auf sie zuwankte, eine der Weinkugeln in den Mund.

Es war egal, ob sie einen behandelten oder unbehandelten Zombie traf, sie hielten für einen Moment inne, und als Ramina brüllte, sie sollten sie gegen die anderen verteidigen, drehten sie sich um und attackierten ihre neuen Gegner. Vielleicht war doch noch nicht alles verloren. Selbst das fehlende Talent der Spooks' zum Treffen stellte kein Problem dar. Hauptsache, sie schossen. Wenn die Kugel einen Zombie am Rumpf traf, stürzte sich ein anderer darauf, biss dem angeschossenen sogar ein Stück Fleisch heraus und verschluckte die Kugel.

Landete die Kugel auf dem Boden, fiel eine Meute wie balgende Welpen darüber her, bis die Kugel in einem Mund verschwand.

Und doch kam Goldeck im gleichen Moment alles sinnlos vor. Sie gewannen nichts, außer einen kleinen unbedeutenden Kampf. Denn auf der Plattform, die höher und höher schwebte, stand Doc, und neben ihm stand niemand Geringeres als Etienne.

Kapitel 19

Vermählung mit Abneigungen

»Ist das nicht herrlich stumpfsinnig? Die perfekte Szene für ein absolut bescheuertes Buch?« Etiennes höhnische Stimme konnte ihn nur teilweise von dem Chaos ablenken, das sich unter ihnen abspielte.

Das sah aus wie Paintball für die, die das Prinzip nicht verstanden hatten. Anstatt dass die Getroffenen einfach umfielen, schienen sie sich zu verschlucken, versteinerten für einen Moment, um sich dann umzuwenden und sich auf Etiennes Männer zu stürzen.

Nein, das war kein Paintball, das war geschmackloses Schach mit Hunderten Bauern, einem König und einer Königin. Doch beide unterschieden sich nicht im Geringsten in der skrupellosen Wahl ihrer Mittel. Sie hetzten Menschen aufeinander, die das gleiche grausame Schicksal teilten und nun zu Marionetten degradiert wurden, die rücksichtslos übereinander herfielen.

Spooks und seine Frau ballerten wild um sich. Sogar Goldeck war hier. Seine Hände waren verbunden, aber er zeigte keine Schwäche im Gebrauch seiner Schusswaffe. Was zum Teufel machte der hier? Er war der Erste, der Doc entdeckte. Er zeigte nach oben, und nun sah auch Ramina in ihre Richtung. Sie sprang eine Mauer hinauf und lief sie entlang, doch bevor sie auch nur in Reichweite der Plattform kam, erhob Etienne die Stimme. Sie dröhnte so laut, als hätte er ein Mikrofon verschluckt. »Ramina, meine Liebste. Lass uns den Unsinn beenden. Du möchtest doch sicher nicht, dass deiner Affäre etwas zustößt. Man sollte zwar seine Spuren verwischen, aber eine Affäre umzubringen, diesmal endgültig, führt dann doch zu weit.«

Ramina erstarrte. Mitten in dem Getümmel aus feindlichen und freundlichen Zombies hielt sie inne und schubste einen der Kerle weg, der ihr zu nahe kommen wollte. »Dann steig von deinem hohen Ross runter und lass ihn laufen.«

»Oh, runter komme ich. Über den Rest werden wir verhandeln müssen.«

Zu Docs Erstaunen senkte sich die Plattform tatsächlich ab. Es lösten sich sogar die Ketten von seinem Knöchel, aber er war nicht in der Lage, rechtzeitig zurückzuspringen, als Etienne ihm vorne etwas ins Hemd steckte. Es rutschte nach unten und blieb in der Stoffkuhle liegen, die Docs in die Hose gestopftes Hemd bildete.

Goldeck legte an, um auf die Lakaien zu zielen, die diesem Kerl am nächsten standen.

Etienne hob die Hand. »Tun Sie das lieber nicht. Sie möchten doch nicht, dass ich zufällig auf diesen Sender hier drücke und unser lieber Doc in Flammen aufgeht.« Zwischen seinen Fingern erschien ein kleines Kästchen. Es leuchtete rot und sah aus wie eine Handgranate, die jemand in einen Lippenstift eingebaut hatte.

Ramina holte tief Luft und ballte die Hände.

»Ganz richtig.« Etienne grinste. »Du weißt doch, wie leicht entzündlich Zombies sind. Du willst doch sicher nicht am endgültigen Tod des Mannes schuld sein, dem du den Kopf verdreht hast? Der bedauernswerte Trottel hat dank dir schon genügend Probleme angehäuft. Obwohl ... Vielleicht würde es ihm sogar helfen, wenn wir sie einfach in Rauch auflösen?«

Ramina presste die Lippen aufeinander. »Was willst du? Was muss ich tun, dass du ihn gehen lässt?«

»Nimm meine Bitte um deine Hand an.«

Ramina streckte den Arm aus. »Gut, gib mir ein Messer, und ich schneide mir eine ab. Welche willst du? Die linke oder die rechte?«

Etienne legte den Kopf in den Nacken und bellte ein lautes, falsches Lachen. »Du weißt genau, was ich meine, liebste Ramina. Das, was ich schon immer wollte. Das, was mich überzeugen könnte, den Fluch, der dich jeden Tag in eine Fledermaus verwandelt, von dir zu nehmen.«

»Bah. *fils de pute*[26]. Ich hasse dich«, zischte Ramina, doch Etienne winkte ab.

»Das ist für die Ehe nicht von Belang. Sie sichert mir deine Kräfte, und mehr will ich nicht. Wenn du dann den Rest deines Lebens hier im dunkelsten Verlies fristest, nur damit ich dein liebstes Häschen laufen und nicht sofort in Flammen aufgehen lasse, spielt es keine Rolle, ob du mich hasst oder liebst. Du wirst nie wieder das Sonnenlicht sehen, es sei denn, ich erlaube es dir.«

Während alle anderen Anwesenden bereits das Gesicht entsetzt verzogen, war Doc noch damit beschäftigt, den Sinn von Etiennes Worten zu erfassen. Der Kerl wollte seine Ramina heiraten, um sie dann einzusperren. Nein, zum Teufel, nein! Aber aus seiner Kehle drang ein weiteres Mal nur ein dumpfes Gurgeln. Langsam hasste Doc seine vergammelten Stimmbänder. So lange war er doch gar nicht tot. Wie konnte es sein, dass er nicht mal richtig seinen

---

26   Hurensohn

Mund bewegen konnte, geschweige denn Worte formulieren?

Raminas Blick zuckte zu ihm, und der Schmerz in ihren Augen brach ihm das Herz. Sie hasste diesen Kerl aufrichtig. Sie sollte ihn nicht seinetwegen heiraten. Das war er nicht wert, das war das alles nicht wert. Aber er konnte nichts dagegen tun, dass Ramina die Lider senkte und schließlich nickte. »*Oui*, dann werde ich dich heiraten.«

Etienne packte Raminas Arm und zerrte sie neben sich, bevor er auf ihre Großmutter deutete. »Du wirst uns trauen.« Raminas Großmutter zeigte ihm den Mittelfinger, aber Etienne quittierte diese Geste der Aufmüpfigkeit lediglich mit einem abfälligen Schnauben.

Etienne winkte, und der Kerl neben Doc schob ihn näher an Etienne heran, der daraufhin grinste. »Ich brauche schließlich einen Trauzeugen.«

Oh, er würde diesen verfluchten Kerl umbringen. Er wusste noch nicht, wie und wann, aber wenn es nach ihm ging, dann verdammt bald.

Docs Blick richtete sich auf Ramina. Etienne hielt ihr Handgelenk fest umklammert.

»Nun«, hob Raminas Großmutter an und strich nervös mit den Fingern über ihren Rock. »Wir haben uns heute hier versammelt, um der widerwärtigsten und hinterhältigsten Eheschließung in der Geschichte der Welt beizuwohnen.«

Ramina hob den Blick, und so tapfer sie auch die Lippen aufeinanderpresste, in ihren Augen glänzten die Tränen. Sie sah Doc an, und ihr Blick wärmte nicht nur sein Inneres, er erreichte seine Seele. Wenn man sie mit dem Tod verlor, dann war sie aus Liebe zu Ramina in ihn zurückgekehrt. Seine Seele wollte nirgendwo anders sein als bei ihr, und er wollte es auch.

Mit aller Kraft, die er noch in sich finden konnte, konzentrierte sich Doc auf seinen Arm. Wann war es ihm jemals so schwergefallen, eine Gliedmaße zu bewegen? Es erschien ihm unmöglich, und doch merkte er, wie sich sein Arm hob, zu seinem Hemd. Langsam, Stück für Stück, tastete Doc über den Stoff, schlüpfte mit der Hand in die Lücke zwischen zwei Knöpfen.

»Ich muss nicht sagen, was ich von der ganzen Sache halte. Aber meinetwegen: Willst du, Etienne, die hier anwesende Ramina zu deiner Frau nehmen? Sie lieben und fürsorglich behandeln, wie es sich ...«, deklamierte Raminas Großmutter.

»Ich werde sie heiraten. Also: Ja, ich will. Sie wird es gut bei mir haben«, spottete Etienne und packte Raminas Arm fester. Aber die wandte den Blick nicht von Doc ab. Ihr Mund öffnete sich für einen Moment, aber dann schloss sie ihn wieder. Ihr Blick zuckte zu seiner Hand, ihre Brauen hoben sich, und er sah den Funken Hoffnung in ihren dunklen Augen aufkeimen. Doc würde selbst den Teufel verprügeln, wenn es half, Ramina vor diesem Schicksal zu bewahren. Sie gehörte ihm und zur Hölle keinem anderen. Sie hatte Doc hier reingeritten, da war es das Mindeste, wenn sie *ihn* heiratete.

Seine Finger schlossen sich endlich um den Zündsatz und zogen ihn zwischen seinen Hemdknöpfen hervor. Jetzt musste er nur noch nahe genug an Etienne herankommen.

Raminas Großmutter schniefte. »Und willst du, Ramina, diese hässliche Kröte mit der fetten Plauze zum Manne nehmen? Ihn hassen bis in alle Ewigkeit?«

Doc musste sich vorstellen, wie er sich selbst vorwärts schubste, erst da gelang es ihm, seinen rechten Fuß ein Stück nach vorn zu setzen. Er taumelte gegen Etienne, spürte dessen Sakkotasche an seiner Hand und ließ den Zünder hineinfallen.

Etienne packte ihn am Kragen und stellte ihn wieder aufrecht hin. »Reiß dich zusammen. Sonst überlege ich mir das mit dem Stiefellecken noch mal.«

Doch Doc hatte nur Augen für Ramina. Es kostete ihn alles, den Daumen zu heben und auf Etiennes Sakkotasche zu deuten.

Raminas Augen weiteten sich, und in einer blitzschnellen Bewegung riss sie die freie Hand hoch und klatschte sie in Etiennes Gesicht. Dieser brüllte vor Wut, drückte den Knopf, und es war nur Goldeck zu verdanken, dass Doc nicht ebenfalls von den Flammen erfasst wurde, die urplötzlich aus Etiennes Tasche schossen. Goldeck riss ihn mit sich zu Boden, und Nancy sprang nach vorn. In der Hand hielt sie den Flachmann. Sie schüttete den Inhalt über Etienne aus. Die Flammen schossen noch höher, fraßen den Alkohol und tanzten über Etiennes Klamotten. Dieser versuchte sich aus seiner Jacke zu befreien, doch das Feuer hatte bereits sein Hemd, seine Hose und seine Haare erfasst. Es stank bestialisch.

»Und hiermit erkläre ich euch *nicht* zu Mann und Frau«, jubelte Raminas Großmutter und fuchtelte mit den Händen. Aus ihren Fingern stoben bunte Funken, tanzten um Etienne herum und fachten die Flammen an. »Ich finde es nur fair, dass du genauso gut brennst wie deine Zombies. Das nennt man magische Gerechtigkeit!«

Etienne wankte einer lebenden Fackel gleich durch seine Zombies. Einige gingen ebenfalls in Flammen auf, aber Spooks und Goldeck sprangen herbei, warfen sie zu Boden und traten die Flammen aus.

Über Doc erschien Raminas Antlitz. Sie packte ihn an den Schultern und zog ihn hoch, bis er halbwegs aufrecht saß. Ihre Hände fuhren über sein Gesicht, und sie bedeckte seine Stirn, seine Nase, seinen Mund mit Küssen. »Bitte sag mir, dass du da drin bist und dass nicht alles nur ein Zufall ist.« Sie schmiegte sich an ihn, und er vergrub seine Nase an ihrer Halsbeuge. »Sag mir, dass du mich liebst.«

Und wie er sie liebte. Er liebte sie mehr als alles auf dieser Welt. Er wollte sie in den Armen halten, sie küssen, mit ihr seine kümmerlichen Tage verleben, bis sein Leben wirklich irgendwann endete. Aber nichts davon schaffte es über seine Lippen. Nur wieder ein dämliches Gurgeln. Es war zum Mäusemelken.

Ramina rutschte ein Stück zurück, und die Enttäuschung in ihren Augen zerriss ihm das Herz. Er liebte sie doch. Er konnte es ihr nur nicht sagen. Damit unterschied er sich nicht im Geringsten von anderen Männern. Gut, er war ein wenig schwerfällig, aber damit konnte sie doch hoffentlich leben, oder?

Raminas Großmutter tippte ihrer Enkelin auf die Schulter und hielt ihr eine kleine Phiole mit einer roten Flüssigkeit hin. »Das ist Wein ohne dein Hirnwasser. Ich habe so das Gefühl, dass dein Liebster genug eigenen Willen besitzt und nicht auf den eines anderen angewiesen ist.«

Mit zitternden Fingern nahm Ramina die Phiole entgegen, zog den Pfropfen heraus und drückte sie an seinen Mund, bis die Flüssigkeit seine Kehle hinunterrann. Zu seiner Erleichterung war es kein Blut, es war … Wein. Fuck, doch nicht dieser verdammte Wein von Etienne!

Doc sprang auf. So schnell, dass er Ramina von sich herunterstieß und über seine eigene Geschwindigkeit verwirrt taumelte. Er tastete über sein Hemd, wow, er konnte sich so schnell wie sonst bewegen.

»Ramina!« Ha, er konnte sprechen! »Ich stehe doch jetzt nicht unter dem Willen von Etienne, oder?«

»Und wenn es so ist, dann hat der nix mehr davon«, mischte sich Goldeck ein. »Der Kerl ist brennend in den Wald gerannt, zusammen mit ein paar Zombies. Ich habe ihm auch noch ein paar gefüllte Kugeln in die Taschen gesteckt.« Goldeck zupfte an seinen angekokelten Verbänden herum, die sich langsam von seinen Händen lösten und zu Boden fielen. »Alles, was an ihm nicht Grillfleisch wird, beißen die dem weg. Ich bezweifle, dass er das überlebt.«

Doc ächzte. »Ich dachte, ihr seid unverwundbar.«

»Das wäre ziemlich unfair«, verkündete die alte Dame munter. »Magie, Feuer, Zombiebisse. Den Vampir, der ohne Gehirn und ohne Fleisch auf den Knochen wieder aufsteht, möchte ich sehen.«

Ihr Wort in Gottes Ohr! Sonst tauchte der Kerl irgendwann völlig abgerissen und stinksauer auf Docs Schwelle auf und bestand auf seine verfluchte Biografie.

Ramina trat auf Doc zu und strich ihm über die Wange. »Du stehst nur unter deinem eigenen Willen.«

»Du solltest dich lediglich von offenen Wärmequellen fernhalten. Du könntest tatsächlich wie Zunder brennen«, mischte sich Raminas Großmutter ein.

Ramina presste sich gegen Docs Brust, und fest legte er seine Arme um sie. Ihre Haare kitzelten ihn an der Wange, und er schob den Finger unter ihr Kinn, um es anzuheben.

»*Je t'aime*, Doc«, hauchte Ramina leise.

»Ich liebe dich auch, Ramina.«

»Obwohl ich dir all das angetan habe.«

»Vielleicht auch, *weil* all das passiert ist. Ich weiß es nicht. Ich liebe dich. Du bist wundervoll.«

Ramina senkte den Blick. »Aber ich werde am Tage eine Fledermaus sein.«

Doc schnaubte leise. »Umso besser, dann kann ich tagsüber schreiben und am Abend auf dich warten.«

Sachte legte er seine Lippen auf die von Ramina. Unendliche Freude durchströmte ihn. Ihre zarten Lippen waren seine Verheißung. Er drückte sie fester an sich, eroberte sie im Sturm und gab sich diesem unendlich süßen Gefühl hin. Er spürte, wie Ramina in seinen Armen zuckte. Er merkte auch, dass sich die Sonne durch die Fenster schob. Sollte sie. Er würde sie so lange küssen, wie er konnte, um dann am nächsten Abend nahtlos dort weiterzumachen, wo er jetzt nur noch eine Fledermaus an den Lippen hängen hatte.

Ramina keuchte, sie presste sich an ihn, krallte sich in sein Hemd. Doch als er in Sorge den Kuss beenden wollte, legte sie die Hand in seinen Nacken und schmiegte sich enger an ihn. Er wusste nicht, wie lange sie so dastanden. Seine Luft wurde knapp, aber es war völlig egal, bis er doch den Kuss lösen und nach Luft schnappen musste. Ein Moment, in dem ihn unendliche Enttäuschung durchflutete.

Doc öffnete die Augen und traute ihnen kaum. Die Halle war in helles Sonnenlicht getaucht, die Strahlen berührten Ramina, verfingen sich in ihren dunklen Haaren, brachten ihre Augen zum Leuchten, und auch wenn sich ihre Haut unter ihnen rasch rötete, so stand sie doch in menschlicher Gestalt vor ihm. Stolz und schön.

»Jedes Mal aufs Neue erstaunlich, was die Liebe so zu richten vermag«, murmelte ihre Großmutter.

»Ja«, hauchte Ramina leise. »Ich bin froh, dass du wieder bei mir bist. Frei.«

Doc strich ihr über die Wange und küsste sie auf die Nasenspitze. »Vielleicht war mein Tod ja nur ein Irrtum der Autorin meines Lebens. Wenn ja, dann gefällt mir ihre Entschuldigung.«

Doch noch eines wollte er unbedingt wissen. Sein Blick schweifte über die Menschen, die Zombies und die, die nur verloren in der Gegend standen. Und mittendrin stand Paula. Ihre Kleidung war zerfetzt, ihr Lippenstift völlig verschmiert, und es tat ihm leid, sie so verwirrt zu sehen. Ramina folgte seinem Blick, aber sie zischte nicht bösartig, sondern winkte Paula zu sich. Wie ferngesteuert setzte sich Paula in Bewegung. Ramina legte die Arme um sie und flüsterte ihr etwas ins Ohr. Darauf änderte Paula ihre Richtung. Sie schlurfte auf Goldeck zu, verschränkte die Hände vor dem Schoß, und zum ersten Mal sah Doc wieder einen Funken Leben in ihren glasigen Augen. Je länger sie Goldeck anstarrte, umso fröhlicher schien sie.

Goldeck hingegen kratzte sich die Nase und drehte sich sichtlich überfordert um die eigene Achse, während er nicht wohin mit sich zu wissen schien. Doch er schreckte ein klein wenig zurück, als plötzlich Paula vor ihm stand. Aber nur, um dann ein zaghaftes Lächeln zu zeigen.

»Hi«, sagte er unsicher und strich sich über die Haare.

»Du hast doch nicht …«, setzte Doc an, doch Ramina zuckte die Schultern und lächelte schief.

»Ich denke, die Kellnerin war gemein, aber auch sie hat *l'amour* verdient.«

Hm, vielleicht keine üble Idee. Doc lächelte und zog Ramina an sich, in den Schatten und küsste sie erneut.

»Tja, nichts mit ungestörten Tagen, mein Freund.« Spooks lachte hinter ihm. Was sollte Doc sagen? Es störte ihn nicht im Geringsten.

ENDE

Nachwort

Liebe LeserInnen,

diese Vampire sind doch ein wenig anders als die Vampire meiner ‚Verflixt und zugebissen'-Reihe. Wieso? Die Figuren Docs, Raminas und Paulas sowie ein Teil der Grundstory basieren auf einer Kurzgeschichte des Autoren Francis Madrid. Als ich diese damals las, verliebte ich mich sofort in Raminas bezaubernde Art und wollte unbedingt mehr von ihnen lesen. So überließ mir Francis Madrid seine Figuren und ich spielte mit ihnen – bis dieses Buch entstand.

Ich hoffe sehr, dass euch die Geschichte gefallen hat.

Sagt mir, was ihr über Doc und Ramina denkt – per Facebook oder schreibt eine Rezension. Ich freu mich immer über Nachrichten.

Auch hier möchte ich wieder die Gelegenheit nutzen, um den zu danken, die das Buch bei der Entstehung und Vollendung begleitet und meine Schimpftiraden und Selbstzweifel ertragen haben.

Elvira und Harper Johnson: Ihr habt mir das Vertrauen in diese Geschichte gegeben, als ich sie zum x-ten Mal aufgeben wollte.

Mathew Snow – Dein belustigtes Schnauben beim Lesen auf der anderen Seite des Küchentischs hat mir gezeigt, dass Ramina und Doc nicht nur der geschriebene, nicht psychologisch betreute Wahnsinn sind, sondern Unterhaltungswert besitzen.

Juno Dean – Hach, was soll ich sagen? Mit dir macht selbst das Lektorat Spaß.

Und natürlich:

> Danke an euch Leser.
> Danke, dass ihr mich fragt, wann das nächste Buch erscheint, meine Figuren liebt, wie ich es tue und mit ihnen mitleidet und mitlacht.

Eure Allyson

Bücher von Francis Madrid

- Bitte nicht hetzen! Solange mich meine schlurfenden Füße tragen.
- Jenseits der Zeit: Der Schutzengel
- Lieben und Hassen
- Mein kleiner verrückter Hund
- Meine Freundin, die Hexe Andora

Weitere Bücher von Allyson Snow

Verflixt und zugebissen-Reihe:
- Vampire, Pech und P(f)annen
- Bis dass der Pflock euch scheidet
- Entführungen sind reine Nervensache

(alle Bücher sind in sich abgeschlossen und können voneinander unabhängig gelesen werden)

Einzelromane:
- Diebstahl mit Sockenschuss
- Lapidem Maleficus – Auch Amulette können beleidigt sein
- Geist – ledig, schlecht gelaunt, zu verschenken

Kostenlose Kurzgeschichten:
- Forderungen, Umsatzsteuer an (Streck-)bank
- Vom Keks, der auszog, Weihnachten zu überleben
- Will you be my Kacki-Keks?
- Herz über Kobold